UN MONDE
DE RÊVE

UN MONDE
DE RÊVE

Danielle Steel

UN MONDE
DE RÊVE

Édition du Club France Loisirs, Paris,
avec l'autorisation des Presses de la Cité

La loi du 11 mars 1957 n'autorise, aux termes des paragraphes 2 et
3 de l'article 41, d'une part, que les « copies ou reproductions stricte-
ment réservées à l'usage privé du copiste et non destinées à une utilisa-
tion collective » et, d'autre part, que les analyses et les courtes citations
dans un but d'exemple et d'illustration, « toute représentation ou reproduction intégrale, ou partielle, faite sans le consentement de l'auteur ou
de ses ayants droit ou ayants cause, est illicite » (alinéa 1er de l'article 40).
Cette représentation ou reproduction, par quelque procédé
que ce soit, constituerait donc une contrefaçon sanctionnée par les arti-
cles 425 et suivants du Code pénal.

FRANCE LOISIRS
123, boulevard de Grenelle, Paris

Titre original : *To Love Again*
Traduit de l'américain par Dominique de Scitivaux

Édition du Club France Loisirs, Paris,
réalisée avec l'autorisation des Presses de la Cité

© Danielle Steel, 1980
© Presses de la Cité, 1995

ISBN : 2 -7242-8978 -1

1

Il est dans chaque ville au monde une saison, ou plutôt un court moment, qui approche de la perfection. Après l'été, avant la torpeur hivernale, avant même que l'on ait déjà songé qu'existent la neige et la pluie. C'est un moment privilégié. L'air est transparent comme du cristal et commence à fraîchir ; les cieux sont d'un bleu éclatant, mais l'on aime à porter de nouveau des lainages et l'on marche d'un pas plus rapide. On revient à la vie, on se remet à faire des plans tandis que septembre s'achemine vers octobre. Les femmes sont plus belles, les hommes plus entreprenants et même les enfants font preuve d'une étonnante vivacité à l'instant de retourner en classe, qu'ils soient de Paris, de New York ou de San Francisco. Tout cela est peut-être encore plus vrai à Rome. Tout le monde est rentré. Finis les promenades nonchalantes à Capri ou à Ischia, les jours torrides de San Remo ou, tout simplement, la plage publique d'Ostie. L'automne est là. Septembre, ce mois plein de vie nouvelle, où il fait si bon revivre, est arrivé.

Isabella di San Gregorio, assise confortablement dans sa limousine, se souriait à elle-même ; ses yeux noirs et brillants observaient avec amusement et intérêt les passants, et ses épais cheveux bruns croulaient sur ses épaules, retenus par deux peignes d'écaille. La circulation était, comme toujours à Rome, terrifiante. Elle y était accoutumée. Elle avait vécu ici toute sa vie, à part de courts séjours qu'elle effectuait à Paris dans la famille de sa mère et une année qu'elle avait passée aux États-Unis à l'âge de vingt et un ans. L'année suivante, elle avait épousé Amadeo et était devenue une reine de la haute couture. Elle était déjà, par sa naissance, princesse de ce royaume, et c'était en réalité par son talent personnel qu'elle avait acquis une notoriété qui confinait à la légende, et non pas seulement pour avoir épousé Amadeo, l'héritier du plus grand empire de Rome, de la maison de couture la plus célèbre, celle dont le goût exquis et le luxe étaient renommés dans le monde entier. San Gregorio était un nom magique pour beaucoup de femmes et un talisman aux yeux d'Amadeo et d'Isabella. Lui était grand et blond, un magnifique spécimen florentin avec ses yeux verts, héritier à trente et un ans de l'empire San Gregorio ; elle était la petite-fille de Jacques-Louis Parel, le roi de la couture parisienne des années 1910.

Le père d'Isabella, italien, s'était toujours plu à lui affirmer qu'elle était de sang français. Elle avait effectivement un goût français, un esprit français et l'infaillible coup d'œil de son grand-père. À dix-sept ans, elle connaissait la haute couture mieux que bien des hommes de quarante-cinq ans. Elle avait un don extraordinaire pour la conception des modèles et les coloris. Son goût s'était formé, année après année, au contact de son grand-père. Elle savait reconnaître, et sans jamais se tromper, ce qui aurait du succès et ce qui n'en aurait pas. Lorsque, à quatre-vingts ans passés, il avait vendu Parel aux Américains, elle avait juré qu'elle ne le lui pardonnerait jamais.

Elle avait fini par lui pardonner, bien sûr. Mais elle pensait avec nostalgie que si seulement il avait attendu, s'il avait compris, si... mais alors,

7

elle aurait vécu à Paris et n'aurait jamais rencontré Amadeo, car elle n'aurait pas monté son propre atelier à Rome. Il avait fallu six mois pour que leurs chemins se croisent, six semaines pour décider de leur avenir et trois mois encore pour qu'Isabella devînt la femme d'Amadeo et l'un des « phares » de la maison San Gregorio. En un an elle avait acquis une place dont toutes les femmes rêvaient.

Il était facile d'envier Isabella. Elle possédait absolument tout : l'élégance, la beauté, le succès, toutes choses qu'elle portait avec la plus parfaite désinvolture. Il suffisait qu'elle entre dans une pièce pour que les conversations s'arrêtent et que tous les regards convergent sur elle. Elle était une reine en tout, avec quelque chose de plus : son rire, ses yeux d'onyx qui soudain s'illuminaient d'une flamme, sa façon de découvrir infailliblement le côté caché des gens, ce qu'ils feignaient d'être et ce qu'ils rêvaient d'être. Isabella était une femme extraordinaire qui vivait dans un monde merveilleux.

La limousine ralentit pour s'engager dans la circulation dense de la piazza Navona. Isabella s'adossa rêveusement à la banquette et ferma les yeux. Les coups de klaxon et les cris lui parvenaient assourdis par les vitres hermétiquement closes, mais, de toute façon, elle était habituée aux bruits de Rome et il y avait longtemps qu'ils ne l'incommodaient plus. Au contraire, elle y prenait plaisir. Ils faisaient partie de son être, tout comme le rythme effréné de sa vie. Elle n'aurait pu se passer ni des uns ni de l'autre. Elle n'aurait jamais pu quitter son métier, même si elle s'était à moitié retirée l'année précédente. Cinq ans plus tôt, au moment de la naissance d'Alessandro, son travail était tout pour elle : la nouvelle ligne de printemps, la peur d'être copiée par une maison rivale, la création d'un prêt-à-porter, les exportations vers les États-Unis... Tout cela comptait beaucoup pour elle ; elle ne pouvait y renoncer, même pour l'enfant d'Amadeo. Mais à mesure que passaient les années, elle avait ressenti une espèce de manque, une mélancolie de plus en plus grande, une peine qui la rongeait lorsque, rentrant à 8 heures et demie chez elle, elle trouvait son enfant couché par les soins d'une autre et endormi.

— Cela te tracasse, n'est-ce pas ? lui avait demandé un jour Amadeo en la voyant pensive et triste dans le salon tendu de satin gris.

9

— Quoi donc ? avait-elle répondu d'un ton faussement désinvolte.

— Isabellezza (« Isabeauté », cela la faisait toujours sourire. Depuis leur rencontre, il l'avait surnommée ainsi), dis-moi...

Elle lui avait souri d'un air contrit et avait dit :

— Oui ?

— J'étais en train de te demander si tu t'ennuies beaucoup de lui.

— Cela dépend. Je ne sais pas au juste. Nous passons très souvent de délicieux moments ensemble, le dimanche, lorsque j'ai du temps devant moi. (Une petite larme avait fait briller les beaux yeux sombres, et Amadeo lui avait tendu les bras. Elle avait souri à travers ses larmes et s'était assise sur ses genoux.) Je suis folle, j'ai tout pour être heureuse et... Pourquoi est-ce que cette maudite nurse n'attend pas que nous soyons rentrés ?

— À 10 heures du soir ?

— Il n'est pas si tard, voyons, il n'est que... (Elle avait regardé sa montre et s'était rendu compte qu'il avait raison. Ils avaient quitté le bureau à 8 heures, s'étaient arrêtés chez leur homme de loi, puis étaient allés embrasser à son hôtel un client américain, et maintenant, il était

10 heures.) Zut ! Bon, c'est vrai qu'il est très tard, mais d'habitude nous rentrons à 8 heures et il est déjà au lit.

Amadeo l'avait serrée dans ses bras en riant.

— Mais enfin, que veux-tu ? Un de ces malheureux enfants que l'on traîne dans les cocktails dès l'âge de neuf ans ? Et si tu gardais un peu plus de temps pour lui ?

— Je ne peux pas.

— Tu ne veux pas vraiment.

— Si ! Non, tu as raison.

Ils s'étaient mis à rire. Il avait raison. Elle voulait sans le vouloir. Elle voulait profiter d'Alessandro avant qu'il ne soit trop tard. Avant qu'il ait dix-neuf ans et qu'elle n'ait manqué l'occasion. Elle avait vu trop de femmes autour d'elle, uniquement préoccupées de leur carrière, qui pensaient qu'elles allaient, plus tard... qu'elles voulaient... Un beau jour, elles se réveillaient, et leurs enfants n'étaient plus là. Elles ne les avaient jamais emmenés au zoo, ni au cinéma ni au musée. Elles avaient eu le désir sincère de leur donner un peu de leur temps, mais le téléphone avait sonné, les clients étaient là en train de les attendre. Des événements si importants. Elle ne voulait pas que cela lui arrive à elle. Elle ne vou-

11

lait pas tomber dans ce piège. Cela n'avait pas eu beaucoup d'importance tant qu'il était petit mais, à présent, les choses étaient différentes. Il avait quatre ans et la voyait deux ou trois heures par jour ; il savait qu'à certaines périodes il ne la verrait pas plus de quelques heures dans la semaine et qu'elle n'irait pas le chercher en classe.

— Tu as l'air si triste, mon amour. Tu veux que je te mette à la porte ? (Elle avait hoché la tête. Il avait eu un choc.) Tu parles sérieusement ?

— Oui. Il doit y avoir un moyen pour que je continue à travailler tout en m'occupant de lui.

Elle promenait les yeux autour d'elle, songeant qu'elle n'avait pas vu son fils de la journée.

— Nous allons y réfléchir sérieusement, Belle. Nous trouverons une solution, je te le promets.

Ils l'avaient trouvée. Cela fonctionnait parfaitement. Elle continuait à avoir la haute main sur tout, prenait les décisions comme par le passé, la seule différence étant qu'elle laissait à d'autres le train-train quotidien. Évidemment, cela avait ajouté un fardeau supplémentaire sur les épaules de leur cher directeur, Bernardo Franco, mais cela marchait. Elle allait et venait, elle assistait aux réunions les plus importantes, elle organisait le travail de la semaine avec Amadeo. Il lui arrivait de venir au bureau à l'improviste, mais elle se sentait désormais la mère d'Alessandro. Ils déjeunaient ensemble dans le jardin, elle avait assisté pour la première fois à la fête de l'école. Elle l'emmenait se promener et lui apprenait des chansons anglaises. Ils parlaient ensemble, riaient ensemble, elle lui faisait faire de la balançoire. Sa vie était aussi bien remplie qu'elle pouvait l'espérer : elle avait un mari, un enfant et un travail. Elle n'avait jamais été aussi heureuse de sa vie. Cela se voyait dans la flamme de son regard, dans sa façon de marcher et de rire. Elle racontait à ses amis les mots d'enfant d'Alessandro et tout ce qu'il faisait.

— Mon Dieu, disait-elle, ce que cet enfant dessine bien !

Tout le monde riait avec indulgence et, plus que tous les autres, Amadeo qui souhaitait tellement qu'elle fût heureuse. Au bout de dix ans de mariage, il l'adorait encore comme au premier jour. Plus que jamais, même.

Naturellement, Isabella mettait la main à tout,

13

elle ne pouvait vivre autrement. On sentait partout sa présence.

La limousine s'arrêta au bord du trottoir et Isabella regarda distraitement les gens avant d'entrer. Elle aimait beaucoup le style de la mode, cette année. Les robes étaient sexy et plus féminines, rappelant une des collections de son grand-père, des années plus tôt. Elle-même portait une robe couleur d'ivoire à tous petits plis. Un collier de perles à trois rangs tombait exactement au creux de son décolleté et elle portait sur le bras, négligemment, une veste de vison chocolat, une fourrure qui avait été exécutée spécialement pour elle à Paris. Elle ne l'enfila pas car elle était trop pressée. Elle voulait discuter avec Amadeo de quelques détails de la collection qui allait être expédiée en Amérique et devait ensuite déjeuner avec une amie. Elle consulta sa ravissante montre et constata qu'il était 10 h 22.

— Merci, Enzo. Revenez me prendre à midi moins cinq, s'il vous plaît.

Tenant la porte d'une main, il porta la main à sa casquette et sourit. Elle était particulièrement charmante ces temps-ci et il avait beaucoup apprécié toutes les promenades avec le petit garçon ; cela lui rappelait ses propres petits-enfants dont sept vivaient à Bologne et cinq autres à Venise. Il leur rendait quelquefois visite, tout en considérant Rome, et seulement Rome, comme son foyer. Tout comme Isabella, malgré ses séjours en France et aux États-Unis. Elle était née à Rome, elle y travaillait, y vivait et espérait bien y mourir. Tous les Italiens savent cela : un Romain ne peut vivre ailleurs qu'à Rome.

Tout en se dirigeant d'un pas vif vers la grande porte noire, elle jeta un coup d'œil vers le haut de la rue ainsi qu'elle le faisait toujours. C'était le plus sûr moyen de savoir si Amadeo était là. Il lui suffisait de voir la longue Ferrari couleur d'argent. Elle l'appelait « torpédo en argent ». Personne, excepté son propriétaire, n'avait le droit d'y toucher. Tout le monde le taquinait à ce sujet, en particulier Isabella. Il se comportait tel un enfant avec son jouet favori. Il la conduisait, la garait lui-même, la bichonnait, jouait avec. Même le portier, qui travaillait chez San Gregorio depuis quarante-deux ans, n'avait jamais posé la main dessus. Isabella souriait. Lorsqu'il se conduisait comme un petit enfant, elle ne l'en aimait que davantage.

— *Buon giorno, signora Isabella.*

Il n'y avait que Ciano, le portier, qui l'appelait encore ainsi. Il avait l'âge d'être son grand-père.

— *Ciao, Ciano, come sta ?* (Isabella lui fit un large sourire, exhibant des dents aussi belles que ses célèbres perles.) *Va bene ?*

— *Benissimo !*

Il avait une superbe voix de baryton et lui ouvrit la porte avec respect.

Elle demeura un moment dans l'entrée, regardant autour d'elle. Cette maison était son foyer, au même titre que la villa de la via Appia Antica. Les sols de marbre rose, les velours gris et les soies roses, le lustre de cristal qu'elle avait rapporté de Paris après de longues et pénibles discussions avec les propriétaires américains de Parel. Son grand-père l'avait fait faire à Vienne et il était sans prix. Un grand escalier conduisait à l'étage au-dessus. Le deuxième et le troisième étage étaient occupés par des bureaux décorés également en gris et rose. Ces deux couleurs, cendre et rose, étaient à la fois ravissantes et reposantes. Elles avaient été soigneusement choisies, tout comme le mobilier, les tableaux de maîtres, les antiques miroirs, les lumières et les causeuses Louis XVI placées dans les alcôves où les clientes pouvaient s'asseoir pour bavarder ou se reposer.

Des servantes, vêtues de gris et portant des tabliers blancs empesés, s'empressaient à petits pas vers les salons d'essayage avec des plateaux de thé et de sandwiches. Isabella se demandait toujours comment les mannequins arrivaient à supporter les présentations.

Elle prit l'ascenseur privé et appuya machinalement sur le bouton du troisième étage car elle pensait à l'organisation du travail de la journée. Il lui restait peu de chose à faire — elle avait beaucoup travaillé le jour précédent. Il lui fallait discuter de quelques détails administratifs avec Bernardo et Amadeo et vérifier quelques petites choses avec Gabriela, la modéliste. Cela ne lui prendrait pas très longtemps. La porte de l'ascenseur s'ouvrit silencieusement, et elle s'engagea dans le couloir recouvert d'un tapis somptueux. Tout dans cette maison était d'un luxe parfaitement discret, contrairement à Isabella qui, elle, attirait les regards avec sa triomphante beauté. Elle avait un tel éclat qu'elle ne passait jamais inaperçue. Elle aimait assez qu'on la regardât et les gens aimaient être vus d'elle. La maison San Gregorio devait servir d'écrin à la beauté. Il fallait donc que la beauté n'y fût point éclipsée. Elle avait créé une ligne dont elle savait que les femmes du monde entier l'appréciaient, et il lui plaisait de savoir que des femmes portaient ses modèles à Rome, à Londres et à Paris. Mais celles qui venaient ici appartenaient à un monde spécial. Il s'agissait de comtesses, de princesses, d'actrices de cinéma parmi les plus connues. Toutes étaient prêtes à mourir pour porter les toilettes de San Gregorio. Beaucoup d'entre elles avaient la beauté sensuelle et irrésistible d'Isabella.

Elle s'avança jusqu'à une porte à deux battants au fond du couloir et souleva la poignée de cuivre. La secrétaire ne l'avait pas entendue arriver.

— *Signora !* dit-elle en sursautant.

On ne savait jamais à quel moment Isabella allait faire son apparition, ni ce qu'elle avait en tête lorsqu'elle arrivait. Aujourd'hui, elle fit un petit signe de tête à la jeune fille, sourit et se dirigea immédiatement vers le bureau d'Amadeo. Elle savait qu'il était là puisqu'elle avait vu sa voiture. Contrairement à sa femme, il ne se promenait que très rarement dans la maison et ne quittait pratiquement jamais son étage.

Elle songea qu'il faudrait bientôt remplacer une fois de plus le tapis du grand salon, ce qui promettait encore une discussion acharnée avec

18

le directeur. C'était sur les épaules de Bernardo que reposait le budget. Amadeo en décidait, bien entendu, mais c'était à Bernardo de le distribuer ensuite. Grâce à lui, les limites étaient toujours respectées. Et grâce à la hardiesse d'Amadeo, ils ne cessaient de s'agrandir. Le génie d'Isabella contribuait pour une large part à l'immense succès de la maison. C'était Bernardo qui spéculait, rognait par-ci, donnait par-là, décidait de ce qui valait la peine d'être dépensé et de ce qui ne rapporterait que de la gloire. Il ne se trompait jamais. Il avait un flair et un esprit de décision qui l'apparentaient, selon Isabella, à un matador, prenant des risques, brandissant son chiffon rouge sous le mufle du taureau et finissant toujours par gagner. Elle l'adorait. Bernardo aussi adorait Isabella, mais pas de la même manière. Il l'avait toujours aimée. Toujours. Depuis le moment où il l'avait rencontrée.

Amadeo et lui étaient amis depuis de longues années et travaillaient depuis longtemps ensemble lorsque Isabella avait fait son apparition. C'était Bernardo qui l'avait découverte dans son minuscule atelier, lui qui avait insisté pour qu'Amadeo la rencontrât. Même alors, elle était d'une beauté remarquable, semblant incroyablement jeune. À vingt-deux ans, elle avait déjà du génie. Ils étaient arrivés tous deux dans la pièce exiguë où elle travaillait et l'avaient trouvée vêtue d'une chemisette de soie rouge et d'une jupe de toile blanche, chaussée de sandales dorées. Elle ressemblait à un diamant dans un écrin. Il faisait une chaleur étouffante et lorsqu'elle avait croisé le regard d'Amadeo, Bernardo s'était rendu compte qu'elle lui plaisait à la folie et qu'il était trop tard. Il n'aurait jamais voulu marcher sur les brisées de son ami ; Amadeo était un frère pour lui et, de toute façon, pas du tout le genre d'homme que l'on trompe ni que l'on trahit. Tout le monde l'adorait. On avait envie de lui ressembler pas de le blesser. Bernardo savait bien du reste que cette attitude le préserverait de découvrir qu'elle ne l'aimait pas. Il avait tout de suite su à quel point elle aimait Amadeo. Il était sa raison de vivre. Il signifiait pour elle davantage encore que son métier, ce qui, pour une femme comme elle, n'était pas rien. Il ne pouvait rivaliser avec une telle passion. Aussi mit-il de côté sa fierté, son amour et son secret et se consacra-t-il à son travail avec encore plus d'acharnement que par le passé ; il apprit à l'aimer autrement, à les aimer tous deux d'un amour en quelque sorte épuré. Évidemment, cela créa une certaine tension entre Isabella et lui et ils se firent une guerre sans merci qui avait un côté magnifique. Les femmes de la maison finissaient quelquefois dans les bras de Bernardo, mais il estimait que sa vie devait comporter autre chose que son amour pour Isabella et son amitié pour Amadeo. Il avait une espèce de feu intérieur qui attirait les femmes bien que ces dernières n'en fussent pas totalement conscientes. Bernardo lui-même n'en était d'ailleurs pas toujours conscient. Cela faisait partie de lui-même au même titre que son style ou le respect qu'il portait à ces deux êtres dont il partageait la vie. Il se rendait bien compte qu'Isabella et lui n'auraient jamais formé le genre de couple qu'elle formait avec Amadeo. Ils seraient demeurés deux personnes distinctes, se livrant à la guerre et faisant l'amour. Alors qu'avec Amadeo Isabella formait un couple fait de douceur, de tendresse et de force. Ils étaient soudés l'un à l'autre. Lorsque Isabella regardait Amadeo dans les yeux, il semblait qu'elle disparût dans son regard. Ils étaient deux aigles qui évoluaient dans un ciel à part, dans *leur* ciel. Ils volaient au même rythme, de leurs ailes largement éployées, en parfaite harmonie. Leur union était totale et sans faille, mais c'était là une chose que Bernardo n'enviait plus. Il était impossible d'envier un tel couple. Ils étaient merveilleux à voir. Maintenant, il avait établi des relations de travail avec cette femme qu'il avait aimée. Il avait sa propre vie, mais il partageait avec eux une chose spéciale qu'il partagerait toujours. Ils formaient une trinité indestructible et inséparable. Ils le savaient tous trois.

Avant d'entrer dans le bureau d'Amadeo, Isabella s'arrêta un instant sur le pas de la porte et sourit. Elle ne pouvait jamais contempler cette porte sans se souvenir de la première fois où elle était venue ici. Ils étaient différents à l'époque. Beaux, mais pas aussi raffinés qu'ils l'étaient devenus depuis. Elle avait apporté quelque chose à leur couple, tout comme Amadeo lui avait apporté quelque chose. Elle se sentait grandie en sa présence. Elle se sentait plus précieuse et parfaitement en sécurité. Suffisamment sûre d'elle pour être elle-même, oser tout ce qu'elle avait envie de faire. Amadeo était tel qu'elle ne percevait pas ses limites. Grâce à son amour, elle avait compris qu'elle pouvait tout se permettre.

Elle frappa doucement à la porte qui donnait directement dans le bureau de son mari. Peu de personnes franchissaient cette porte. Seuls Bernardo et elle pénétraient ici sans se faire annoncer. On répondit brièvement ; elle tourna la poignée de la porte et entra. Pendant un instant, ils ne prononcèrent pas une parole, se contentant de se regarder avec intensité, exactement comme la première fois qu'ils s'étaient vus. Il sourit. Ses yeux étaient brillants et reflétaient l'adoration qu'il lui vouait. C'était sa douceur qu'elle appréciait le plus. Sa douceur et la compassion qu'il montrait dans toutes les circonstances. Le feu dont brûlait Amadeo était différent du sien. C'était une sorte de phare vers lequel elle pouvait dans tous les cas se tourner. Si elle était amoureuse, mais aussi si elle était triste ou perdue. Sa passion à elle ressemblait davantage à une torche brûlant dans la nuit et dont on aurait pu craindre de s'approcher. Mais personne ne craignait de s'approcher d'Amadeo. Il était parfaitement accueillant. Tout le monde souhaitait être proche de lui, mais il n'y avait qu'Isabella qui l'était réellement. Bernardo aussi, bien entendu, de façon différente.

— *Allora,* Isabellezza, qu'est-ce qui t'amène ? Je croyais que nous avions tout fini hier.

Il se renversa dans son fauteuil et lui tendit la main pour l'attirer à lui.

— Plus ou moins, c'est vrai, mais j'ai encore une ou deux idées.

Il se mit à rire. Une ou deux, chez Isabella, cela signifiait trente-cinq, quarante-sept ou cent trois. Elle se pencha pour l'embrasser, et il lui caressa la joue tendrement.

— Tu es splendide, aujourd'hui !

Elle baignait dans la lumière de son regard.

— Plus belle que ce matin ?

Ils rirent ensemble. Quand il avait quitté la maison, elle avait le visage couvert de crème, des pantoufles et une confortable robe de chambre.

Amadeo secoua la tête.

— Non. Je crois que tu me plaisais encore davantage ce matin, mais j'aime bien aussi cette toilette. C'est l'une des nôtres ?

— Cette question ! Est-ce que je porte jamais autre chose ?

Les yeux verts croisèrent le regard furieux des yeux bruns.

— Cela ressemble à un modèle de ton grand-père.

Il la regarda attentivement, les yeux étrécis. Il

24

avait une manière de tout deviner qui était bien à lui.

— Tu es joliment observateur. C'est un modèle de 1935. Je l'ai modifié un peu, naturellement. Je n'ai conservé que l'allure générale et les plis.

Il sourit et se pencha pour déposer un baiser sur sa joue.

— Tu sens divinement bon.

— C'est une bonne chose que nous ne travaillions pas toute la journée ensemble car je me demande comment nous ferions.

Elle s'assit et le contempla avec admiration. Il était impossible de ne pas l'admirer. Il ressemblait à des dizaines de portraits que l'on voit à la galerie des Offices à Florence, à une statue romaine, élancée, belle et élégante ; mais il était davantage encore. Ses longs yeux verts reflétaient l'esprit et la sagesse, et la bonté aussi. Malgré son physique de Florentin, une force remarquable émanait de lui. Il avait l'air d'un roi. Il dirigeait un véritable empire et cela lui allait très bien. Son costume parfaitement coupé accentuait sa taille et sa minceur. Mais il était très original.

Tout en lui était original. Il n'avait rien de surfait, rien de faux, rien d'emprunté à autrui.

Son élégance, son allure aristocratique, son esprit vif, son intelligence, sa passion, tout cela lui appartenait en propre.

— Que fais-tu donc ici, si élégante, à part le fait de venir partager avec moi « une ou deux idées » ?

Il sourit de nouveau, et Isabella lui rendit son sourire.

— Je déjeune avec une dame.

— Oh ! oh ! Puis-je te détourner du droit chemin et t'emmener plutôt à l'*Excelsior* dans un cabinet particulier ?

— Impossible car j'ai rendez-vous avec un homme après le déjeuner, répliqua-t-elle malicieusement.

Leurs yeux riaient.

— Un rival, Isabellezza ?

Mais il n'avait aucune raison de s'inquiéter et il le savait.

— Ton propre fils.

— Dans ce cas, pas d'*Excelsior*. Dommage !

— Une autre fois.

— Oui.

Il s'étira comme un chat heureux.

— Allons ! Nous avons du travail.

26

— *Ecco !* Voilà la femme que j'ai épousée. Tendre, romantique et douce.

Elle lui fit une horrible grimace et ils rirent de nouveau tandis qu'elle tirait un dossier de son sac. Le diamant taillé à facettes qu'elle portait au doigt accrocha le rayon de soleil. Dix carats, naturellement, pour leur dixième anniversaire.

— Jolie bague.

Elle hocha la tête et contempla le bijou d'un air satisfait. Il était vrai qu'il était du plus bel effet sur ses longues mains effilées. Au reste, elle portait bien n'importe quoi et en particulier les diamants de dix carats.

— Elle est jolie, c'est vrai, mais je te préfère, tu es plus beau. Au fait, je t'aime.

Elle dit cela avec désinvolture, mais ils savaient tous deux qu'elle parlait sérieusement.

— Je t'aime aussi, répondit-il.

Ils commencèrent à travailler. Ils étaient encore plus épris l'un de l'autre maintenant qu'ils ne travaillaient plus ensemble toute la journée. Il mourait d'envie de la revoir à la fin de l'après-midi et se dépêchait de rentrer. Il se demandait toute la journée ce qu'elle faisait, et leurs rencontres avaient repris un cachet de mystère. Il l'invitait à déjeuner de temps à autre et c'était

27

une fête. Il pensait à elle sans cesse et rêvait de son parfum.

— Est-ce que tu ne trouves pas que la ligne pour l'Amérique est trop terne ? C'est ce que je me suis demandé cette nuit.

Elle lui jeta un regard de côté tout en songeant à ses croquis.

— Non. D'ailleurs, Bernardo était enthousiasmé.

— Merde ! Alors, c'est que j'ai raison. (Elle le regarda d'un air ennuyé. Amadeo rit, mais elle ne rit pas avec lui cette fois-ci.) Je parle sérieusement. J'aimerais modifier une ou deux étoffes et ajouter un ou deux modèles. Ceux que j'ai choisis pour la France. Je crois qu'ainsi cela irait. (Elle avait l'air persuadée de ce qu'elle disait. Elle était toujours sûre d'elle et elle avait toujours raison. Cette sûreté de soi leur avait valu presque tous leurs succès depuis dix ans.) Je voudrais des pourpres et un manteau rouge et blanc. Comme cela, ce serait parfait.

— Vois ça avec Bernardo et parles-en à Gabriela.

— C'est ce que j'ai fait. Je veux dire que j'ai déjà parlé à Gabriela. Le savon que Bernardo a

choisi pour la nouvelle gamme de parfums ne va
pas du tout. Il est beaucoup trop fort.

— Ah oui ?

— Sûr et certain ! Le parfum d'une femme
doit vous envelopper, mais celui d'un homme
vous effleurer seulement, pas vous flanquer la
migraine.

— Bernardo va être fou.

Il eut l'air soudain fatigué. Il arrivait que les
batailles incessantes que se livraient Bernardo et
elle l'épuisent littéralement. C'était excellent
pour le travail et il le savait. San Gregorio eût
été très différent sans l'esprit inventif d'Isabella
confronté à la modération de Bernardo. Mais cet
équilibre lui coûtait un gros effort à lui. Ils formaient cependant à eux trois une équipe mira-
culeuse et tous trois le savaient. Lorsque tout
avait été dit, lorsqu'ils avaient fait tout ce qui
était à faire, ils redevenaient amis et recouvraient
la paix. Il ne pouvait pas s'y habituer. Isabella
était enragée et traitait Bernardo de noms qu'il
n'avait jamais pensé lui entendre prononcer ;
quant à Bernardo, il semblait parfois sur le point
de la tuer. Après quoi, il les retrouvait dans un
salon, en train de sabler tous deux le champagne
en riant aux éclats. Ils ressemblaient dans ces cir-

constances à deux enfants qui se cachent des invités. Il ne comprendrait jamais ce genre de rapports, mais il se contentait de constater que les choses se déroulaient ainsi et pas si mal, après tout. Il soupira et consulta sa montre.

— Veux-tu que je lui demande de venir ?

Mais Isabella n'avait jamais eu besoin de personne pour régler ses affaires. Elle le faisait elle-même, et parfaitement.

— Oui, s'il te plaît, car il faut que j'aie terminé vers midi.

Elle regarda sa montre, un cadeau d'Amadeo également.

— Eh bien, nous passons après les déjeuners de dames, maintenant !

Il rit. Mais il savait bien qu'après lui-même et Alessandro, c'était son travail qui comptait le plus pour Isabella et ce qui la maintenait en vie à quatre-vingts pour cent.

Amadeo souleva le combiné et parla à la secrétaire. Elle répondit qu'elle appelait immédiatement M. Franco et ce dernier arriva dans les cinq minutes. Il entra en coup de vent dans le bureau, marchant à grands pas, et Amadeo perçut un raidissement chez Isabella. Elle se préparait à la bataille.

— *Ciao,* Bernardo, dit-elle en souriant d'un air affable.

Il portait un costume sombre. Il mettait immanquablement des costumes sombres, ce qui faisait qu'Isabella avait l'impression que c'était toujours le même. Il avait une montre de gousset en or et des chemises blanches empesées ainsi que des cravates sombres à petits points blancs, sauf dans des mouvements de folle hardiesse où il allait jusqu'à porter des cravates à petits points rouges.

— J'adore ton costume ! fit-elle.

Elle lui faisait observer chaque fois qu'ils se rencontraient que ses costumes étaient ennuyeux, mais ils faisaient partie de son style.

— Écoutez, ne commencez pas tous les deux, s'interposa Amadeo. J'ai fort peu de patience aujourd'hui. (Il les regarda d'un air furieux mais ses yeux riaient.) D'ailleurs, madame a un déjeuner dans quarante minutes. Nous passons après les déjeuners, à présent.

— En effet, observa Bernardo en prenant un fauteuil. Comment va mon filleul ?

— Parfaitement bien. Ce n'est pas comme les rideaux de la salle à manger. (Amadeo sourit tandis qu'Isabella racontait l'histoire. Il adorait

31

les facéties de son fils et l'étincelle qui pétillait dans les yeux sombres si semblables à ceux de sa mère.) Tandis que j'étais ici hier, en train de résoudre vos problèmes, il a emprunté les ciseaux de ma trousse de toilette et a « arrangé » les rideaux. C'est du moins ce qu'il prétend. Il a coupé le tissu à un mètre du sol car il ne pouvait pas passer aisément sous la fenêtre avec son camion. Sans compter qu'il ne voyait pas le jardin. Maintenant, il le voit.

Elle se mit à rire de bon cœur, imitée par Bernardo. Lorsqu'il riait ainsi, il perdait vingt ans et en paraissait dix-huit. Mais lorsqu'il ne riait pas, il avait souvent une expression austère. Il était investi d'une grande partie des responsabilités de la maison et cela se voyait. Il avait beaucoup travaillé pour eux, et bien travaillé, mais il en avait payé la rançon. Il n'était pas marié, n'avait pas d'enfants. Il était souvent seul, se levait tôt, se couchait tard. Il lui arrivait de passer dans son bureau les dimanches et les jours de fête, mais cela aussi faisait partie intégrante de lui-même, tout comme ses complets sombres. Il était brun, presque aussi foncé qu'Isabella, et ses yeux étaient bleus comme le ciel de Rome. Les mannequins raffolaient de lui. Mais elles ne comptaient pas. Il s'en amusait un soir ou deux, pas plus.

— Ton nouveau savon ne va pas du tout.

Comme d'habitude, elle allait droit au but. Amadeo flancha. La bataille était engagée.

Bernardo ne cilla pas.

— Ah oui ? Pourquoi donc ?

— Il me donne mal à la tête. Il est trop lourd.

— Évidemment ! Moi aussi, j'aurais mal à la tête si quelqu'un coupait les rideaux de ma salle à manger.

— Je parle tout à fait sérieusement, reprit-elle en levant les yeux.

— Moi aussi. Tous les tests se sont révélés satisfaisants. Personne n'a trouvé le parfum trop lourd.

— Peut-être que les gens sont enrhumés.

Bernardo roula les yeux et se renversa dans sa chaise.

— Pour l'amour du ciel, Isabella ! J'ai déjà tout mis en route. Que veux-tu que je fasse, maintenant ?

— Arrête tout. Ça ne va pas. Exactement pour les mêmes raisons que l'eau de Cologne qui n'allait pas non plus.

Elle avait eu raison pour l'eau de Cologne,

mais Bernardo ne s'était pas laissé convaincre facilement et il avait été furieux qu'elle obtienne gain de cause. Ils s'étaient à peine adressé la parole pendant plus d'un mois.

Bernardo pinça les lèvres et enfonça ses poings dans ses poches.

— Il faut que le parfum du savon soit puissant. On l'utilise avec de l'eau, dans son bain. Il ne faut pas que l'odeur disparaisse lorsqu'on le rince.

— *Capisco.* J'ai déjà utilisé du savon. Le mien ne me donne pas la migraine, le tien si. Je veux qu'on le supprime.

— Nom de Dieu, Isabella ! cria-t-il en frappant du poing sur le bureau d'Amadeo.

Elle ne bougea pas, mais eut un sourire triomphant.

— Tu n'as qu'à dire au labo de continuer, et je te garantis que la production s'arrêtera au bout de trois semaines.

— Mais ce que nous avons commencé va être perdu !

— Nous perdrons bien davantage si nous lançons sur le marché un produit qui ne marche pas. Crois-moi, j'ai raison.

34

Un lent sourire étira ses lèvres et Bernardo parut sur le point d'exploser.

— As-tu d'autres nouvelles aussi plaisantes à m'annoncer ?

— Non. Je voulais simplement ajouter une ou deux choses à la collection américaine, mais j'en ai déjà parlé à Gabriela. Il n'y aura aucun problème.

— Mon Dieu ! Isabella, c'est impossible ! Non, vraiment !

Il sourit soudain. Il avait une grande capacité d'indulgence.

— Tiens-moi au courant pour le savon, n'est-ce pas ?

— Entendu.

— Parfait. Je n'ai pas besoin de me presser, mon déjeuner n'est que dans vingt minutes. (Amadeo lui fit une petite grimace ; elle alla s'asseoir sur le bras de son fauteuil et lui caressa la joue avec douceur. Son diamant accrocha de nouveau la lumière et fit danser un arc-en-ciel sur le mur. Elle s'aperçut que Bernardo regardait le bijou avec réprobation et s'en amusa.) Qu'y a-t-il, Nardo ? Un ennui avec une petite amie ?

— Très drôle ! J'ai été cloué à mon bureau

35

toute la semaine. Je commence à me sentir dans le rôle de l'eunuque de service.

Les sourcils d'Amadeo se froncèrent. Il était tracassé très souvent par l'idée qu'ils abusaient de Bernardo et de sa complaisance. Isabella, elle, savait que l'air ennuyé de Bernardo était causé par autre chose. Il paraissait sincèrement troublé en examinant le diamant et les perles d'Isabella.

— Tu es complètement folle de porter tout ceci ! Je l'ai déjà dit la semaine dernière à Amadeo.

— Qu'est-ce que c'est que cette histoire ? demanda Isabella. (Elle regarda son mari.) Est-il en train d'essayer de te convaincre de me reprendre mes bijoux ?

— Plus ou moins.

Amadeo haussa les épaules, l'air plus italien que nature. Mais Bernardo ne semblait pas trouver cela drôle.

— Tu sais pertinemment que ce n'est pas du tout ce que je voulais dire. Vous êtes tous deux au courant de ce qui est arrivé la semaine dernière aux Bellogio, il me semble ? Cela pourrait vous arriver à vous.

— Un kidnapping ! dit Isabella d'un air abasourdi. Ne sois pas ridicule, Nardo ! Les Bellogio étaient les deux personnalités politiques les plus importantes de Rome. Ils connaissaient tout le monde et étaient très puissants. De plus, ils étaient très riches. Tu sais bien que les terroristes s'en prennent aux symboles du capitalisme.

— Oui. Et leurs épouses se pavanaient parées par Van Cleef des pieds à la tête. À mon avis, l'argent a quelque chose à voir dans tout cela.

— Mais qu'est-ce qui te prend ? Pourquoi penses-tu brusquement à cela ? Je parie que tu souffres de ton ulcère. Cela te rend toujours bizarre.

— Allons, Isabella ! Ne fais pas l'enfant. C'est le quatrième kidnapping cette année et, contrairement à ce que vous semblez croire tous deux, ils ne sont pas tous politiques. Certains se produisent uniquement parce que les gens sont connus pour être riches.

— Ah ! parce ce que tu supposes que je me promène partout en laissant entendre que nous avons de l'argent ! Ne sois pas si vulgaire, Bernardo, Grand Dieu !

— Parce que ce n'est pas le cas ? (Il attrapa un journal qui traînait sur le bureau d'Amadeo et le feuilleta rapidement.) Effectivement, je suis terriblement vulgaire, Isabella. Mais tu ferais bien de jeter un coup d'œil là-dessus. (Il déploya le journal. On y voyait une grande photo d'eux deux, pénétrant dans un palais, la nuit précédente. Il s'agissait d'une fête donnée à l'occasion d'une première à l'Opéra et Isabella était vêtue d'une somptueuse robe du soir de satin moiré avec un manteau assorti, doublé d'une fourrure à couper le souffle. Elle portait des diamants autour du cou et aux poignets, tandis que le solitaire brillait à son doigt.) Je suis enchanté de voir que toi, tu es la simplicité même. (Il jeta un coup d'œil furieux à Amadeo.) Toi aussi, au reste.

Le chauffeur de la Rolls leur ouvrait la portière et l'on voyait étinceler les boutons de manchette en diamant d'Amadeo.

Ils se penchèrent tous deux, ahuris, sur le journal, pendant que Bernardo les regardait d'un air accusateur.

— Mais enfin, nous n'étions pas les seuls à cette réception ! remarqua doucement Isabella. (Elle était touchée qu'il se fasse du souci pour eux. Il avait déjà abordé ce sujet, mais, depuis l'enlèvement des Bellogio, l'affaire semblait lui tenir particulièrement à cœur.) Tu n'as vraiment pas de raison de t'en faire pour nous.

— Et pourquoi donc ? Est-ce que tu te figures

38

par hasard que vous êtes sacrés ? Que personne n'osera vous toucher ? Si c'est ce que vous pensez, cela veut dire que vous êtes fous tous les deux !

Pendant un instant, il sembla être au bord des larmes. Il était allé à l'enterrement d'un des Bellogio qu'il connaissait bien, et cela moins d'une semaine auparavant. Les kidnappeurs avaient eu des exigences folles. Ils voulaient quinze millions de dollars et l'élargissement d'une demi-douzaine de prisonniers politiques. Mais la famille n'avait pu satisfaire leur demande et le gouvernement s'y était refusé. Le résultat avait été tragique. Cependant, Isabella et Amadeo avaient l'air de ne s'en soucier nullement. Ils pensaient que Bernardo se faisait des idées.

Isabella se leva lentement et marcha vers lui. Elle le serra dans ses bras et déclara avec un sourire :

— Nous t'aimons et nous trouvons que tu vois les choses en noir.

Amadeo fronçait les sourcils, mais c'était pour Bernardo qu'il se faisait du souci. Pas pour lui-même.

— Mais vous ne comprenez donc pas ? s'écria Bernardo avec désespoir.

39

Cette fois-ci, ce fut Amadeo qui répondit, tandis qu'Isabella se laissait tomber sur une chaise en soupirant.

— Bien sûr que nous comprenons, mais je t'assure que tu exagères le danger. Regarde-nous. Nous sommes de simples couturiers. Qui veux-tu que nous intéressions ?

— Vous avez de l'argent. Et Alessandro ? S'ils le prenaient ?

Amadeo frissonna. Bernardo avait marqué un point.

— Évidemment, mais il n'est jamais seul, tu le sais bien. La villa est fermée. Personne ne peut entrer. Ne t'inquiète pas. Il est sain et sauf, et il n'y a rien à redouter.

— Eh bien, tu te trompes ! Personne n'est en sécurité. Et tant que vous continuerez à vous exhiber de la sorte (il montra la photographie d'un air peiné), vous serez une véritable provocation. Lorsque j'ai vu cela ce matin, j'ai bien cru que j'allais vous gifler.

Amadeo et Isabella échangèrent un regard ; Bernardo se détourna. Ils ne voulaient pas comprendre. Ils pensaient qu'il était fou. Mais c'étaient eux qui l'étaient. Et stupides et naïfs. Il eut envie de le leur dire, mais il savait bien que

cela ne servirait à rien. « De simples couturiers »... La plus grande maison de haute couture
d'Europe, une des plus grosses fortunes de Rome,
des gens en vue comme eux, un enfant vulnéra-
ble et une jeune femme couverte de bijoux... « de
simples couturiers » ! Il les regarda une fois
encore, secoua la tête avec découragement et
conclut en marchant vers la porte :

— Je vais réfléchir pour le savon, Isabella.
Mais je vous en prie, faites-moi plaisir tous les
deux et pensez à ce que je vous ai dit.

— Entendu, acquiesça Amadeo avec douceur,
tandis que Bernardo fermait la porte. (Il se
tourna vers sa femme.) Il a peut-être raison, tu
sais. Peut-être devrions-nous faire plus attention
à Alessandro ?

— Et à toi ?

— Oh ! moi, je n'intéresse personne ! répondit-il avec un sourire. Au reste, moi, je ne me
promène pas endiamanté et couvert de fourrures.

Elle lui sourit, taquine :

— Tu ne vas pas me reprendre ma bague ?

— Je n'en ai pas la moindre intention !

Il la regardait avec tendresse.

— Jamais ?

Elle ressemblait à une enfant. Elle s'assit sur ses genoux. Il sourit.

— Jamais, c'est promis. Elle est à toi. Moi aussi, pour toujours.

Il l'embrassa et elle sentit la même ardeur qu'au premier jour la parcourir. Elle lui passa les bras autour du cou et colla sa bouche à la sienne.

— Je t'aime, *carissimo,* plus que tout au monde.

Ils s'embrassèrent et elle le repoussa, les larmes aux yeux. Cela lui arrivait quelquefois. Elle était si heureuse qu'elle avait envie de pleurer. Ils avaient vécu tant de choses ensemble, ils avaient partagé tant de joies ! Pas seulement les satisfactions professionnelles, mais la naissance de leur fils, les jours passés seuls tous deux en Grèce cinq ans auparavant, tant d'autres souvenirs tendres. C'était en Grèce qu'avait été conçu Alessandro. Ils avaient décidé de fuir Rome et le travail pendant une semaine. Oui, ils avaient partagé mille choses.

— Isabellezza ! (Il se pencha sur elle, et son regard vert souriait.) Ma vie est parfaite, grâce à toi. Te l'ai-je dit récemment ?

Elle lui sourit en retour.

42

— Moi aussi, j'ai une vie merveilleuse grâce à toi. Sais-tu ce que j'aimerais ?

— Quoi donc ?

Quoi que ce fût, ils le feraient. Il ne pouvait rien lui refuser. Les gens pensaient peut-être qu'elle était gâtée par son mari, mais ce n'était pas vrai. Elle le gâtait également. Il y avait dans leurs rapports une parfaite réciprocité. Leur amour était parfaitement généreux.

— J'adorerais retourner en Grèce.

Ils avaient déjà oublié les recommandations de Bernardo.

— Quand ?

Il sourit de nouveau. Lui aussi avait envie de retourner en Grèce. C'était l'un des meilleurs souvenirs de son existence.

— Au printemps ?

Elle leva les yeux vers lui, et il eut follement envie d'elle.

— Y ferons-nous un autre bébé ?

Cela faisait un moment qu'il y pensait. Il lui semblait que c'était là une bonne idée. Avant d'avoir Alessandro, ils ne souhaitaient qu'un enfant, mais ils en avaient éprouvé tant de joie qu'Amadeo s'était promis d'aborder le sujet avec Isabella.

— En Grèce ? (Elle ouvrit de grands yeux et il se pencha une nouvelle fois pour prendre sa bouche douce et gonflée.) Nous n'avons pas besoin d'attendre d'être en Grèce. Il y a tous les jours des gens qui font des bébés à Rome.

— Vraiment ? chuchota-t-il dans son cou. Il faut que tu me montres comment.

— *Ecco, tesoro !* (Elle éclata de rire et regarda sa montre.) Mais après le déjeuner. Je suis en retard.

— Et si tu n'y allais pas ? Si nous rentrions à la maison...

— Après... (Elle l'embrassa de nouveau avec passion et, la main sur la poignée de la porte, se retourna pour demander :) Tu étais sérieux ?

— À quel sujet ? À propos du déjeuner ?

Elle secoua la tête et rit.

— Non, homme luxurieux ! À propos du bébé.

Elle parlait doucement et il hocha la tête.

— Oui, tout à fait. Qu'en penses-tu, Isabellezza ?

Elle eut un sourire mystérieux.

— Je vais y songer.

Il la regarda disparaître. Il n'avait pas eu le temps de lui dire une fois encore à quel point il l'aimait. Il attendrait le soir. Il était lui-même surpris d'avoir parlé de l'enfant. Il y avait songé, mais sans le formuler vraiment. Maintenant, il était sûr de le vouloir. Cela ne porterait aucun préjudice à sa carrière. Tout s'était passé admirablement avec Alessandro et ils avaient tous deux beaucoup à offrir à un enfant. Plus il y pensait et plus l'idée lui plaisait. Il se rassit à son bureau et reprit sa feuille.

Il était presque 1 heure lorsqu'il s'étira paresseusement et se leva. Il était très satisfait de son travail. Il se préparait à fêter cela par un déjeuner solitaire lorsqu'on frappa à la porte.

— *Si ?*

Il eut l'air surpris. Généralement, sa secrétaire utilisait l'interphone, mais sans doute était-elle partie déjeuner. Il se tourna vers la porte et vit une des jeunes dactylos passer timidement la tête par l'entrebâillement.

— *Scusi, signore, mi dispiace...*

Elle lui sourit. Il était si beau que les mots lui manquaient.

— Oui ? Que puis-je faire pour vous ? demanda-t-il en lui rendant son sourire.

— Il y a là deux messieurs qui voudraient vous voir.

45

Elle rougit et sa voix se fit hésitante.

— Maintenant ? (Il baissa les yeux sur son cahier de rendez-vous.) Mais qui sont-ils ? Je n'ai rien de prévu avant 3 heures.

— Ils... c'est au sujet de votre voiture. La... la Ferrari.

— Ma voiture ? Mais qu'a-t-elle ?

— Ils... ils disent qu'il s'agit d'un accident.

Elle s'attendait à une explosion de fureur, mais il parut ennuyé, sans plus.

— Y a-t-il quelqu'un de blessé ?

— Je ne pense pas, mais ils sont ici... à côté, dans le bureau de Mlle Alzini.

Il hocha la tête et passa devant elle pour pénétrer dans le bureau attenant au sien où se trouvaient deux hommes à l'air gauche et penaud. Ils portaient des vêtements simples et propres et avaient les mains brunes et le visage rouge ; il ne savait pas si c'était de honte. Visiblement, ils n'avaient pas l'habitude d'un tel luxe et le plus grand paraissait vouloir rentrer sous terre. Il s'agissait sans doute d'un boucher, d'un ouvrier, peut-être. Lorsqu'ils parlèrent, ce fut d'une voix un peu éraillée mais fort respectueuse. Ils étaient absolument désolés de ce qui était arrivé, désolés que la voiture fût à lui.

— Mais que s'est-il produit, au juste ?

Il semblait ennuyé, mais sa voix était douce et ses yeux emplis de bonté. S'il était contrarié, il ne le montrait pas.

— On conduisait, monsieur, et il y avait beaucoup de monde, vous comprenez, à l'heure du repas. (Amadeo hochait patiemment la tête en écoutant le récit.) Une petite fille et une femme ont traversé la rue en courant, alors nous, on a fait une embardée pour les éviter et... (le plus petit devint tout rouge) on a touché votre voiture. Pas beaucoup, mais tout de même. On peut réparer. Mon frère a un garage et il travaille bien. On paiera. On paiera tout.

— Mais non, voyons ! Nous allons confier l'affaire à nos assurances. Y a-t-il beaucoup de dégâts ?

Il essayait de ne pas montrer son mécontentement.

— *Ma...* On est désolés. On n'aurait pas voulu abîmer votre voiture pour tout l'or du monde. Une Fiat ou une voiture étrangère, c'est pas pareil, mais une voiture comme la vôtre !

Le plus grand des deux hommes se tordait littéralement les mains, et Amadeo se prit à sourire. Ils avaient l'air absurde, plantés ainsi dans son

47

bureau et plus touchés probablement que sa voiture. Il dut réprimer un fou rire nerveux et fut brusquement content qu'Isabella ne fût pas là, à le regarder de sa mine moqueuse.

— Ça ne fait rien. Allons voir ce qu'il en est.

Il les conduisit jusqu'à son ascenseur privé, introduisit la clef dans la serrure et descendit, essayant d'engager la conversation sur un sujet banal, mais en vain. Il ne put leur tirer une parole.

Même Ciano était parti déjeuner lorsque Amadeo sortit sur le trottoir. Il regarda vers le haut de la rue. Il vit leur voiture parquée auprès de la sienne. C'était un vieux modèle, très lourd, et qui pouvait effectivement avoir causé de gros dommages à sa voiture. Il marchait à grandes enjambées, suivi des deux hommes qui paraissaient terriblement gênés. En arrivant près de la Fiat, il vit qu'un troisième homme était assis au volant et le regardait d'un air misérable. Il salua d'un bref signe de tête et Amadeo fit le tour de sa voiture pour inspecter le côté gauche. Ses yeux s'étrécirent — il n'y avait, sur sa chère voiture, trace d'aucun dégât. Pas la moindre éraflure. Mais il était trop tard pour poser des questions. Au moment où il allait se redresser, les yeux agrandis de surprise, un objet massif l'atteignit sur le côté de la tête, puis il se sentit vaguement tiré et poussé à l'arrière de la Fiat. Tout cela ne prit que quelques minutes aux innocents visiteurs matinaux. Avant même que la Fiat ne soit parvenue au coin de la rue, Amadeo était dûment bâillonné et on lui avait mis un bandeau sur les yeux. Sa forme immobile gisait dans le fond de la voiture des kidnappeurs.

2

Le soleil se couchait et le ciel avait pris une
teinte orange et mauve. Isabella se tenait dans le
salon, vêtue d'une somptueuse robe de satin vert.
Des appliques de bronze et de cristal délicate-
ment ciselées déversaient une lumière ravissante
dans la pièce. Elle jeta un coup d'œil à la pendule
bleu foncé — Fabergé — qui se trouvait sur la
cheminée. Amadeo et elle l'avaient achetée à
New York, il y avait des années de cela. C'était
une pièce de collection, presque aussi précieuse
que le collier d'émeraudes qui brillait au cou
d'Isabella. Il avait appartenu à sa grand-mère et
l'on disait qu'il venait de Joséphine Bonaparte.
Elle se mit à arpenter la pièce. Il était 8 heures
moins 5 et ils allaient être très en retard chez
la princesse di Sant'Angelo qui les attendait

pour dîner. Maudit Amadeo ! Pourquoi n'était-il pas à l'heure aujourd'hui ? Particulièrement aujourd'hui. La princesse était l'une des rares personnes qui énervaient Isabella. Elle avait quatre-vingt-trois ans et un cœur de marbre, des yeux au regard d'acier, mais elle était l'amie d'enfance de la grand-mère d'Amadeo. Isabella la détestait franchement. Ses cocktails étaient donnés à 8 heures précises et l'on dînait chez elle à 9 heures précises. Précises ! Il leur fallait traverser la moitié de Rome, puis faire quelques kilomètres de banlieue avant d'arriver au palais Sant'Angelo où la *principessa* tenait sa cour, vêtue de robes longues et brandissant sa canne d'ébène à pommeau d'or. Isabella passa devant un miroir et se demanda si elle n'aurait pas dû se coiffer autrement. Elle se contempla avec désespoir. C'était trop simple et trop sévère. Elle avait relevé ses cheveux sur le haut de sa tête en un chignon très strict pour dégager son cou et ses oreilles, qui étaient également parées d'émeraudes qu'Amadeo avait fait monter en boucles. Ces émeraudes étaient d'un goût exquis, de la même couleur que sa robe qui était de sa collection d'hiver — un pan de satin fort simple tombant jusqu'aux pieds. Par-dessus, elle porterait le man-

51

teau blanc qu'elle avait conçu, au col droit, avec des manches bouffantes soulignées de soie fuchsia. Mais ou bien la toilette était trop audacieuse, ou bien la coiffure était trop sévère, ou bien... Nom d'un chien, où pouvait bien être Amadeo ? Pourquoi donc était-il si en retard ? Elle jeta un nouveau coup d'œil à la pendule et pinça les lèvres en entendant un chuchotement qui venait de la porte de la salle à manger. Elle se retourna et se trouva nez à nez avec Alessandro à demi dissimulé par la porte du salon. Il était en pyjama et ouvrait largement ses grands yeux bruns.

— Psitt ! *Mamma, vieni qui !*

— *Ma cosa fai ?*

Elle prit aussitôt un air de conspirateur et lui fit un grand sourire.

— Je me suis sauvé ! (Il avait les yeux brillants.) Je lui ai échappé.

— Mais à qui ?

— À *mamma* Teresa.

— Comment se fait-il que tu ne sois pas en train de dormir ? (Précautionneusement, à cause de ses hauts talons, elle s'agenouilla auprès de son fils.) Il est très tard.

— Je sais bien ! (Il rit avec délices comme seuls savent rire les petits garçons de cinq ans.)

52

Je voulais te voir. Regarde ce que m'a donné Luisa. (Il lui tendit sa petite main poisseuse, pleine de gâteaux amoureusement confectionnés par la cuisinière.) Tu en veux un ?

Il en fourra précipitamment deux dans sa bouche avant de tendre une masse compacte de chocolat fondu et de miettes à sa mère.

— Tu devrais être au lit, répondit celle-ci, se retenant de rire.

— Entendu, entendu, acquiesça Alessandro, tout en avalant gloutonnement un autre biscuit. Tu m'emmènes ?

Il la regarda avec un air qui la fit littéralement fondre de tendresse. Elle opina, radieuse. C'était pour cette raison qu'elle avait renoncé à travailler onze heures par jour, même si cela l'empêchait de passer une grande partie de son temps avec Amadeo. Cela valait la peine. Ce sourire, ce regard malicieux la récompensaient.

— Où est papa ?

— Il arrive, j'espère. Allons, viens !

Alessandro glissa sa main propre dans celle de sa mère et ils s'engagèrent dans le grand hall faiblement éclairé dont les murs étaient ornés des portraits des ancêtres d'Amadeo et de quelques tableaux qu'ils avaient achetés ensemble en

France. La maison ressemblait plus à un palais qu'à une villa. C'était dans ce hall que les gens dansaient au son d'un orchestre lorsqu'ils donnaient une grande réception.

— Qu'est-ce que nous ferons, si *mamma* Teresa nous trouve ici ? dit Alessandro en levant vers sa mère ses beaux yeux bruns.

— Je me le demande ! Crois-tu que si nous nous mettons à pleurer, cela arrangera les choses ?

Il hocha la tête sagement puis se mit à rire en dissimulant sa bouche derrière sa main pleine de chocolat.

— Tu es drôlement maligne !

— Toi aussi. Comment as-tu fait pour sortir de ta chambre ?

— Par la porte du jardin. Luisa avait dit qu'elle ferait des gâteaux ce soir.

La chambre d'Alessandro, tapissée de bleu, était emplie de livres et de jouets. Contrairement à toutes les autres pièces de la maison, elle n'était ni majestueuse ni très élégante, c'était simplement une chambre d'enfant. Lorsqu'elle entra dans la pièce, Isabella poussa un grand soupir :

— Ça y est ! Nous y sommes arrivés !

C'était plus qu'Alessandro n'en pouvait supporter. Il retira de la poche de son pyjama le reste des gâteaux — il n'avait dans la main que le surplus — et le fourra gloutonnement dans sa bouche, tandis que sa mère le bordait.

— Et ne fais pas trop de saletés. (Recommandation inutile, au vrai, elle s'en moquait. Tout ce que l'on pouvait attendre d'un petit garçon, c'était précisément qu'il fasse des miettes et salisse les murs. Le reste de son existence était composé de choses élégantes, raffinées et soignées. Alessandro pouvait bien faire exception à la règle, elle l'aimait ainsi.) Promets-moi que tu t'endormiras dès que tu auras fini.

— Promis ! (Il la regarda avec admiration.) *Tu sei bella.*

— Merci. *Buona notte, tesoro,* ajouta-t-elle en l'embrassant dans le cou.

Il rit car cela le chatouillait.

— Je t'aime, maman.

— Moi aussi.

En s'en allant, elle sentit des larmes lui piquer les paupières et se traita mentalement d'idiote. Au diable la princesse ! Finalement, elle était contente qu'Amadeo ait été en retard. Mais, Seigneur, quelle heure pouvait-il bien être ? Elle retourna au salon pour regarder la pendule.

8 h 25 ! C'était impossible ! Que se passait-il ? En fait, elle ne le savait que trop. Un appel urgent de Paris, de Hongkong ou des États-Unis. Une usine en grève qui ne pouvait livrer les tissus. C'était ce genre de choses qui l'avait autrefois tenue éloignée si longtemps d'Alessandro. Elle pensa qu'il fallait maintenant appeler Amadeo à son bureau et lui proposer d'aller lui porter son smoking.

Elle se dirigea vers son petit boudoir tendu de rose et composa le numéro. Une secrétaire à la voix épuisée lui répondit :

— *Pronto,* San Gregorio.

— *Buona sera.*

Isabella demanda le bureau d'Amadeo.

Il s'écoula un moment qui lui sembla fort long. La secrétaire revint à l'appareil, lui demanda d'un ton d'excuse de patienter encore un peu et repartit. Isabella tapait impatiemment du pied et fronçait les sourcils. Il se passait quelque chose de bizarre. Peut-être avait-il conduit trop vite et avait-il eu un accident. Soudain, elle trouva qu'il faisait une chaleur étouffante dans la petite pièce et son cœur cessa de battre lorsqu'elle entendit la voix de Bernardo.

— *Ciao. Cosa c'è ?*

— Bon sang, où est donc Amadeo ? Il a presque deux heures de retard. Il savait pourtant bien que nous dînions chez la gargouille !

— À Sant'Angelo ?

— Bien sûr. Mais où est-il ?

— Je ne sais pas. Je pensais qu'il était avec toi.

Les mots lui avaient échappé et il fronça les sourcils.

— Comment ? Il n'est pas là ?

Elle commençait à sentir la peur l'envahir. Peut-être était-il arrivé quelque chose avec la voiture. Mais Bernardo répondit très vite d'un ton parfaitement normal :

— Il doit être quelque part dans la maison. Je n'ai pas arrêté de la journée à cause de ce savon qui n'a pas l'heur de te plaire et je n'ai pas mis les pieds dans son bureau depuis midi.

— Essaie de le trouver, s'il te plaît, et demande-lui de me rappeler. Je ne sais pas s'il faut que j'aille lui porter son smoking ou s'il préfère s'habiller ici. La vieille taupe va probablement nous tuer. Jamais nous n'arriverons à temps pour le dîner.

— J'y vais.

57

— Merci. Bernardo ? Tu ne crois pas qu'il est arrivé quelque chose ?

— Bien sûr que non. Je vais sûrement le trouver dans une minute.

Il raccrocha, et Isabella contempla le téléphone avec malaise.

Ses paroles résonnaient encore aux oreilles de Bernardo : « Quelque chose. Il est arrivé quelque chose. » C'était exactement ce qu'il pensait. Il avait cherché Amadeo tout l'après-midi pour discuter de ce maudit savon. Il leur fallait beaucoup d'argent pour recommencer les tests, et il voulait l'avis d'Amadeo. Mais il était sorti. Toute la journée. Depuis l'heure du déjeuner. Il s'était consolé en pensant qu'Amadeo et Isabella avaient passé l'après-midi ensemble, ce qu'ils faisaient assez souvent, mais s'il n'était pas avec elle, où était-il ? Tout seul ? Avec quelqu'un d'autre ? Avec une autre femme ? Il chassa cette pensée. Amadeo ne trompait pas Isabella. Il ne l'avait jamais fait. Mais alors, où était-il ? Et que faisait-il depuis l'heure du déjeuner ?

Bernardo commença à passer toute la maison au peigne fin. Il parcourut le rez-de-chaussée et les trois étages. Tout ce qu'il découvrit fut une jeune secrétaire tremblante qui lui expliqua que deux messieurs étaient venus voir Amadeo pour lui apprendre qu'ils avaient embouti sa voiture. Il était sorti avec eux. Bernardo devint livide en entendant ce récit, se précipita dans la rue et monta dans sa voiture. Au moment où il démarrait, il aperçut la Ferrari là où elle se trouvait déjà le matin. Il ralentit en passant devant. Elle n'était absolument pas endommagée. Son cœur commença à battre la chamade et il accéléra. Il se rendait chez Isabella.

Visiblement Bernardo avait tenu parole et l'avait retrouvé. Elle sourit et courut vers son boudoir pour répondre au téléphone. Quel idiot ! Il avait probablement complètement oublié la princesse et son dîner. Elle allait lui montrer ce qu'elle en pensait. Elle était, en fait, aussi incapable de se fâcher contre Amadeo que de gronder Alessandro.

— Alors, mon chéri, on est un peu en retard ? Veux-tu me dire ce que nous allons raconter à la princesse ?

Elle souriait. Mais ce n'était pas Amadeo. C'était une voix étrangère.

— *Pronto, signora.* Je ne sais vraiment pas ce

que vous allez faire au sujet de la princesse, mais la question qui se pose est de savoir ce que vous allez faire au sujet de votre mari.

— Quoi ?

C'était bien sa chance. Un cinglé. Cela tombait bien, vraiment ! L'espace d'une seconde, elle perdit complètement le contrôle d'elle-même. Pourtant, leur numéro de téléphone personnel n'était pas dans l'annuaire.

— Je suis navrée, répliqua-t-elle, je crois que vous vous trompez de numéro.

Elle était sur le point de raccrocher lorsque son correspondant parla de nouveau, d'une voix plus dure cette fois.

— Une seconde, *signora* di San Gregorio. Je pense que vous attendez votre mari. Est-ce que je me trompe ?

— Non.

Son cœur battait à tout rompre. Qui était cet homme ?

— Il est en retard, non ?

— Qui est à l'appareil ?

— Peu importe. Votre mari est ici avec nous...

Elle entendit une espèce de raclement, comme si l'on poussait quelqu'un et, brusquement, Amadeo fut en ligne.

— Chérie, n'aie pas peur ! Ne t'affole pas !

Sa voix était faible et fatiguée.

— Que veut dire tout cela ? C'est une plaisanterie ?

— Non. Pas du tout.

— Où es-tu ?

Elle pouvait à peine parler. Bernardo avait eu raison.

— Je l'ignore, mais cela n'a pas d'importance. Surtout ne perds pas la tête. Sache... (Il y eut une interruption qui lui sembla durer un siècle. Tremblant violemment, elle crispa sa main sur le récepteur.) Sache que je t'aime.

On lui enleva le téléphone, et l'homme parla de nouveau.

— Vous êtes contente ? Voilà, nous l'avons. Vous voulez le revoir ?

— Qui êtes-vous ? Vous êtes fou ?

— Non. Intéressé. C'est tout. (Isabella l'entendit rire et tenta désespérément de garder son sang-froid.) Nous voulons dix millions de dollars.

— Mais vous êtes complètement fou ! Je n'ai pas cet argent.

— Mais si ! Votre maison vaut bien ça. Trouvez-les, vous avez tout le week-end, pendant que nous prenons soin de votre mari.

— Mais je ne peux pas... Pour l'amour du ciel... écoutez... s'il vous plaît...

Mais il avait déjà raccroché, et Isabella s'effondra en sanglotant sur un fauteuil. Amadeo ! Ils avaient enlevé Amadeo ! Et ils étaient fous ! Oh, Dieu !

Elle n'entendit même pas la sonnette de la porte d'entrée, ni la domestique qui courait ouvrir, ni les pas précipités de Bernardo.

— Qu'y a-t-il ? (Il la regarda, horrifié.) Isabella, dis-moi, je t'en prie !

Était-il blessé, mort ?

Elle fut un moment sans pouvoir parler, puis leva vers lui un visage sillonné de larmes. Sa voix ressemblait à un croassement :

— Il a été kidnappé.

— Oh, mon Dieu !

3

UNE HEURE plus tard, Isabella était toujours assise dans le boudoir, le visage couleur de cendre, les yeux pleins de larmes, accrochée à la main secourable de Bernardo, lorsque le téléphone retentit.

— Au fait, *signora,* nous avons oublié de vous dire. N'appelez surtout pas les flics. Si vous le faites, nous le saurons. Et nous le tuerons. Nous le tuerons également si vous ne donnez pas l'argent.

— Mais c'est impossible ! Comment voulez-vous...

— Peu importe ! N'appelez pas les flics, c'est tout. Ils bloqueront votre compte en banque à la première heure, et, à ce moment-là, je ne donne pas cher de sa peau.

Il raccrocha. Cette fois-ci, Bernardo avait écouté également.

Elle s'effondra, en larmes de nouveau.

— Isabella, cela fait une heure que nous aurions dû avertir la police.

— Je t'ai déjà dit de ne pas le faire. Il a raison. La police nous surveillera tout le week-end, et dès lundi le compte en banque sera bloqué de sorte que nous ne pourrons plus payer la rançon.

— De toute façon, on ne peut pas la payer ; il faudrait une année entière pour rassembler autant d'argent. Et le seul qui le puisse, c'est Amadeo, tu le sais bien.

— Ça m'est égal. Je trouverai cet argent. Il le faut.

— C'est impossible. Nous devons appeler la police. Il n'y a pas d'autre moyen. Tu ne peux pas prendre le risque de les mettre en colère, Isabella. Il faut les trouver le plus rapidement possible.

Il était presque aussi pâle qu'Isabella et se passait nerveusement la main dans les cheveux.

— Mais si on les trouve ? Le type a dit que...

— Ils ne le feront pas. Pour l'amour du ciel, il faut bien que nous fassions confiance à

64

quelqu'un et nous ne pouvons leur faire confiance !

— Peut-être qu'ils nous laisseront du temps et que nous arriverons à rassembler cette somme. Nous emprunterons, nous appellerons les États-Unis.

— Non. Nous n'allons pas appeler qui que ce soit. Il ne faut pas leur laisser du temps. Dieu sait ce qu'ils font à Amadeo pendant tout ce temps !

— Oh, Dieu, Bernardo ! Je ne veux pas y penser...

Sa voix se transforma en un gémissement enfantin, et Bernardo la prit dans ses bras. Il tremblait.

— Je t'en prie, laisse-moi appeler la police.

Il chuchotait. Elle acquiesça sans un mot. Cinq minutes plus tard, les policiers étaient là. Ils étaient entrés par la porte de derrière, vêtus de vieux vêtements. Au moins, pensa Isabella, ils s'étaient arrangés pour passer inaperçus. Peut-être Bernardo avait-il raison, après tout.

— *Signora* di San Gregorio ?

Le policier l'avait reconnue au premier coup d'œil. Elle était assise, immobile sur la même chaise, toujours vêtue de satin vert et portant ses magnifiques émeraudes.

— Oui.

On entendit à peine la réponse. Ses yeux s'emplirent de larmes. Elle se sentait glacée et Bernardo lui serra la main de toutes ses forces.

— Nous sommes désolés et nous savons quel est votre chagrin, mais il faut absolument tout nous dire. Qui l'a vu en dernier lieu, dans quelles dispositions, si vous avez déjà reçu des menaces, s'il y a quelqu'un dont vous auriez des raisons de vous méfier, tant à votre maison de couture qu'ici. Il ne faut ménager personne. Pas question de loyauté ou de courtoisie. La vie de votre mari est en cause et il faut que vous nous aidiez.

Ils regardèrent Bernardo avec soupçon, mais celui-ci soutint leur regard sans sourciller. Ce fut elle qui leur apprit qu'il avait beaucoup insisté pour appeler la police.

— Mais ils ont dit... que si l'on appelait la police...

Elle ne put continuer.

— Nous le savons.

Ils posèrent des questions pendant plus de deux heures, et il était minuit passé lorsqu'ils se retirèrent.

66

— Ils n'ont pas dit où ils voulaient qu'on leur porte l'argent, déclara Isabella d'une voix entrecoupée. J'ai l'impression que ce sont des amateurs.

— C'est ce qu'il semble, répliqua le plus grand des deux policiers. Le fait qu'ils ont rappelé pour vous ordonner de ne pas avertir la police le prouve. Des professionnels auraient pensé à vous le dire immédiatement.

— C'est bien pour cela que je ne voulais pas que M. Franco vous appelle.

— Vous avez bien fait de changer d'avis.

L'officier de police parlait d'un ton compatissant et à voix presque basse. Il était spécialiste des kidnappings. Son expérience s'était malheureusement beaucoup accrue, ces derniers mois.

— Croyez-vous que cela soit une bonne chose pour nous ? demanda Isabella d'un ton où perçait un faible espoir.

— Peut-être, c'est difficile à dire. Nous serons très prudents, *signora,* faites-nous confiance. (Il sembla se rappeler quelque chose et ajouta :) Vous sortiez ce soir, si je ne m'abuse ?

Elle hocha la tête. Elle se sentait sans force.

— Oui. Nous étions invités à... à un dîner. Oh, mais qu'importe, à présent ?

— Tout a de l'importance. Chez qui étiez-vous invités ?

Isabella faillit sourire.

— Chez la princesse di Sant'Angelo. Vous n'allez tout de même pas aller l'interroger ?

— Seulement si cela se révèle nécessaire. (C'était un nom connu de l'inspecteur. La plus importante douairière de Rome). Pour le moment, il vaut mieux ne parler de tout cela à personne. Ne sortez pas. Ne rencontrez pas vos amis si vous pouvez l'éviter, dites que vous êtes malade, répondez vous-même au téléphone. Les kidnappeurs ne voudront certainement parler à personne d'autre. Il faut que nous connaissions leurs exigences aussi vite que possible. Vous avez un petit garçon ? (Elle hocha la tête en silence.) Il ne faut pas qu'il sorte. On va mettre des gardes tout autour de la maison. Discrètement, cela va sans dire.

— Dois-je également empêcher les domestiques de sortir ?

— Non. Ne leur dites rien. Peut-être l'un d'eux se trahira-t-il. Ils seront tous suivis.

— Vous croyez donc qu'il peut s'agir de l'un d'eux ?

Isabella avait repris un peu d'espoir. Peu lui

importait. Il fallait seulement que l'on retrouve Amadeo avant que ces fous ne lui aient fait du mal, avant que... Elle ne pouvait même pas se formuler à elle-même la terrible menace. Elle ne le voulait pas. Cela ne pouvait pas arriver. Pas à Amadeo ! Les larmes emplirent de nouveau ses yeux et l'inspecteur se détourna.

— Il faut attendre. Pour vous, cela va être très dur, je le sais bien.

— Et l'argent ?

À peine avait-elle parlé qu'elle se mordit les lèvres.

L'inspecteur la regarda durement.

— Oui ?

— Devons-nous... Allons-nous... ?

— Votre compte personnel et celui de votre maison de couture seront bloqués lundi matin. Nous avertirons votre banque juste avant l'ouverture.

— Oh, mon Dieu ! (Elle regarda Bernardo avec rage, puis le policier.) Comment pensez-vous que nous allons faire tourner la maison ?

— Par le crédit, du moins pour un temps. Je suis persuadé que vous y arriverez très bien.

— Ce dont vous êtes sûr, inspecteur, et ce

69

dont moi je suis sûre, sont deux choses bien différentes.

Elle se leva vivement, les yeux étincelant de
fureur. Elle se fichait pas mal de la maison San
Gregorio et de savoir comment elle tournerait ;
ce qu'elle voulait, c'était avoir les mains libres
pour le cas où l'idée des flics ne marcherait pas.
Pour Amadeo. Maudit Bernardo ! Maudit flic !
Maudit...

— Allez vous reposer un peu.

Elle avait envie de lui répondre une chose abo-
minablement grossière du genre : « Allez vous
faire foutre ! » mais elle se contenta de serrer les
dents et les poings. Une fois qu'ils furent partis,
elle se tourna vers Bernardo.

— Tu vois, espèce d'imbécile ! Je t'avais bien
dit qu'ils le feraient. Qu'allons-nous devenir, à
présent ?

— Attendre. Les laisser faire leur travail. Prier.

— Mais est-ce que tu n'as pas compris ? Ils
ont Amadeo. Si on ne leur donne pas dix millions de dollars, ils le tueront. Peux-tu te mettre
cela dans la tête ?

Pendant un court instant elle fut sur le point
de le gifler, mais en le regardant, elle comprit
que c'était comme si elle l'avait fait.

70

Elle eut une crise de nerfs. Bernardo dormit cette nuit-là dans la chambre d'ami. Aucun d'eux ne pouvait faire quoi que ce fût. Pas un week-end, pas avec le compte en banque bloqué. Rien, de toute manière.

Isabella ne se coucha pas cette nuit-là. Elle attendait, se levant, se rasseyant, pleurant, rêvant éveillée. Elle était prête à tout accorder, à donner n'importe quoi, mais qu'ils le rendent, par pitié, qu'ils le rendent !

Il leur fallut attendre encore vingt-quatre heures le coup de téléphone suivant. Même demande. Dix millions de dollars. Mardi, et l'on était samedi. Elle tenta de les raisonner, démontrant qu'il était impossible de trouver de l'argent pendant le week-end alors que tout était fermé. En vain. Ils ne voulurent pas en démordre. Mardi, il leur fallait l'argent mardi. Elle avait tout son temps, disaient-ils. Ils lui indiqueraient plus tard où déposer l'argent. Cette fois-ci, ils ne lui passèrent pas Amadeo.

— Comment puis-je savoir s'il est toujours vivant ?

— Vous n'avez aucun moyen de le savoir, en effet, mais il l'est. Il le sera tant que vous ferez ce que l'on vous dit. Tant que vous n'appellerez

71

pas les flics et si vous apportez l'argent. Nous vous rappellerons, *signora, ciao* !

Oh ! Jésus, que faire ?

Le dimanche matin, elle ressemblait à un spectre. Ses yeux étaient cernés de noir et son visage d'une pâleur mortelle. Bernardo venait et repartait afin de donner un semblant de normalité à la maison et faisait des allusions au voyage d'Amadeo devant les domestiques. Il était facile de toute façon, de croire qu'elle était malade, elle en avait bien l'air. Les domestiques semblaient ne s'apercevoir de rien et la police n'avait rien trouvé de nouveau. Dans la nuit de dimanche, elle eut l'impression qu'elle était devenue folle.

— Je n'en peux plus, Bernardo ! Vraiment, je n'en peux plus ! Ils ne font rien. Il y a sûrement un autre moyen.

— Lequel ? Même mon compte en banque a été bloqué. Il faut que j'emprunte de l'argent à ma mère demain matin. La police m'a dit que je ne pouvais retirer aucun argent de la banque.

— Quoi ? Toi aussi ? Oh non !

Mais il y avait au moins une chose à laquelle ils ne pouvaient pas toucher. Les yeux grands ouverts, elle comptait, réfléchissait, supputait.

Le lendemain matin, elle ouvrit le coffre-fort.

Elle n'y trouverait pas dix millions, bien sûr, mais un en tout cas. Peut-être deux. Elle prit les longues boîtes de velours vert dans lesquelles elle gardait ses bijoux et, après avoir fermé la porte, en déversa le contenu sur son lit. Les émeraudes, le diamant d'Amadeo, un collier de rubis qu'elle n'aimait pas parce qu'elle le trouvait trop chargé, ses perles, sa bague de fiançailles en saphir, le bracelet de diamants qui lui venait de sa mère, les perles de sa grand-mère. Elle inventoria soigneusement le tout, puis le mit dans une écharpe de Gucci et fourra le ballot dans un grand sac de cuir marron. Cela pesait un âne mort, mais cela lui était égal. Au diable la police et ses recherches et sa patience ! Le seul homme à qui elle pouvait faire confiance, c'était Alfredo Paccioli. Sa famille et celle d'Amadeo étaient en relations d'affaires depuis toujours. Il avait la clientèle des rois, de tout le Gotha et des stars de cinéma, et il avait toujours été adorable avec elle.

Isabella s'habilla en silence d'un vieux chandail en cachemire et d'un pantalon marron ; elle mit une écharpe sur sa tête. Elle était à peine reconnaissable. Elle s'assit sur son lit pour réfléchir à la manière dont elle allait sortir de la maison sans que les gardes l'en empêchent ou la suivent. Puis elle songea qu'après tout elle s'en moquait. Tout ce qu'elle voulait, c'était l'argent. Elle appela Enzo par le téléphone intérieur et lui dit qu'elle voulait sortir un peu et qu'il aille l'attendre à la porte de derrière. Dix minutes plus tard, elle se glissait silencieusement hors de la maison, car elle ne voulait surtout pas tomber sur Alessandro et avoir à répondre à la question muette de ses grands yeux inquiets. Depuis quatre jours, elle ne le voyait pas ; elle lui avait expliqué qu'elle était malade et qu'il ne fallait pas qu'il attrape ses microbes. Il jouait avec *mamma* Teresa ; papa était en voyage et l'école avait téléphoné pour annoncer qu'il y avait des vacances supplémentaires. Dieu merci, il n'avait que cinq ans ! Mais elle fut reconnaissante à Maria Teresa de s'occuper si bien de l'enfant. Elle n'aurait pu l'affronter. Elle se serait sûrement précipitée sur lui pour le serrer frénétiquement dans ses bras et aurait peut-être fondu en larmes.

— *Va meglio, signora ?*

Enzo la regardait d'un air pensif dans le rétroviseur. Elle hocha simplement la tête. Son escorte invisible quitta discrètement le stationnement en voyant sortir la limousine.

74

Elle lui donna l'adresse de la boutique qui se trouvait juste à côté de Paccioli. De toute manière, cela lui était égal qu'Enzo sût où elle était allée. S'il faisait partie des bandits, eh bien, il pourrait témoigner qu'elle faisait de son mieux ! Saloperie ! Elle ne pouvait plus faire confiance à quiconque. Plus maintenant. Plus jamais. Bernardo lui-même, comment pouvait-il avoir vu si juste ? Elle refoula les larmes qui lui montaient aux paupières.

La course prit un quart d'heure et elle fit semblant d'acheter quelque chose dans deux magasins avant d'entrer chez Paccioli. La façade en était très discrète, portant juste le nom en lettres d'or. Elle pénétra dans le hall tendu de beige et s'adressa à une jeune femme assise derrière un bureau Louis XV.

— Je voudrais voir M. Paccioli.

Même vêtue comme elle l'était, il lui était impossible de perdre son ton assuré. La jeune femme ne sembla toutefois pas impressionnée.

— Je suis navrée, mais M. Paccioli est en rendez-vous. Il est avec des clients de New York.

Elle leva les yeux, mais Isabella ne l'entendait pas de cette oreille et la courroie de son sac lui mordait cruellement l'épaule.

— Ça ne fait rien. Dites-lui que... que c'est Isabella.

La jeune femme hésita, puis dit :

— Très bien.

Cette femme, pensait-elle, avait quelque chose à la fois de désespéré et d'inquiétant. La jeune femme pensa une seconde avec horreur qu'elle avait peut-être une arme dans son sac, mais alors, raison de plus pour aller chercher M. Paccioli. Elle laissa Isabella avec deux gardiens vêtus d'uniformes bleus et revint moins d'une minute plus tard, suivie d'Alfredo Paccioli. Il avait environ soixante ans ; il était presque chauve, à l'exception d'une couronne de cheveux blancs assortis à une moustache conquérante. Ses yeux bleus avaient un regard rieur.

— Isabella, *cara, come sta ?* Tu cherches quelque chose pour ta collection ?

Elle se contenta de secouer la tête.

— Puis-je te parler une minute ?

— Naturellement.

Il la regarda de plus près et ce qu'il vit ne lui plut pas. Il se passait quelque chose de terrible, il le sentit tout de suite. Elle était malade ou elle devenait folle. Ce qu'elle fit quelques minutes plus tard le confirma dans cette idée. Elle ouvrit

son sac, puis le ballot, et déversa tous ses bijoux
sur son bureau.

— Je veux les vendre. Tous.

Avait-elle perdu la raison ? S'était-elle brouil-
lée avec Amadeo ? Que se passait-il donc, Seigneur ?

— Isabella... ma chère... c'est impossible.
Ce... ce joyau est dans votre famille depuis des
années.

Il regardait avec stupéfaction les émeraudes,
les perles et le diamant qu'il avait vendu à Amadeo peu de temps auparavant.

— Il le faut, Alfredo. Je t'en prie, ne me
demande pas pourquoi, fais-le. Toi seul peux
m'aider.

— Parles-tu sérieusement ?

Leur affaire marchait-elle subitement mal ?

— Tout à fait.

Il voyait bien à présent qu'elle n'était ni folle
ni malade, qu'elle avait simplement de formi-
dables ennuis.

— Cela va sûrement prendre un peu de
temps.

Il faisait rouler entre ses doigts les bijoux ravis-
sants et réfléchissait. Il lui fallait trouver un ache-

teur pour chacun d'eux. Ce n'était pas une tâche qui lui plaisait.

— N'y a-t-il vraiment pas d'autre solution ? demanda-t-il.

— Aucune. Et j'ai très peu de temps. Donne-moi maintenant tout ce que tu peux. Toi-même. N'en parle surtout à personne. À personne au monde. C'est un question de... de... Oh, Dieu ! Alfredo, aide-moi, je t'en supplie !

Ses yeux s'emplirent soudain de larmes. Il tendit la main pour prendre celle de la jeune femme. Il avait compris. La même chose s'était déjà produite. Deux fois. Une fois l'année précédente, la seconde fois la semaine passée. Et... cela n'avait servi à rien. C'était horrible.

— Ne me demande rien, je ne peux pas te répondre. Aide-moi, c'est tout. S'il te plaît !

— Très bien, très bien. Combien te faut-il ?

Dix millions de dollars, pensa-t-elle. Dieu !

— Tu ne peux pas me donner ce dont j'ai besoin, donne-moi ce que tu peux. En liquide.

Il hocha la tête et se livra à un rapide calcul.

— Deux cent mille maintenant, et deux cent mille dans une semaine.

— Ne peux-tu me donner tout aujourd'hui ?

78

Elle semblait désespérée, et il eut peur qu'elle ne s'évanouisse.

— Je ne peux pas, Isabella. Nous venons de débloquer beaucoup d'argent. Tout notre liquide ou presque est sous forme de pierres à l'heure qu'il est. Et ce ne sont pas des pierres que tu veux. (Il baissa les yeux sur les bijoux, puis les releva et prit peur. Le désespoir de la jeune femme était contagieux.) Peux-tu attendre une minute que je donne quelques coups de fil ?

— Oui, mais à qui ?

Elle se mit à trembler tandis que les larmes roulaient de nouveau sur ses joues.

— Fais-moi confiance. Je vais téléphoner à quelques-uns de mes collègues qui sont aussi des amis. Mais, Isabella... (il hésita, mais il était sûr d'avoir compris)... il faut vraiment que cela soit en liquide ?

— Oui.

Il avait raison. Ses mains se mirent à trembler tandis qu'il prenait le téléphone. Il appela cinq ou six personnes, joailliers, fourreurs, bijoutiers, un banquier, un joueur professionnel, un de ses clients, devenu son ami. Il parvint à trouver trois cent mille dollars de plus. Cela faisait un demi-million. Un vingtième de ce que demandaient les ravisseurs, cinq pour cent. Il regarda Isabella avec une infinie tristesse.

— Est-ce que cela ira ?

— Je m'arrangerai. Quand pourrai-je venir les chercher ?

— Je vais envoyer immédiatement un coursier. Je vais prendre ce qui peut à mon avis intéresser d'autres bijoutiers. (Il choisit trois ou quatre pièces, et elle se mordit les lèvres lorsqu'il retira le diamant du foulard. Mais seul importait Amadeo.) J'aurai l'argent dans une heure. Veux-tu attendre ?

Elle hocha la tête.

— Fais sortir ton messager par la porte de derrière.

— Je suis surveillé ?

— Non, moi. Ma voiture est devant chez toi et il se peut qu'ils suivent les gens qui sortiront.

Il n'avait pas besoin de poser d'autres questions.

— Veux-tu un café ?

Elle acquiesça et lui tapota affectueusement le bras avant de le laisser. Il se sentait complètement impuissant. Elle demeura assise pendant un peu plus d'une heure, ressassant des pensées terribles, essayant de ne pas laisser son esprit se remémorer les moments de tendresse passés avec Amadeo. Mais elle revivait les premiers temps de leur amour, leurs fous rires, Alessandro minuscule dans les bras de son père, leur première collection, leur lune de miel, les premières vacances, la première maison, leur première nuit et leur dernière... Elle avait le cœur déchiré. C'était littéralement insupportable. Elle fut prise de panique ; puis, au bout d'un moment qui lui parut interminable, Alfredo revint. Il lui tendit une longue enveloppe brune. Cinq cent mille dollars en liquide.

— Merci, Alfredo. Je te serai reconnaissante toute ma vie.

Ce n'étaient pas dix millions, mais c'était un début. Si la police avait raison et si les ravisseurs étaient réellement des amateurs, peut-être trouveraient-ils que cinq cent mille dollars, ce n'était pas si mal. De toute manière, elle ne pouvait rien donner de plus.

— Isabella, y a-t-il quelque chose que je puisse faire ?

Elle secoua silencieusement la tête, ouvrit la porte et passa vivement devant la jeune femme de l'entrée. Elle se figea en l'entendant dire :

— Bonjour, madame. Je ne vous avais pas reconnue, tout à l'heure. Je suis navrée.

— Vous ne m'avez pas reconnue, tout simplement parce que je ne suis jamais venue ici. Est-ce bien clair ? répondit Isabella d'un ton dur et glacial.

— Oui, oui !

Cette femme était vraiment folle. Mais il y avait autre chose. Le sac n'avait plus l'air d'être aussi lourd qu'avant. Qu'avait-elle donc là-dedans qui fut à la fois si lourd et si important ?

— Vous m'avez comprise ? (Isabella la fixait d'un regard halluciné. Elle avait passé trois nuits sans dormir.) Si vous dites à qui que ce soit, à qui que ce soit, m'entendez-vous ? que vous m'avez vue ici, vous ne trouverez plus de travail. J'y veillerai.

— Oui, j'ai bien compris.

Elle avait donc vendu ses bijoux. La garce ! La jeune femme hocha poliment la tête, et Isabella se hâta de sortir.

Isabella demanda à Enzo de la ramener immédiatement à la maison. Elle s'assit près du téléphone et attendit des heures, sans bouger, enfermée dans sa chambre. Luisa vint s'informer de ce qu'elle désirait pour le déjeuner ; elle répondit qu'elle ne déjeunerait pas. Il fallait qu'ils appellent. On était lundi, et ils voulaient l'argent pour le mardi. Ils diraient aujourd'hui où il fallait le déposer.

Mais à 7 heures du soir, ils n'avaient toujours pas appelé. Elle avait entendu Alessandro courir dans le corridor et Maria Teresa le gronder, lui expliquant que sa mère avait la grippe. Puis tout retomba dans le silence. Soudain, elle entendit des coups furieux frappés à sa porte.

— Laisse-moi entrer ! C'est Bernardo.

— Laisse-moi tranquille !

Elle ne voulait pas qu'il soit dans la pièce au moment où ils appelleraient. Elle ne voulait pas lui parler des bijoux. Il le répéterait probablement à la police. Elle en avait assez de ces bêtises. Elle s'occuperait elle-même de tout dorénavant. Elle leur promettrait deux millions de dollars, un demain et un la semaine suivante.

— Isabella, il faut que je te parle. Ouvre, je t'en prie !

— Je suis occupée.

— Cela ne fait rien. Je dois te montrer quelque chose, absolument.

Sa voix se brisa. Elle répondit :

— Glisse-le sous la porte.

C'était le journal du soir. La page 5. « Isabella di San Gregorio chez Paccioli. » L'article décrivait sa toilette, l'expression de son visage et donnait la liste de ce qu'elle avait vendu. Mais comment ? Qui ? Alfredo ? Non. C'était la fille. Cette petite garce envieuse. Son cœur bondit dans sa poitrine et elle ouvrit la porte.

Bernardo, les yeux baissés, pleurait silencieusement.

— Pourquoi as-tu fait ça ?

— Il le fallait.

Sa voix s'éteignit. Les ravisseurs lisaient les journaux. Ils savaient. Et ils sauraient que si elle avait vendu ses bijoux, c'est que son compte était bloqué, donc qu'elle avait prévenu la police.

Ni l'un ni l'autre ne souffla mot. Bernardo s'assit près du téléphone avec elle.

Le téléphone sonna à 9 heures. Même voix, même homme.

— *Capito, signora.* Vous avez mangé le morceau.

— Non, non ! Ce n'est pas vrai. (Mais sa voix n'était pas convaincante, elle le sentait.) J'ai l'argent. Pas tout, je n'ai pas eu le temps.

— Vous n'aurez jamais le temps. Même si

84

vous n'avez rien dit aux flics, ils sont au courant, maintenant. Ils vont se mettre à fouiner.

— Personne ne sait rien.

— Foutaises ! Vous nous prenez pour des cons ? Écoutez, vous voulez dire au revoir à votre mec ?

— Non... S'il vous plaît, écoutez ! J'ai un million...

Mais c'était Amadeo qui était à présent au bout du fil.

— Isabellezza, ma chérie ! Tout va très bien. Tu as été très brave.

Tout va très bien ? Avait-il perdu la tête ? Jamais son cœur ne lui avait fait aussi mal. Mais au moins, il était là, quelque part. Ils ne lui avaient pas fait de mal. Pas encore.

— Comment va Alessandro ? demanda-t-il. Est-il au courant ?

— Il va très bien. Non, bien sûr qu'il ne sait rien !

— Bon. Embrasse-le pour moi.

Elle entendit sa voix trembler et ferma les yeux. Elle ne pouvait plus pleurer. Pas maintenant. Il fallait qu'elle soit brave, pour lui. Il la croyait très courageuse.

— Je veux, poursuivit-il, que tu saches

combien je t'aime. Tu es la plus parfaite des femmes, tu ne m'as pas rendu malheureux une seule
fois.

Elle pleurait, à présent. Elle tenta de refouler
les sanglots qui montaient dans sa gorge.

— Amadeo, mon chéri, je t'aime tant ! Je t'en
prie, reviens !

— Je reviendrai, ma chérie. Je te le promets.
Aie du courage et un peu de patience. Sois brave !

— Toi aussi, mon amour...

La communication fut brutalement coupée.

La police le trouva le lendemain matin dans
un fossé des faubourgs de Rome, étranglé et
pourtant toujours beau.

4

Des cars de police entouraient la limousine qu'Enzo guidait à travers la circulation dense du cœur de Rome. Elle avait choisi une église proche de San Gregorio, près de la piazza di Spagna, Santo Stefano. C'était là qu'ils allaient se réfugier au début de leur liaison lorsqu'ils voulaient se reposer un peu après le déjeuner. Il semblait à Isabella que sa joliesse et sa simplicité convenaient mieux à Amadeo que les magnifiques cathédrales.

Bernardo était assis à côté d'elle. Elle avait les yeux fixés sur la nuque d'Enzo. Était-ce lui ? Quelqu'un d'autre ? Qui l'avait trahie ? Cela n'avait plus d'importance maintenant. Amadeo n'était plus. Avec lui étaient morts les rêves, les rires, la chaleur, l'amour. Pour toujours.

Cela faisait deux jours qu'elle était allée voir Alfredo. Deux jours seulement. Il lui semblait qu'elle était morte, elle aussi.

— Isabella ! *Bella mia...*

Bernardo lui toucha doucement le bras. Elle lui prit la main sans mot dire. Il ne pouvait pas faire grand-chose. Il avait pleuré pendant plus d'une heure après que la police l'eut prévenu. Il avait de nouveau pleuré lorsque Alessandro s'était jeté dans ses bras :

— Ils ont tué mon papa ! Ils... ils...

L'enfant s'était mis à sangloter et Isabella, immobile comme une statue, l'avait regardé épancher son chagrin auprès du seul homme qui se trouvait près de lui. Il n'avait plus de père, désormais. Plus d'Amadeo. Il n'y aurait plus d'homme dans la maison. Il avait regardé sa mère de ses yeux sombres pleins de terreur.

— Est-ce qu'ils vont te prendre aussi ?

— Non ! avait-elle répondu en le serrant frénétiquement contre elle. Non, jamais !

Toi non plus, mon trésor, avait-elle songé, ils ne te prendront pas. Tu es à moi.

C'était plus que Bernardo pouvait en supporter. Isabella, glacée dans son manteau noir, avec ses bas noirs, son voile et son chapeau noirs. Elle

avait un air plus noble encore que d'habitude.
Elle était encore plus belle. Il lui avait rapporté
tous ses bijoux sans dire un mot. Aujourd'hui,
elle ne portait que son alliance et le diamant.
N'y avait-il vraiment que cinq jours qu'ils
l'avaient vu pour la dernière fois ? Est-ce que
vraiment il ne reviendrait jamais plus ? Bernardo
avait eu l'impression d'être lui-même un petit
garçon de cinq ans lorsqu'il avait contemplé le
visage d'Amadeo di San Gregorio, immobile et
calme dans la mort. Il ressemblait plus que jamais
aux portraits florentins et aux statues de
l'ancienne Rome, à présent qu'il avait disparu
pour toujours.

Bernardo lui tint fermement le bras pour
l'aider à descendre de voiture et à entrer dans
l'église. Il y avait un monde fou à l'intérieur de
l'église et des cordons de police tout autour.

L'enterrement fut court et fort pénible. Isabella était assise à côté de lui, et les larmes coulaient sans discontinuer sur ses joues. Les
employés, les amis, tous pleuraient sans retenue.
Même la gargouille était là avec sa canne d'ébène.

Il lui sembla qu'il s'écoulait des années avant
que la cérémonie ne fût terminée. Isabella avait
fait dire que, contrairement aux usages, elle ne

souhaitait voir personne chez elle. Personne. Elle voulait être seule. Qui avait pu les trahir ? Bernardo était persuadé qu'il ne s'agissait pas de quelqu'un de leur entourage. La police ne savait rien. Ils supposaient qu'il s'agissait d'« amateurs qui avaient eu de la chance ». Ils avaient voulu une partie de l'immense fortune des San Gregorio. Il n'y avait pas d'empreintes, pas de coups de téléphone. Il n'y en aurait plus. Naturellement. À part ceux des centaines, sinon des milliers de détraqués qui allaient se livrer à leur jeu macabre. La police avait pris le téléphone en charge afin de répondre elle-même à tous ces gens dont le plaisir favori était de torturer, de taquiner, de se livrer à d'extravagantes confessions, de débiter des obscénités. Ils avaient prévenu Isabella, mais Bernardo en était malade. Il jugeait qu'elle avait subi assez de souffrances comme cela.

— Où est Alessandro ?

Bernardo était en train de prendre une tasse de café avec Isabella après l'enterrement. La maison était intolérablement vide. Il se trouvait presque coupable de penser qu'au moins cela n'avait pas été l'enfant. Évidemment Isabella, elle, n'aurait pu choisir, mais pour Bernardo, les choses étaient claires. Tout comme elles l'eussent été pour Amadeo. Il se serait volontiers sacrifié pour l'enfant.

— Il est dans sa chambre avec sa nurse. Tu veux le voir ? dit Isabella.

Elle avait un regard sans vie.

— Non. J'attendrai. Je voulais te parler, d'ailleurs.

— À quel propos ?

Il n'était pas facile de lui parler, ces temps-ci, et elle n'avait même pas voulu laisser le docteur lui donner quelque chose. Bernardo la soupçonnait de ne pas avoir dormi pendant près d'une semaine.

— Je pense que tu devrais partir.

— Ne sois pas stupide ! (Elle posa sa tasse avec violence.) Je vais très bien.

— En effet ! Tu en as l'air.

Il la regarda, et elle eut une ombre de sourire. C'était la première fois qu'une dispute s'élevait entre eux depuis la disparition d'Amadeo. Presque un réconfort.

— Oui. Je suis fatiguée, mais je vais bien.

— Tu ne peux rester ici.

— Eh bien, tu te trompes ! C'est ici que j'ai besoin d'être, nulle part ailleurs.

91

Ici, pensait-elle, près de ses affaires, dans sa maison, près de lui.

— Pourquoi ne vas-tu pas passer quelque temps aux États-Unis ?

— Pourquoi ne t'occupes-tu pas de tes propres affaires ? Ne m'ennuie pas, Bernardo. Je n'ai pas envie de partir et je ne partirai pas.

— Tu as entendu ce qu'a dit la police. Des tas de cinglés vont t'appeler, te rendre à moitié folle. Déjà la presse s'est mise à te harceler ; on ne te laissera pas tranquille. Après tout, c'est ton choix, mais Alessandro ? Tu ne peux même pas l'envoyer en classe.

— Mais si, il peut retourner en classe.

— Pars au moins un mois. Qu'est-ce qui te retient ici ?

— Tout.

Elle le considéra tranquillement et enleva son chapeau et son voile. Elle paraissait parfaitement décidée.

— Qu'est-ce que tu veux dire ?

— Je veux dire que je reviendrai travailler dès lundi. Pas toute la journée, mais tous les jours. De 9 heures à 1 ou 2 heures.

— Tu plaisantes ?

— Pas du tout.

— Isabella, mais tu n'y penses pas !

Il semblait presque choqué.

— Je peux le faire et je le ferai. Qui va s'occuper des affaires, maintenant qu'il est... parti ?

Sa voix vacilla. Il l'interrompit.

— Je pensais que j'étais capable de faire marcher la maison.

Il avait l'air blessé et presque dur. Elle détourna son regard, puis le ramena vers lui.

— Bien sûr que tu pourrais. Mais je ne veux pas abdiquer. Penses-tu que je vais rester assise ici à attendre que le temps passe ? Je ne peux pas renoncer à ce que nous avons bâti ensemble, Amadeo et moi, à ce que nous avons aimé. Je lui dois de continuer. Je le dois à Alessandro. Un jour, cette maison sera à lui. Toi et moi, nous lui apprendrons tout ce qu'il a besoin de savoir. Nous le lui apprendrons ensemble et ce n'est pas en restant assise que je serai en mesure de le faire. Tout ce que je pourrais lui dire alors, ce serait : « Voilà ce qui se passait lorsque ton père était vivant, il y a vingt ans. » Non ! Je reviendrai travailler lundi matin.

— Je ne t'ai pas dit d'abandonner, je t'ai dit que c'était trop tôt.

Mais il ne pouvait pas agir ni parler avec la

douceur d'Amadeo, ce n'était pas sa manière. Il n'était pas Amadeo.

Cette fois-ci, elle ne se mit pas en colère. Elle se contenta de secouer la tête, les yeux pleins de larmes.

— Ce n'est pas trop tôt, Bernardo. Qu'est-ce que je ferais ici ? Je resterais assise dans le jardin ? J'ouvrirais son placard ? J'attendrais dans mon boudoir ? Attendre quoi ? Que l'homme que j'aime... (sa voix se brisa dans un sanglot, mais elle garda la tête haute)... qu'Amadeo revienne ? Il ne reviendra jamais plus, je le sais bien. Il faut que je retourne travailler. Il le faut. Le travail fait partie de moi, il faisait partie de lui. C'est là que je le retrouverai vraiment, tous les jours, de mille façons. De la façon qui lui importait le plus. C'est tout. Même Alessandro a compris cela. Je lui en ai parlé ce matin. Il a parfaitement compris. C'est un si bon petit garçon !

— En tout cas, tu vas le rendre fou, si ça continue.

Bernardo disait cela sans méchanceté et Isabella, qui le savait, sourit.

— Qu'il soit aussi fou que moi et aussi merveilleux que l'était son père !

Elle se leva et, pour la première fois depuis

94

une semaine, Bernardo vit un pâle éclat de ce qui avait été son regard brillant d'avant.

— Quand te reverrai-je ? demanda-t-il.

Il se leva. Isabella vivait toujours. Elle était cachée, endormie, mais elle reviendrait à la vie. Il en était sûr, à présent.

— Tu me verras lundi matin, au bureau.

Il prit congé et s'en alla, songeur.

5

ISABELLA di San Gregorio vint effectivement à son bureau le lundi suivant et tous les jours ensuite. Elle était là de 9 heures à 2 heures, inspirant la pitié et l'admiration à tous ceux qui la voyaient. Elle se révélait exactement telle qu'Amadeo l'avait vue. Elle avait du cœur et du courage. C'était une créature de feu et d'acier trempé. Elle travaillait chez elle le soir quand Alessandro était couché. Elle n'avait plus que deux intérêts dans la vie : son travail et son fils. Elle était fatiguée et tendue, mais elle faisait ce qu'elle avait dit. Elle remit Alessandro à l'école, en prenant des précautions naturellement. Il avait un garde du corps, mais elle lui parla avec détermination. Elle lui apprit à être fier, brave, sans rancune ni aigreur. Elle lui communiqua sa

propre force et davantage encore. Ils recommen-
cèrent à rire et, quelquefois, ils pleuraient ensemble. Ils avaient perdu tous deux presque tout en
perdant Amadeo, mais au moins sa mort les avait
rapprochés. Ils étaient devenus deux amis. Le
seul qui venait à la villa et y était bien accueilli,
c'était Bernardo. C'était lui qui supportait le fardeau de la fatigue d'Isabella et de ses angoisses.
Il lui semblait, contrairement à ce qu'il avait
pensé, qu'il avait moins de travail qu'auparavant.
Il travaillait davantage, plus longtemps, et pourtant, c'était elle qui était le cœur, les racines et
l'âme de la maison. Il se sentait frustré et en
éprouvait de l'amertume, de la colère, sentiments
qui se montraient ouvertement à présent dans
les regards qu'ils échangeaient. C'était la guerre
quotidienne et Amadeo n'était plus là pour
détendre l'atmosphère. Malgré tout, la disparition de ce dernier n'avait pas vraiment changé
le rythme de la maison. Tout allait bien, excepté
les relations entre Bernardo et Isabella, excepté
Isabella elle-même. Le téléphone ne cessait de
sonner, au bureau et à la villa. Comme prévu,
les détraqués s'en donnaient à cœur joie. Elle ne
répondait plus au téléphone. On n'avait pas
identifié les ravisseurs et il n'y avait plus d'espoir.

97

Cela aussi, Isabella l'avait compris et admis, il le fallait bien.

Elle savait aussi qu'un jour ils finiraient par se lasser et la laisseraient tranquille, les fous, les malades, les détraqués.

Elle attendrait. Mais Bernardo ne voyait pas les choses de cette manière.

— Tu es folle ! Tu ne peux pas continuer à vivre ainsi, tu as déjà perdu dix kilos, tu n'as plus que la peau sur les os.

Bien sûr, pour lui elle était toujours aussi belle, mais elle avait l'air malade.

— Tu sais bien qu'il n'y a rien à faire pour éviter les coups de téléphone et mon poids n'a rien à voir avec ça ; il dépend de ce que je mange ou ne mange pas, tout bonnement.

Elle essaya de lui sourire, mais elle était trop fatiguée.

— Tu mets ton fils en danger.

— Pour l'amour du ciel, Bernardo ! Tu sais bien que ce n'est pas vrai. Il y a des gardes tout autour de la maison, un dans la voiture avec Enzo, un à l'école ! Ne te fais pas plus idiot que tu ne l'es !

— Attends, espèce d'imbécile ! Est-ce que je ne vous avais pas prévenus tous les deux de ce

qui arriverait avec votre stupide façon de vivre ?
Est-ce que je m'étais trompé ?

C'était un coup bas.

— Sors de mon bureau ! cria Isabella.

— Sors de ma vie ! répliqua-t-il sur le même
ton.

Il sortit en claquant la porte. Sur le moment,
elle fut trop abasourdie pour courir après lui et
s'excuser ; trop fatiguée, aussi. Elle en avait par-
dessus la tête de ses disputes avec Bernardo. Elle
essaya de se souvenir du passé. En avait-il toujours été ainsi ? N'avaient-ils pas aussi ri ensemble ? Ou bien était-ce seulement dû à Amadeo,
à sa présence apaisante ? Elle n'arrivait plus à se
rappeler. La seule chose concrète, c'était ce mon-
ceau de papiers sur son bureau et la seule chose
dont elle se souvenait avec acuité, c'étaient les
nuits. Amadeo près d'elle dans le lit, sa respira-
tion et ses mains douces sur son corps. Elle se
rappelait la façon dont il s'étirait en s'éveillant,
le regard rieur qu'il lui lançait par-dessus le journal du matin, la manière dont il chantait en se
rasant, les rires lorsqu'il poursuivait Alessandro.
Toutes les nuits, elle se souvenait. Elle emportait
du travail chez elle pour écarter toutes ces visions
insupportables.

Elle ferma les yeux, serrant les paupières pour se donner du courage. On frappa discrètement à la porte et elle sursauta. On avait frappé à la porte de communication avec le bureau d'Amadeo. Il avait toujours été le seul à utiliser cette porte. Elle se mit à trembler violemment. Il revenait ! Quelquefois, elle rêvait que la Ferrari freinait en crissant des pneus sur le gravier de la villa et qu'il en bondissait en l'appelant :

— Isabellezza, c'est moi !

— Oui ? dit-elle en regardant fixement la porte tandis que l'on frappait de nouveau.

— Puis-je entrer ?

Ce n'était que Bernardo qui avait encore l'air bouleversé.

— Bien sûr. Qu'est-ce que tu fais ici ?

C'était le bureau d'Amadeo et elle ne voulait pas qu'on y entre. Elle-même y cherchait souvent refuge, à l'heure du déjeuner ou le soir, mais elle savait bien qu'elle ne pouvait pas interdire le bureau d'Amadeo à Bernardo. Il avait besoin de consulter les papiers et les livres qui s'y trouvaient.

— Je cherchais des listes, pourquoi ?

— Oh, pour rien !

L'expression de souffrance qu'il lut dans son

regard serra le cœur de Bernardo. Peu importait qu'elle soit impossible par moments, qu'ils ne soient pratiquement jamais du même avis. Il pouvait mesurer l'énormité de la perte qu'elle avait subie.

— Est-ce que cela t'ennuie tant que ça que j'aille dans cette pièce ?

Il parlait d'un ton différent. Elle hocha la tête.

— Oui, c'est stupide. Je sais bien que tu as besoin d'y aller de temps en temps, moi aussi d'ailleurs.

— Tu ne peux pas transformer le bureau d'Amadeo en reliquaire, Isabella.

Il se demandait combien de temps elle allait supporter cette vie torturante.

— Je sais.

Il se tenait dans l'embrasure de la porte, mal à l'aise. Il fallait qu'il lui parle, mais comment choisir le moment ?

— Est-ce que tu as un instant ? Je voudrais te parler.

— Oui.

Elle se força à prendre un ton aimable. Peut-être voulait-il s'excuser d'avoir claqué la porte tout à l'heure.

— Voilà. Il y a une chose dont j'ai hésité à

te parler jusqu'à présent, mais je crois que le moment est venu.

— Oh, Seigneur ! Quoi donc ?

Qu'est-ce qui manquait, qu'est-ce qui n'allait pas, qu'est-ce qui avait été décommandé ? Je parie que c'est encore ce maudit savon. Chaque fois qu'ils en parlaient, cela lui rappelait le jour où Amadeo... Elle détourna le regard.

— Ne prends pas cet air-là, ce n'est pas quelque chose de désagréable. En fait (il se contraignit à sourire), ce peut même être quelque chose de très plaisant.

— Je ne suis pas sûre de pouvoir supporter quelque chose de plaisant. (Elle s'enfonça dans son fauteuil. Elle ressentait une douleur aiguë dans le bas du dos et se sentait à bout de nerfs.) Très bien, vas-y.

— *Ecco, signora !* Nous avons reçu un coup de téléphone des États-Unis.

Il regretta soudain de ne pas l'avoir emmenée déjeuner. Mais c'était devenu à peu près impossible avec cette armée de gardes qui la suivaient partout. C'était aussi bien de rester ici.

— Quelqu'un a commandé mille modèles. Nous allons habiller la femme du président, j'ai reçu la récompense la plus convoitée. C'est cela ?

— Eh bien, ce n'est pas exactement ça ! C'est un appel de Farnham-Barnes.

Elle avait l'air plus conciliante que le matin, et ils se sourirent. Peut-être parce qu'elle avait besoin de lui, ou simplement parce qu'elle était fatiguée de se battre ?

— Le grand magasin, celui qui absorbe tout ce qui l'entoure ? Est-ce que, par hasard, ils étaient mécontents de notre dernière commande ? Non, d'ailleurs, je sais ce qu'ils ont. Ils veulent davantage, mais nous ne pouvons leur accorder ce qu'ils veulent, tu le sais aussi bien que moi. (Connaissant le nombre de leurs succursales, elle ne voulait pas prendre le risque de voir les femmes de Des Moines, de Boston ou de Miami porter ses toilettes par centaines.) C'est bien ça ?

Elle regarda Bernardo qui sentit sa gorge se dessécher.

— Pas exactement. Ils ont autre chose en tête. Une compagnie associée, I.H.I. — International Holdings and Industries — avait commencé il y a deux mois déjà à tâter le terrain auprès d'Amadeo.

— Ah oui ?

103

Ses yeux avaient une expression glaciale et terne.

Ce n'était plus la peine de tourner autour du pot.

— Ils veulent savoir si cela t'intéresserait de vendre.

— Est-ce qu'ils sont devenus fous ?

— Pas le moins du monde. Pour eux, c'est une affaire en or.

— Eh bien, dis-leur d'aller se faire voir ! Qu'est-ce qu'ils s'imaginent ? Que San Gregorio est un petit magasin de rien du tout à ajouter à leur chaîne ? Ne sois pas absurde, Bernardo. Ce que nous faisons n'a rien de commun avec leurs affaires.

— Je ne suis pas de ton avis. Ce serait un débouché fantastique pour nous.

— Je crois que tu as perdu l'esprit. (Elle le regarda en riant nerveusement.) Es-tu réellement en train de suggérer que je doive leur vendre la maison ?

Il hésita une fraction de seconde, puis acquiesça, craignant le pire. Il avait raison. Elle bondit sur ses pieds et se mit à hurler :

— Tu es fou à lier ! C'était donc ça toutes ces histoires, ce matin ? Que j'avais l'air fatiguée, que

j'étais maigre, etc. ? Est-ce qu'ils t'ont grasse-
ment payé pour me convaincre ? L'avidité, voilà
ce qui mène tout le monde. Même ces... (Elle
pensait aux ravisseurs d'Amadeo et se détourna
pour cacher ses larmes.) Je ne veux plus en entendre parler.

Elle lui tourna le dos, cherchant inconsciem-
ment des yeux, par la fenêtre, la voiture d'Amadeo, mais elle avait été vendue.

Bernardo parla d'une voix égale :

— Personne ne m'a proposé d'argent, Isabella, à part toi. C'est peut-être un mauvais
moment, il est peut-être trop tôt pour y penser,
mais je t'assure que ce n'est pas une si mauvaise
idée, au contraire.

— Qu'est-ce que cela signifie ? Crois-tu par
hasard qu'Amadeo aurait fait une chose pareille ?
(Elle se retourna et il fut navré de voir son regard
encore embué de larmes.) Cette maison, c'est San
Gregorio, Bernardo. Une famille, une dynastie.

— Je dirais plutôt que c'est un empire dont
le trône est vacant. Combien de temps imagi-
nes-tu que tu pourras le diriger seule ? Tu seras
morte d'épuisement avant qu'Alessandro ne soit
en âge de te remplacer. De plus, souviens-toi que
tu cours et que tu fais courir à ton fils le même

risque que celui qu'a couru Amadeo. Tu sais ce qui se passe en Italie de nos jours. Qu'adviendra-t-il s'il t'arrive quelque chose ? Combien de temps vas-tu continuer à te déplacer avec des gardes du corps ?

— Aussi longtemps qu'il le faudra. Cela cessera bien un jour. Tu penses peut-être que le fait de vendre ma maison est la solution à tous les problèmes ? Comment peux-tu dire une chose pareille après tout ce que nous avons bâti ensemble, vécu ensemble ?

De nouveau, ses yeux s'emplirent de larmes. Il essaya de garder son calme.

— Je ne suis pas en train de te trahir, Isabella. J'essaie de t'aider. Il n'y a aucune autre solution. Il faut vendre. Ils proposent une énorme somme d'argent. Alessandro sera immensément riche.

— Alessandro sera ce qu'a été son père. Il dirigera la maison ici, à Rome.

— S'il est encore en vie.

Il parlait doucement, mais avec de la colère dans la voix.

— Tais-toi ! (Elle avait le visage convulsé.) Ne dis pas cela, rien de tel n'arrivera de nouveau. Je ne vendrai pas. Jamais ! Tu peux le dire à ces gens. C'est définitif. Je ne veux même pas savoir

106

combien ils proposent. D'ailleurs, je t'interdis de leur adresser la parole.

Seigneur, les femmes ! Il se mit à crier :

— Nous travaillons avec eux et en dépit de tes phobies. Figure-toi qu'ils sont nos plus gros clients.

— Annule tout.

— Non !

— Je me fiche de ce que tu feras. Laisse-moi seule !

Cette fois-ci, ce fut elle qui sortit en claquant la porte et chercha refuge dans le bureau d'Amadeo. Bernardo demeura quelques instants encore dans le sien, puis sortit lentement, découragé. Elle était stupide. Cette vente était une chance inespérée. Autrefois, son travail avait apporté dans sa vie une joie supplémentaire, mais à présent, c'était une chose qui la détruisait. Malgré les gardes du corps qui l'entouraient jour après jour et même si elle ne voulait pas le reconnaître, elle avait de plus en plus peur. Rêver d'Amadeo toutes les nuits la rongeait. Mais elle seule détenait les rênes désormais, elle seule était en mesure de décider de sa vie.

Le lendemain matin, Bernardo téléphona au président d'I.H.I. et lui dit qu'Isabella avait refusé. Il était en train de penser avec mélancolie à l'occasion qu'elle avait laissée échapper lorsque sa secrétaire l'appela par l'interphone.

— Oui ?

— Il y a quelqu'un qui vous demande.

— Allons bon !

— C'est au sujet d'une bicyclette. Il paraît que vous avez demandé qu'on la livre ici.

Bernardo poussa un soupir. Effectivement il avait commandé une bicyclette pour son filleul. Elle était rouge avec une selle bleu et blanc, un dérailleur, un timbre. Ce serait un Noël bien difficile.

6

— MAMMA, *mamma,* c'est Bernardo.

Alessandro pressait son nez contre la vitre. Le
gigantesque arbre de Noël brillait de mille feux
derrière lui. Isabella l'entoura de ses bras et
sourit. Bernardo et elle avaient décrété la paix
quelques jours plus tôt. Elle avait désespérément
besoin de lui cette année, le petit garçon aussi.
Amadeo et elle avaient tous deux perdu leurs
parents et comme ils étaient tous deux enfants
uniques, ils n'avaient pas de famille à offrir à
Alessandro. Comme d'habitude, Bernardo avait
fait tout ce qu'il fallait. Il semblait avancer avec
peine sous le fardeau de ses présents et Alessandro riait de tout son cœur. Il était déguisé en
père Noël et portait sur son dos un vaste sac de
toile.

Isabella riait aussi. Le garde du corps ouvrit la porte.

— *Ciao, Nardo, come vai ?*

Il l'embrassa légèrement sur la joue et se tourna immédiatement vers le petit garçon. La semaine qui venait de s'écouler avait été dure. L'affaire I.H.I. était définitivement réglée et Isabella leur avait envoyé une lettre qui avait laissé Bernardo pantois, tant elle était sèche. Il était venu se greffer là-dessus d'autres problèmes que l'on avait fini par régler. Oui, ils étaient tous deux bien fatigués, mais malgré la déprimante perspective de Noël, ils avaient réussi à mettre de côté leurs dissentiments.

Elle lui tendit un verre de brandy. Ils s'assirent près du feu.

— Quand est-ce que je pourrai les ouvrir ? Maintenant ? Tout de suite ?

Alessandro sautillait avec excitation ; dans son pyjama rouge, il ressemblait à un lutin. Maria Teresa le contemplait avec attendrissement. Les domestiques réveillonnaient dans la cuisine. Isabella leur avait distribué des cadeaux la veille au soir. Les seuls habitants de la maison qui n'étaient pas inclus dans les réjouissances, c'étaient les gardes du corps. On faisait comme s'ils n'étaient pas là, mais ils gardaient toutes les issues de la maison. Pour quelque mystérieuse raison, les appels téléphoniques de détraqués étaient plus nombreux encore en cette période de fête. Ce n'était pas Isabella qui répondait, mais on aurait dit qu'elle savait, qu'elle sentait tout ce que disaient ces fous et Bernardo voyait sur son visage la marque de ces horreurs. Elle n'avait plus confiance en personne. La tendresse et la générosité qui lui avaient été autrefois si naturelles étaient en train de mourir lentement dans son cœur.

— Quand est-ce que j'ouvrirai les paquets ? Quand ?

Alessandro tirait sur la manche de Bernardo mais ce dernier faisait semblant de ne pas comprendre.

— Quels paquets ? Que veux-tu ouvrir ? Il n'y a que mon linge sale que je vais porter à la blanchisserie.

— Ce n'est pas vrai ! Maman, s'il te plaît...

— Je crois qu'il ne pourra jamais attendre jusqu'à minuit. (Isabella souriait doucement en caressant son fils du regard.) Pourquoi ne donnes-tu pas d'abord son présent à Maria Teresa ?

— Oh, *mamma !*

111

— Allons !

Elle lui passa un grand paquet et il en sortit une ravissante robe d'intérieur de satin rose, la plus belle de la collection américaine. Isabella avait déjà offert à Teresa un sac à main et une petite montre en or. Elle voulait que ce jour soit un jour de joie pour tous ceux qui s'étaient montrés si dévoués à l'enfant et à elle-même. Au moins, maintenant, elle ne soupçonnait plus les membres de la maisonnée. Elle avait fait don à Enzo d'un confortable manteau de cachemire et d'une radio pour sa chambre. Il lui avait dit avec fierté qu'il pouvait capter Paris et Londres. À l'office également tout le monde avait été gâté. C'était cependant Alessandro qui avait reçu le présent le plus extraordinaire. Il ne l'avait pas encore vu, mais Enzo l'avait installé.

Alessandro rentra radieux dans la pièce :

— *Mamma* Teresa a dit que c'était très, très beau et qu'elle la porterait toute sa vie en souvenir de moi. À moi, à présent.

Isabella et Bernardo se mirent à rire en considérant le petit visage cramoisi, les yeux joyeux et brillants. Pendant un instant, ils oublièrent la chose affreuse qui était arrivée, le chagrin de ces derniers mois.

— Très bien, monsieur. Ouvrez ce sac.

Bernardo montra le sac de toile d'un geste large, et Alessandro se précipita dessus avec des cris de joie. Papier et ficelles volèrent en tous sens ; en un instant, il fut revêtu du costume d'astronaute et fit une longue glissade sur le parquet pour aller embrasser Bernardo. Il trouva des jeux, des crayons, un gros ours brun tout moelleux et pour finir, la bicyclette.

— Oh, oh ! C'est terrible ! Est-ce que c'est une Rolls-Royce ?

Isabella et Bernardo rirent de bon cœur tandis qu'il enfourchait sa bicyclette.

— Évidemment que c'est une Rolls !

Il se cogna successivement dans le mur, puis dans un bureau Louis XV, et les deux personnes qui l'adoraient riaient aux larmes. Enzo apparut à la porte du salon et annonça timidement :

— Je crois que tout est prêt.

Isabella chuchota quelque chose à l'oreille de Bernardo et il répondit :

— Oh, mais je suis complètement dépassé !

— Pas du tout. Je suis sûr qu'il viendra demain matin prendre son petit déjeuner à bicyclette, mais je voulais qu'il se sente moins

enfermé. (Elle déglutit péniblement et ajouta :)
Il ne peut plus aller au terrain de jeux.

Bernardo hocha la tête, posa son verre et se
leva. La tristesse avait de nouveau quitté les yeux
d'Isabella lorsqu'elle se tourna en souriant vers
le petit garçon.

— Va chercher *mamma* Teresa et ton manteau.

— Est-ce que nous sortons ? demanda-t-il
d'un ton intrigué.

— Juste quelques minutes.

— Est-ce que je peux sortir avec mon costume d'astronaute ?

Bernardo lui donna une petite tape sur le derrière.

— Oui. Tu mettras ton manteau par-dessus.

— Okay.

Bernardo fondit d'attendrissement en entendant le mot américain prononcé avec l'accent
italien.

— Je sens qu'il va falloir remplacer les
miroirs.

— Sans parler de la table de la salle à manger
et des meubles du couloir entre sa chambre et le
reste de la maison, déclara Isabella en écoutant

114

le timbre de la bicyclette dans le corridor. C'était exactement ce qu'il lui fallait.

Elle savait qu'Amadeo avait projeté de lui offrir la bicyclette et pendant un moment, ils ne dirent plus rien. Puis elle leva les yeux sur lui et murmura :

— Je suis heureuse que tu aies pu passer ce Noël avec lui, Nardo, et avec moi.

Il lui prit la main.

— Je n'aurais pas voulu pour tout l'or du monde être ailleurs aujourd'hui. (Il sourit.) Malgré les ulcères que tu me donnes au bureau.

Mais son ton avait changé, et l'atmosphère aussi était différente.

— Je suis navrée. Je me sens tellement accablée, à présent. Je compte toujours sur toi pour te montrer compréhensif.

Elle leva vers lui son visage si pâle et si beau, encadré de cheveux noirs.

— Mais je comprends. Je pourrais t'aider davantage si tu le permettais.

— Je ne peux pas. J'ai un besoin forcené de... de faire tout par moi-même. C'est tout ce qui me reste de lui avec Alessandro.

— Un jour, tu reprendras goût à la vie.

Elle secoua la tête.

115

— Jamais ! Il n'y a personne comme lui au monde.

Les larmes roulèrent sur ses joues et elle détourna son regard vers le feu. Bernardo détourna également les yeux. On entendit sonner le timbre de la bicyclette et Alessandro déboucha du hall en traînant Maria Teresa au bout d'une corde.

— Tu es prêt ?

Les yeux d'Isabella étaient un peu trop brillants mais rien, dans son attitude, ne trahissait son chagrin.

— *Si.*

Les yeux du petit garçon étincelaient à travers les fentes du masque.

— *Allora, andiamo !*

Isabella se leva et ouvrit les deux portes-fenêtres qui donnaient sur le jardin. Il était éclairé *a giorno.* Elle baissa les yeux sur l'enfant et le vit retenir son souffle.

— *Mamma... Mamma...*

Dans le jardin se trouvait un petit manège qui avait juste la taille convenant à un petit garçon de cinq ans. Cela lui avait coûté une fortune, mais lorsqu'elle vit la joie de son fils, elle n'en eut pas de regret.

Enzo l'aida à grimper sur le dos d'un ravissant cheval bleu, avec des rênes en ruban argenté, et le manège commença à tourner. Alessandro poussait des cris d'excitation et de délice. Une musique de carnaval s'éleva et les domestiques vinrent regarder aux fenêtres avec émotion.

— *Buon Natale !* lui cria Isabella.

Elle s'élança sur un autre cheval, jaune avec une selle rouge. Ils riaient tous deux et Bernardo les contemplait avec une tendresse qui lui déchirait le cœur. *Mamma* Teresa se détourna pour essuyer une larme. Enzo et le garde échangèrent un sourire.

Alessandro tournait encore et encore sans se lasser, mais Isabella finit par exiger qu'il rentrât.

— Ne t'inquiète pas, il sera encore là demain matin.

— Mais je voudrais continuer toute la nuit !

— Si tu ne vas pas te coucher, le père Noël ne viendra pas.

Le père Noël ? songeait en lui-même Bernardo. Qu'est-ce que l'enfant pouvait demander de plus ? Puis son sourire s'éteignit. Un père ! Voilà ce qui manquait à Alessandro. Il aida l'enfant à descendre du manège et tint sa main serrée dans la sienne pour le ramener vers la maison.

— Quel merveilleux cadeau, Isabella ! dit-il.

La musique résonnait encore à ses oreilles. Elle eut un sourire radieux.

— J'ai toujours souhaité en avoir un lorsque j'étais petite. C'est fantastique, n'est-ce pas ?

Un instant, ses yeux brillèrent avec autant d'éclat que les flammes de la cheminée. Il faillit lui répondre : « Toi aussi, tu es fantastique. » Elle était une femme remarquable. Il l'aimait et la détestait à la fois, et elle était son amie la plus chère.

— Est-ce que tu crois que si nous sommes vraiment très gentils, il nous laissera monter dessus ?

Elle rit avec lui et lui versa un verre de vin rouge. Puis elle bondit sur ses pieds et se précipita vers l'arbre.

— J'allais oublier !

Elle lui tendit deux petites boîtes enveloppées de papier doré. Dans l'une des boîtes se trouvait une calculatrice très compliquée dans un étui d'argent. Cela ressemblait à un porte-cigarettes et pouvait se porter à l'intérieur d'un veston.

— Isabella, tu es folle, voyons !

— Ne sois pas idiot ! Je sais bien que j'aurais
dû t'offrir une bouillotte en caoutchouc pour ton
ulcère, mais j'ai pensé que ce serait plus drôle.

Elle l'embrassa affectueusement sur la joue et
lui tendit le deuxième paquet ; mais cette fois,
elle se détourna vers les flammes tandis qu'il
l'ouvrait. Lorsqu'il vit le présent, il ne put arti-
culer un seul mot. Il ne trouva rien à dire. Il
s'agissait de la montre de gousset qu'Amadeo
adorait et qu'il ne portait que très rarement, la
considérant comme un objet presque sacré. Elle
lui venait de son père, et les initiales de plusieurs
générations de San Gregorio étaient gravées derrière.

— Je ne sais que te dire.

— *Niente, caro.* Il n'y a rien à dire.

— Mais c'est destiné à Alessandro.

Elle secoua la tête.

— Non, Nardo. C'est à toi qu'elle doit revenir.

Pendant un moment qui lui sembla interminable, son regard s'accrocha au sien. Elle tenait
à ce qu'il comprit que, malgré les frictions, les
disputes, elle tenait à lui, qu'il était important
pour elle. Très important. Elle n'avait plus que
lui et Alessandro. Il avait été l'ami d'Amadeo et

il demeurait le sien. Elle lui donnait cette montre pour qu'il sache bien qu'il représentait beaucoup plus que le directeur de San Gregorio. Il faisait partie de leur famille. Voilà tout ce que lui disait son regard, et il la contemplait sans ciller.

— Isabella... (Son ton était étrangement cérémonieux.) J'ai quelque chose à te dire, depuis longtemps. Ce n'est peut-être pas le moment, je ne sais pas, mais il faut que je te le dise. C'est très important... pour moi.

Il hésitait, comme si ce qu'il avait à dire était très difficile.

— Il y a quelque chose qui ne va pas ? demanda-t-elle avec compassion.

Il avait l'air torturé, et les choses étaient si difficiles depuis quelque temps. Au nom du ciel, que s'apprêtait-il à lui dire ? Elle attendit.

— J'ai peur. J'ai peur de ce que j'ai à te dire. De plus, je ne voudrais pas que cela t'effraie.

— Nardo...

Elle lui tendit sa longue main blanche d'un geste gracieux. Il la prit et la serra sans la quitter des yeux.

— Je vais te le dire très simplement, Isabellezza. D'ailleurs, il n'y a pas d'autre façon. Voilà, je t'aime. (Il ajouta d'une voix si douce qu'elle dut faire effort pour saisir ses paroles :) Cela fait des années.

Elle sursauta, comme parcourue par une décharge électrique.

— Quoi ?

— Je t'aime.

Il avait parlé plus fermement cette fois-ci.

— Mais, Nardo... Toutes ces années ?

— Oui, dit-il avec orgueil.

Il se sentait mieux.

— Mais comment as-tu pu ?

— Ce n'est pas si difficile que cela. C'est comme une douleur avec laquelle on apprend à vivre, quand on a mal au dos par exemple.

Il sourit et la tension tomba. Isabella se mit à rire.

— Mais pourquoi ?

Elle se leva et se dirigea vers le feu.

— Pourquoi je t'aime, ou pourquoi je ne te l'ai pas dit ?

— Les deux. Et pourquoi me le dis-tu maintenant ?

Elle eut soudain les larmes aux yeux en se penchant sur les flammes. Il alla vers elle et lui souleva doucement le menton pour la forcer à le regarder.

121

— Je ne te l'ai pas dit pendant toutes ces années parce que je vous aimais tous les deux. Tu sais bien que j'aimais Amadeo. C'était un homme exceptionnel et je n'aurais jamais rien fait pour lui causer du tort. J'ai sublimé mon amour. Peut-être mes disputes avec toi étaient-elles un dérivatif. Maintenant, Amadeo n'est plus et je t'ai vue, jour après jour, te détruire, t'enfoncer dans la solitude, et je ne puis le supporter. Si je suis resté pendant toutes ces années, c'est pour toi. Il est temps que tu saches, Isabella, et temps que tu te tournes vers moi. Il est temps pour moi aussi de pouvoir te prendre dans mes bras, de devenir le beau-père d'Alessandro, si tu le veux bien. Je... Je t'aime depuis trop longtemps...

Sa voix était rauque de toute la passion refoulée pendant tant d'années. Elle le regardait tandis que des larmes coulaient sur ses joues. Il les essuya. C'était la première fois qu'il la touchait ainsi et sa passion ne se contint plus. Sans même en avoir conscience, il l'attira à lui et pressa sa bouche contre la sienne. Elle ne le repoussa pas et, pendant un instant, lui rendit avidement son baiser. Elle était seule, triste et effrayée. Mais soudain, elle se dégagea.

— Non, Nardo !... Non !

Elle était affolée, non par le baiser mais par ce qu'il lui avait dit auparavant.

Il eut l'air aussi affolé qu'elle. Il secoua la tête.

— Je suis désolé. Non pour ce que j'ai dit, mais parce que j'ai agi si vite. Je... je suis navré. Il était trop tôt. J'ai eu tort.

En le regardant, elle se rendit compte à quel point il avait souffert durant toutes ces années. Elle n'avait rien remarqué, elle était certaine qu'Amadeo non plus n'avait rien remarqué. Comment avait-elle pu être aussi aveugle ? Elle le regarda avec compassion et tendresse et lui tendit les deux mains.

— Ne sois pas triste, Nardo. (Elle ajouta vivement en voyant une lueur d'espoir s'allumer dans son regard :) Je veux dire... Je ne sais pas. Il est vrai qu'il est trop tôt. Mais tu as eu raison de me parler. Tu aurais dû me le dire il y a long-temps.

— Qu'est-ce que cela aurait changé ?

Pendant un instant, il se sentit follement jaloux de son vieil ami et amer.

— Je ne sais pas, mais j'ai dû te sembler cruelle et stupide pendant tout ce temps.

Elle le regarda affectueusement et il sourit.

— Non, aveugle seulement. Mais c'était

peut-être mieux ainsi. Cela aurait sans doute compliqué les choses. Cela risque de les compliquer maintenant.

— Il ne faut pas.

— Non, mais cela se pourrait. Veux-tu que je quitte San Gregorio, Isabella ?

Il parlait très sincèrement. Il était fatigué ; la soirée avait été rude.

Elle le considéra, les yeux brillants.

— Es-tu fou ? Pourquoi ? Parce que tu m'as embrassée et que tu m'as dit que tu m'aimais ? Ne fais pas cela, Nardo ! J'ai besoin de toi de mille façons. Je ne sais pas ce que j'éprouve pour le moment, je suis encore comme engourdie. J'ai besoin d'Amadeo nuit et jour, je ne puis penser qu'à lui. Je n'arrive pas à me faire à l'idée qu'il ne reviendra plus, et je l'attends. Je l'entends, je respire son odeur, il n'y a de place pour personne d'autre dans ma vie, sauf pour Alessandro, je ne puis rien te promettre pour le moment. C'est à peine si j'ai compris ce que tu me disais. Peut-être, un jour, les choses seront-elles différentes, mais pour l'instant, il n'y a aucune raison pour que tu quittes San Gregorio. Nous ferons exactement comme par le passé.

— Pas pour toujours, *cara*. Cela ne peut pas durer toujours, ne peux-tu le comprendre ?

Leurs regards se rencontrèrent, et elle eut l'air peinée.

— Que veux-tu dire ?

— Ce que je viens de dire, rien de plus. Je ne pourrai pas vivre ainsi éternellement. Je t'ai fait part de mes sentiments parce qu'il n'y avait pas de raison pour que je les cache plus longtemps. Amadeo ne reviendra plus, Isabella, que tu le croies ou non. Moi, je suis là et je t'aime. Voilà la réalité. Mais si tu ne m'aimes pas comme je t'aime, je ne pourrai pas continuer à travailler pour toi, car la vérité, c'est que je travaille *pour* toi et non *avec* toi. Isabella, je ne pourrai pas continuer... Un jour, il faudra que je partage ta vie, que je voie Alessandro grandir.

— Tu le verras de toute façon.

— Oui. (Il hocha la tête.) Comme ton mari ou comme ton ami, pas comme ton employé.

— En somme, ou je t'épouse, ou tu quittes la maison ?

— En quelque sorte. Mais j'ai le temps. J'ai pensé qu'il y avait quelque espoir. (Il fit une pause avant d'ajouter :) Y a-t-il de l'espoir ?

Elle mit longtemps avant de répondre :

— Je ne sais pas. Je t'ai toujours aimé, mais pas comme cela. Il y avait Amadeo.

— Oui, je sais. Je l'ai toujours su.

Ils demeurèrent un moment sans parler, à contempler le feu, chacun perdu dans ses pensées ; puis, de nouveau, il lui prit doucement la main. Il l'ouvrit et lui embrassa la paume. Elle ne la lui retira pas, mais se contenta de le regarder tristement. Elle l'aimait d'une manière particulière, mais il n'était pas Amadeo et jamais il ne le remplacerait... jamais ! Il le savait, lui aussi. Il la regarda gravement et longuement.

— Veux-tu ma démission ? Je parlais sérieusement tout à l'heure.

— À cause de ce soir ?

Elle se sentait triste et fatiguée. Elle ne l'avait pas perdu, il ne l'avait pas trahie, mais elle sentait bien qu'il ne serait plus jamais son ami comme par le passé.

— Oui, à cause de ce soir. Il nous sera impossible de continuer de travailler ensemble et je peux partir immédiatement si tu le désires.

— Mais je ne veux pas, Nardo ! Si tu faisais cela, la maison ferait faillite en une semaine. Simplement, je ne sais que te dire.

— Eh bien, ne dis rien. Plus tard, si jamais je sens que le moment est venu, je t'en reparlerai. Mais surtout, ne te tourmente pas au sujet de ce qui pourrait se produire. Je ne vais pas me précipiter sur toi. Nous avons été amis pendant très longtemps et je ne veux pas perdre ton amitié.

— Nardo, pour le moment, je ne suis pas mûre pour autre chose que les regrets, peut-être d'ailleurs, ne le serai-je jamais.

— Si, un jour. Mais peut-être pas pour moi. Cela aussi, je le sais.

Elle le regarda avec un tendre sourire et se pencha pour l'embrasser sur la joue.

— Comment êtes-vous devenu si intelligent, monsieur Franco ?

— Je l'ai toujours été. Seulement, tu ne t'en apercevais pas.

— Vraiment ?

Elle sourit, et il se mit à rire. Toute l'atmosphère de la pièce se trouva changée de nouveau.

— Parfaitement. J'ai été littéralement génial au bureau ces derniers temps. Tu ne t'en es pas aperçue ?

— Pas du tout. Et tous les matins, lorsque je

me contemple dans le miroir, je dis : « Miroir, miroir, qui est le génie ? »

Ils éclatèrent de rire. Isabella avait la joue contre la sienne et il sentait son souffle. Il mourait d'envie de l'embrasser et il sentit qu'elle n'attendait que cela, mais cette fois il se retint. Isabella, embarrassée, eut un rire un peu faux et se leva. Non, ce ne serait pas très facile au bureau. Tous deux le savaient désormais.

— Regardez ce que Luisa a préparé pour le père Noël !

Ils levèrent les yeux et virent s'approcher Alessandro portant deux assiettes de gâteaux au gingembre qu'il déposa précautionneusement sur un tabouret près du feu. Il prit un morceau qu'il mit vivement dans sa bouche et disparut sans bruit dans ses pantoufles.

— Isabella... (il la regarda en souriant)... ne t'inquiète pas.

Elle lui tapota le bras. En se retournant, ils virent revenir Alessandro qui portait avec difficulté deux jattes de lait.

— Tu donnes une fête ou c'est vraiment pour le père Noël ? demanda Bernardo avec un petit sourire.

— Non. Il n'y a rien pour moi.

— Tout est pour le père Noël, alors ?

Le petit garçon prit un air sérieux et hocha la tête.

— C'est pour papa, au cas où les anges le laisseraient redescendre, juste pour cette nuit.

7

— COMMENT va le manège ?

Bernardo étendit ses jambes devant lui. Il venait de terminer une conversation avec Isabella à la fin d'une longue journée. Trois semaines s'étaient écoulées depuis Noël, au cours desquelles ils n'avaient pas cessé de travailler. Mais finalement, la routine avait repris. Il s'était passé presque dix jours sans qu'ils se disputent et il n'avait plus jamais fait la moindre allusion à ce qu'il lui avait dit le soir de Noël.

— Je crois qu'il l'aime autant que la bicyclette.

— A-t-il cassé des meubles ?

— Non, mais ce n'est pas faute d'essayer. Hier, il a décidé de faire une course contre la montre dans la salle à manger et il a renversé cinq chaises.

Soudain, le téléphone du bureau d'Amadeo sonna et Bernardo vit Isabella se raidir.

— Pourquoi sonne-t-on sur ce téléphone ?

— Peut-être que l'on n'a pas réussi à te joindre sur le tien. (Il tentait de minimiser la peur qu'il avait éprouvée lui aussi. Ils savaient du reste que les policiers qui répondaient sur le téléphone personnel d'Isabella occupaient parfois la ligne.) Veux-tu que j'aille répondre à ta place ?

— Non, merci, j'y vais.

Elle marcha d'un pas vif jusqu'à la porte de communication. Il l'entendit décrocher et, deux secondes plus tard, pousser un cri hystérique. Il courut jusqu'à elle et la trouva livide, les deux mains appuyées sur la bouche, fixant le téléphone d'un air égaré.

— Qu'y a-t-il, Isabella ? Est-ce que cela a quelque chose à voir avec Amadeo ? Est-ce que c'est le même homme ? La même voix ? Isabella, réponds !

Il était sur le point de la gifler lorsque le garde du corps entra en courant.

— Alessandro !... Ils... ont dit... qu'ils l'avaient pris !

131

Elle tomba en sanglotant dans les bras de Bernardo, tandis que le policier tentait en vain d'obtenir le numéro de la villa.

— Appelez la police ! cria-t-il par-dessus son épaule. (Bernardo saisit son manteau et le sac d'Isabella, la poussa vers la porte. Il s'arrêta une seconde pour la prendre dans ses bras.) Ce sont peut-être encore des détraqués. Si ça se trouve, il va très bien.

Elle se contenta de secouer la tête sans dire un mot.

— Était-ce la même voix ? Crois-tu que c'était le même homme ?

De nouveau, elle secoua la tête. Ils se précipitèrent dans l'escalier et dégringolèrent les trois étages. Ils prirent un policier avec eux au passage. La voiture d'Isabella l'attendait comme chaque jour devant la porte. Enzo les regarda avec ahurissement s'engouffrer dans la voiture. L'un des gardes du corps l'écarta pour prendre le volant.

— *Ma, che...* commença le chauffeur. (Puis il dévisagea Isabella et lut la réponse à la question qu'il ne voulait pas poser.) *Cosa c'è ? Il bambino ?*

Personne ne lui répondit. Ils filèrent à un train d'enfer vers la via Appia Antica. L'un des gardes descendit de la voiture avant même qu'elle ne soit complètement arrêtée et se précipita dans la maison, suivi des trois autres. La première personne qu'ils rencontrèrent fut Luisa.

— Alessandro ? Où est-il ?

Isabella avait retrouvé l'usage de la parole et secouait frénétiquement la servante. Celle-ci se mit à pleurer :

— *Signora...* Je... Il...

— Parlez !

— Je ne sais pas, il est sorti il y a environ une heure avec Maria Teresa. Je pensais... Mais qu'est-ce qu'il y a ? (Elle aussi comprit en regardant Isabella.) Oh, Dieu ! Non ! Oh, Dieu !

On n'entendit plus que son long cri de douleur qui traversa Isabella comme une lame. Sans réfléchir, elle recula et gifla la cuisinière à toute volée. Bernardo la prit dans ses bras et l'emporta dans sa chambre. Juste au moment où ils atteignaient la porte, ils entendirent des pas dans le hall, puis, telle une musique, la voix d'Alessandro et celle de Maria Teresa. D'un air parfaitement naturel, elle rentrait avec l'enfant comme à l'accoutumée.

— *Mamma !* cria Alessandro.

Il s'interrompit et fondit en larmes. Sa mère

n'avait pas eu cet air-là depuis quatre mois quand... Le petit garçon se souvint et il eut peur.

Elle le serra farouchement contre elle et dit d'une voix entrecoupée en regardant Teresa :

— Où étiez-vous ?

— Partis en promenade ; j'ai pensé que cela lui ferait du bien de prendre un peu l'air.

— Et il n'est rien arrivé ?

Maria Teresa secoua la tête. Isabella se tourna vers Bernardo. C'était donc encore un de ces appels...

Mais elle les avait crus. Combien y en avait-il eu ? Elle se sentit vaciller, et quelqu'un lui prit l'enfant des bras.

Cinq minutes plus tard, elle reprenait connaissance sur son lit, entourée de Bernardo et d'une femme de chambre.

— *Grazie !*

Bernardo fit signe à la jeune fille de se retirer et tendit un verre d'eau à Isabella. Sa main tremblait et il était aussi pâle qu'elle.

— Veux-tu que j'appelle un médecin ?

Elle fit signe que non et ils restèrent assis un moment sans pouvoir prononcer un mot.

— Mais comment ont-ils fait ? demanda-t-elle.

— L'un des gardes du corps a dit que le téléphone avait été en dérangement aujourd'hui. Il y a eu interruption de surveillance pendant quelques minutes et ils ont dû tomber par hasard sur le téléphone d'Amadeo.

— Mais pourquoi me font-ils cela ? Oh, Dieu, Bernardo ! (Elle ferma les yeux et reposa la tête sur son oreiller.) Pauvre Luisa !

— Ne pense pas à Luisa.

— J'irai la voir dans quelques minutes. J'ai pensé...

— Moi aussi. Justement, Isabella, si cela se produisait vraiment ? Si quelqu'un l'enlevait pour de bon ?

Il la regarda sans pitié et elle secoua la tête en fermant les yeux.

— Ne dis pas cela !

— Que vas-tu faire ? Louer les services de douze gardes supplémentaires ? Construire une forteresse pour ton fils et toi ? Avoir une attaque la prochaine fois qu'un cinglé téléphonera ?

— Je n'ai pas encore l'âge des attaques, répondit-elle avec un faible sourire qu'il ne lui rendit pas.

— Tu ne peux pas continuer à vivre ainsi. Et ne me fais pas de grands discours pour m'expliquer qu'il faut que tu prennes la place d'Amadeo. S'il savait ce que tu fais, la façon dont tu vis, enfermée ici, enfermée au bureau, tenant son fils enfermé, s'il savait les risques que tu fais courir à cet enfant en restant à Rome, il te tuerait, Isabella. Tu le sais. Et n'essaie pas de te justifier en me racontant que tu fais tout cela pour lui. Amadeo ne te le pardonnerait jamais. Peut-être arrivera-t-il un jour où Alessandro ne te le pardonnera pas non plus. Tu lui fais vivre une enfance de terreur, sans compter ce que tu te fais subir à toi-même. Comment oses-tu ?

Il avait élevé la voix à mesure qu'il parlait et se mit à faire les cent pas à travers la pièce, puis s'arrêta pour la regarder. Enfin, il s'assit, calmé, et se passa la main dans les cheveux. Il regrettait cet éclat et s'attendait à voir Isabella se mettre en fureur. Mais il se rendit compte que, pour une fois, elle ne lui disait pas de s'en aller, n'invoquait pas le nom sacré d'Amadeo, ne lui disait pas qu'elle était sûre d'avoir raison.

— Que veux-tu que je fasse ? Que je quitte Rome ? Que je me cache pour le restant de mes jours ?

Elle ne parlait pas d'un ton sarcastique, mais terrifié.

— Mais non, tu n'as pas besoin de te cacher le reste de tes jours. Tu dois le faire pendant un moment.

— Mais, Bernardo, comment pourrais-je ?

Elle ressemblait à une petite fille terrorisée. Il lui prit doucement la main.

— Il le faut, Isabella. Tu n'as pas le choix. Si tu restes ici, tu vas devenir folle. Pars six mois, un an. Nous resterons en contact, nous continuerons à travailler ensemble. Tu pourras me donner des ordres, un ulcère de plus, mais je t'en prie, ne reste pas ici ! Je ne pourrais le supporter si... (il plongea la tête dans ses mains et, à leur grand étonnement à tous deux, il se mit à pleurer)... si quelque chose arrivait à Alessandro ou à toi. (Il releva la tête, ses yeux bleus pleins de larmes.) Pars.

— Où ?

— Tu pourrais aller à Paris.

— Je n'ai plus rien à y faire. Tout le monde est mort. Et de toute façon, ce que ces gens me font subir ici, ils peuvent continuer à me le faire subir en France. Je pourrais aussi bien trouver ici dans la campagne une maison cachée, pas trop loin de Rome. Si personne ne sait où je suis, cela reviendra au même.

137

Cette fois, Bernardo se mit en colère :

— Ne cherche pas encore des excuses ! Va-t'en, nom d'un chien ! Tout de suite, loin ! N'importe où, mais pas à dix minutes de Rome !

— Que suggères-tu ? New York ?

Au moment où elle prononçait ces mots ironiquement, elle sut que c'était bien à cela qu'il pensait. Elle resta un moment silencieuse, réfléchissant, tandis qu'il priait intérieurement, puis elle se leva et marcha lentement vers le téléphone.

— Que vas-tu faire ? demanda-t-il.

Son regard affirmait qu'elle ne s'avouait pas vaincue, qu'elle n'allait pas se laisser chasser ainsi de chez elle. Cependant, elle décrocha le téléphone.

8

DANS la petite pièce claire, peinte en jaune, une jeune femme blonde, grande et élancée, tapait à la machine. Elle avait une mèche sur l'œil. Un cocker dormait à ses pieds. Il y avait partout des plantes vertes et des monceaux de papiers. Sept ou huit tasses à café vides jonchaient le sol car le chien avait joué avec, et un immense poster de San Francisco était fixé à la fenêtre. Elle appelait cela son paysage. Cette cellule était visiblement le refuge d'un écrivain. Les couvertures de ses livres étaient encadrées et suspendues au mur, un peu de guingois, ainsi que ses photos d'elle et des enfants, sur un yacht, avec un prince.

Le chien remua un peu, engourdi par la chaleur qui règne dans les appartements de New

York, et bâilla. Elle étendit son pied nu pour le caresser.

— Patience, Ashley ! J'ai presque fini.

Elle prit un stylo et fit quelques corrections à la hâte de sa longue main fine et blanche, dépourvue de bagues. Elle avait l'accent du Sud, de Savannah. Une voix qui évoquait les plantations et les élégantes réceptions du Sud. Une dame.

— Nom d'un chien !

Elle ratura fébrilement une demi-page, puis tâtonna sur le parquet à la recherche de deux autres feuilles qu'elle ne trouvait plus. Ils étaient pourtant quelque part, ces maudits papiers !

À trente ans, elle était exactement comme à dix-neuf, lorsqu'elle était venue à New York pour devenir mannequin, en dépit des violentes protestations de toute sa famille. Elle avait tenu un an, détestant ce métier, mais ne voulant l'avouer à quiconque, sauf à sa compagne de chambre, une Italienne venue étudier la mode aux États-Unis. Comme Natasha, Isabella n'était venue à New York que pour une année, mais contrairement à Isabella, Natasha avait quitté le collège un an à l'avance pour essayer de se faire une situation. Ce n'était pas du tout ce que ses parents désiraient pour elle. Riches en ancêtres sudistes, mais pauvres en argent liquide, ils eussent aimé qu'elle épousât un jeune homme de bonne famille. Hélas ! Ce n'était pas du tout ce qu'elle avait en tête.

À dix-neuf ans, ce qu'elle désirait, c'était quitter le Sud, partir dans le Nord et gagner de l'argent, être libre. Elle avait réalisé ses projets. Elle avait gagné de l'argent en devenant mannequin, puis écrivain et elle avait même été libre pour un temps. Jusqu'à ce qu'elle rencontre et épouse John Walker, un critique de théâtre. Un an plus tard, ils eurent un enfant, un an après, ils divorcèrent. Il ne lui restait plus que son corps splendide, son ravissant visage, son talent et un petit garçon de quinze mois. Cinq ans plus tard, après avoir écrit cinq romans et deux scénarios pour le cinéma, elle avait acquis la célébrité dans le monde des lettres.

Elle s'était installée dans un appartement magnifique sur Park Avenue, avait inscrit son fils dans une école privée et loué les services d'une gouvernante. Elle avait tout ce qu'elle désirait.

On frappa doucement à la porte.

— Madame ?

— Pas maintenant, Hattie, je travaille.

Natasha releva la longue mèche blonde qui lui barrait le visage et recommença à fourrager dans une pile de papiers.

— C'est le téléphone. Je crois que c'est important.

— Croyez-moi, ce n'est pas important.

— Mais l'appel vient de Rome.

La porte s'ouvrit avant même que Hattie n'ait eu le temps de terminer sa phrase. Natasha se hâta, pieds nus, vêtue d'un jean qui moulait ses hanches étroites et d'un tee-shirt noué sous sa poitrine menue.

— Pourquoi ne m'avez-vous pas dit tout de suite que c'était Rome ? (Elle regarda d'un air de reproche la femme noire aux cheveux grisonnants et au doux visage, puis lui sourit.) Cela ne fait rien. Surtout, n'allez pas dans mon bureau, pas de tasses propres, pas d'arrosage de plantes, rien du tout ! J'ai besoin de ce désordre.

Elle prit le téléphone.

— Allô ?

— Madame Natasha Walker ?

— Oui.

— Nous avons un appel de Rome. Un instant, s'il vous plaît.

Natasha attendit tranquillement. Elle n'avait

142

pas parlé à Isabella depuis qu'elle avait appris la nouvelle. Elle avait tout de suite appelé Isabella mais celle-ci n'avait pas voulu qu'elle vienne aux funérailles. Elle lui avait dit d'attendre. Elle avait donc écrit et attendu, mais, pour la première fois depuis onze ans que durait leur amitié, elle n'avait pas reçu de réponse, aucune nouvelle. Cela faisait à présent quatre mois qu'Amadeo était mort et elle ne s'était jamais sentie aussi loin d'Isabella depuis le jour où celle-ci était repartie pour Rome, quittant le petit appartement qu'elles avaient partagé. Elle n'avait pas beaucoup écrit au début, mais c'était parce qu'elle avait trop de travail et qu'elle était follement amoureuse. Natasha se rappelait le ton des lettres d'Isabella : « Il est merveilleux... Je l'aime... Je vais travailler avec lui... Je vais enfin faire de la vraie haute couture. » Cette joie et cette excitation avaient duré pendant des années. Ils avaient l'air en perpétuelle lune de miel. Et voilà qu'Amadeo était mort. Natasha avait été littéralement frappée d'horreur lorsqu'elle avait entendu la nouvelle à la radio.

— Madame Walker ? Votre correspondant est en ligne.

— Natasha ?

La voix d'Isabella était étrangement douce.

— Pourquoi diable n'as-tu pas répondu à mes lettres ?

— Je ne sais pas, Natasha. Je ne savais que dire.

Natasha fronça les sourcils.

— Je me suis beaucoup tourmentée à ton sujet. Est-ce que tu vas bien ?

L'inquiétude que trahissait sa voix fut perceptible à Isabella qui essuya ses larmes du revers de la main et sourit.

— À peu près. J'ai besoin que tu me rendes un service.

Il en avait toujours été ainsi entre elles. Elles pouvaient ne pas se voir pendant six mois et reprendre la conversation où elles l'avaient laissée. Leur amitié n'était refroidie ni par le temps ni par l'éloignement.

— De quoi s'agit-il ? demanda Natasha.

Isabella expliqua brièvement ce qui venait d'arriver ou plutôt ce qui aurait pu arriver.

— Je ne peux plus supporter cela, conclut-elle. Je ne veux prendre aucun risque en ce qui le concerne.

Natasha se sentit frémir. Elle aussi avait un enfant.

— Personne ne pourrait supporter ce que tu supportes. Veux-tu me l'envoyer ? Jason sera ravi. D'ailleurs, ils s'entendent très bien.

L'année précédente, ils étaient allés skier à Saint-Moritz tous ensemble et les deux petits garçons s'étaient mutuellement coupé les cheveux.

— Oui. (Il y eut un silence puis Isabella ajouta :) Que dirais-tu de partager de nouveau un appartement ?

Elle attendit et soudain un petit rire de joie au bout du fil. Elle rit aussi.

— Je serais absolument enchantée ! Tu parles sérieusement ?

— Tout à fait. Bernardo et moi sommes arrivés à la conclusion que l'on ne peut faire autrement. Je ne m'installerai pas pour très longtemps. Il faut aussi que je te dise que je dois rester cachée. Personne ne doit savoir où je suis.

— Ça, c'est vraiment empoisonnant. Tu ne vas pas pouvoir mettre le nez hors de la maison.

— Crois-tu que les gens connaissent mon visage ?

— Tu plaisantes, je pense ! Peut-être pas les maçons qui prennent le métro pour se rendre à leur travail le matin, mais tout le monde en dehors d'eux. D'ailleurs, si tu disparais de Rome, les journaux vont en parler.

— C'est exactement pour cette raison que je dois me cacher.

— Pourras-tu t'y habituer ?

Sa voix exprimait le doute.

— Je n'ai pas le choix. Du moins, pour le moment.

Natasha avait toujours admiré chez Isabella son sens du devoir, son courage, son élégance morale.

— Mais es-tu sûre que tu pourras vivre avec moi ? Je peux trouver un appartement, reprit Isabella.

— Il n'en est pas question ! Si tu cherches un appartement, je ne t'adresse plus la parole. Quand arrives-tu ?

— Je ne sais pas exactement. Je viens de décider de partir et il faut que je continue à m'occuper de San Gregorio lorsque je serai là-bas.

Pour toute réponse. Natasha émit un long sifflement.

— Comment diable vas-tu faire ?

— Nous allons arranger cela. Le pauvre Bernardo va être accablé de travail, comme d'habitude ; je lui téléphonerai tous les jours s'il le faut

146

et nous avons un bureau à New York. Je pense que c'est possible:

— Si c'est possible, tu le feras, j'en suis certaine. Du reste, tu le feras même si c'est impossible.

— J'aimerais en être sûre. Je déteste l'idée de quitter Rome et mon travail. Oh, Natasha ! (Elle laissa échapper un énorme soupir.) Cela a été très dur. Je ne me sens plus moi-même.

Natasha ne l'avoua pas, mais elle trouvait effectivement que la voix d'Isabella avait changé. Les quatre mois qui venaient de s'écouler avaient visiblement été une torture.

— Il me semble que je suis une machine, continua Isabella. Je m'arrange tout juste pour arriver au bout de la journée, puis recommencer le lendemain. Mais je n'arrive pas à m'empêcher de penser à... (sa voix se brisa)... de penser qu'il va revenir, qu'il n'est pas mort.

— C'est normal. Il te faut le temps de comprendre.

— Je ne comprends plus rien.

— Cela n'a pas d'importance. Viens à la maison. (Natasha parlait d'une voix douce et elle avait les larmes aux yeux.) Tu aurais dû me laisser

147

venir à Rome, il y a quatre mois, je t'aurais ramenée ici avec moi.

— Je n'aurais pas voulu.

— Oh, mais si ! N'oublie pas que je suis
beaucoup plus grande que toi.

Isabella ne put s'empêcher de rire et elle songea qu'il ferait bon revoir Natasha. Peut-être
que cela l'amuserait de revoir New York. Mais
comment pouvait-elle imaginer une seconde
qu'elle pourrait prendre plaisir à quoi que ce soit
après ce qui était arrivé ?

— Sérieusement, dans combien de temps
comptes-tu arriver ? (Natasha se livrait à de
rapides calculs et griffonnait.) Veux-tu envoyer
Alessandro à l'avance ? Veux-tu que j'aille le chercher ?

Isabella réfléchit un instant à la proposition
de son amie.

— Non. Je ne veux pas le laisser. Je l'amènerai
avec moi.

Tout en écoutant Isabella, Natasha se demandait quel effet tout cela pouvait avoir sur l'enfant,
mais ce n'était pas le moment de poser la question.

— Va au diable, Spaghetti !

« Spaghetti ! » C'était le surnom que Natasha

lui donnait autrefois et elle ne l'avait pas entendu depuis des années. Pour la première fois depuis des mois, elle s'aperçut qu'elle riait vraiment. Elle vit le visage anxieux de Bernardo qu'elle avait totalement oublié.

— Je pars.

— Dans combien de temps ?

— Aussitôt que je pourrai quitter mon travail, le temps de mettre les choses en ordre. Qu'en penses-tu ? Quelques semaines ?

Bernardo acquiesça.

— Oui. D'ici à une semaine ou deux, tu pourras partir.

9

Les deux semaines qui suivirent se passèrent pratiquement à téléphoner entre Rome et New York. Isabella voulait-elle une ligne personnelle ? Alessandro irait-il en classe ? Viendrait-elle avec des gardes du corps ?

Isabella riait, levait les bras au ciel. Amadeo avait déclaré un jour que Natasha était capable de construire un pont, de diriger un pays et Dieu savait quoi encore, sans abîmer son vernis à ongles. Isabella se rendait compte qu'il avait eu raison.

Deux téléphones, décréta Isabella. Elle déciderait ultérieurement d'envoyer Alessandro à l'école ou pas et elle n'emmènerait pas de gardes du corps. Les immeubles de Park Avenue étaient gardés comme des forteresses.

Le projet de départ d'Isabella fut également bien gardé. Aucune campagne n'avait été si bien menée par aucun général que le départ organisé par Isabella et Bernardo. Personne, à San Gregorio, ne connaissait sa destination ; certains employés ne savaient même pas qu'elle allait partir. Mais pour sa sécurité et celle de l'enfant, il fallait qu'il en fût ainsi.

Elle disparaîtrait, tout simplement. On ferait courir le bruit qu'elle habitait l'appartement sur la terrasse au-dessus des bureaux, seule avec son fils. On monterait des repas, les plats redescendraient vides. Il y aurait en fait une locataire dans cet appartement, Livia, la secrétaire personnelle d'Amadeo, en qui ils avaient toute confiance et qui avait proposé de se cloîtrer de façon qu'on entende des bruits de pas. Ainsi, tout le monde penserait que quelqu'un vivait là-haut caché. Cela marcherait très bien, au moins pour un temps.

— Est-ce que tout est prêt ?

Isabella leva les yeux sur Bernardo qui était en train de mettre un paquet d'échantillons dans un grand sac de cuir.

Il acquiesça silencieusement. Elle songea qu'il avait l'air absolument épuisé.

— Je crois que j'ai des échantillons de toute la collection, dit-elle. Qu'en est-il des exportations pour la Suède ? Veux-tu que je signe les papiers avant de partir ?

Elle continua à empaqueter des affaires tandis que Bernardo se retirait dans son bureau. Elle avait de quoi s'occuper pendant six mois. Ce qui ne pourrait être transmis par téléphone le serait par l'intermédiaire de l'agent littéraire de Natasha. Elle essayait de ne pas réfléchir. Elle détestait l'idée de partir.

Bernardo revint avec les papiers. Isabella enleva le bouchon du stylo de chez Tiffany qui avait appartenu à Amadeo et apposa sa signature sur toutes les feuilles.

— Je sais que ce n'est toujours pas le moment, déclara Bernardo, mais je t'en prie, pense à ce que je t'ai dit.

— À quoi donc ?

Elle était incapable de penser.

— À la proposition de I.H.I. Peut-être pourrais-tu les rencontrer à New York ?

— Non, Bernardo. C'est la dernière fois que je te le dis, je ne veux pas entendre parler de cela. Je croyais que c'était bien entendu entre nous.

— Très bien.

De toute façon, ils avaient bien assez à faire pour le moment. Il pourrait toujours aborder la question plus tard, lorsqu'elle en aurait assez de régler les affaires depuis l'Amérique. Qui aurait pu prévoir six mois plus tôt qu'il resterait seul, qu'Amadeo serait mort et qu'Isabella partirait si loin ? Une vague de chagrin le submergea cependant qu'il la regardait boucler sa valise. Le souvenir de l'été qu'ils avaient passé tous ensemble à Rapallo lui revint. Amadeo avait compté pour s'amuser les valises d'Isabella. Mais cette fois-ci, il n'était plus question de Rapallo. Une nouvelle vie commençait, et Isabella n'emportait que deux valises et un sac pour Alessandro.

— Alessandro va avoir le cœur brisé de laisser sa bicyclette, remarqua-t-elle soudain.

— Je lui en enverrai une autre à New York, encore plus belle.

Dieu, que l'enfant allait donc lui manquer ! Isabella aussi. Les yeux d'onyx ne le fusilleraient plus du regard. Comme cela allait lui sembler étrange de ne plus l'avoir près de lui !

— Nous serons vite de retour, Nardo. Je ne

pense pas que je supporterai longtemps de rester loin d'ici.

Elle se leva et promena son regard autour d'elle pour voir si elle n'avait rien oublié. Bernardo la contemplait sans rien dire. Elle lui fit un demi-sourire.

— Écoute, pourquoi ne rentres-tu pas dormir un peu ? Nous allons avoir une longue nuit.

— Ouais, je suppose. Isabella... je... vous allez me manquer, tous les deux.

Il avait une drôle de voix en prononçant ces mots. Elle lut dans son regard le sentiment qu'il s'était efforcé de lui cacher depuis Noël.

— Tu vas me manquer, toi aussi.

Elle lui tendit les bras et ils s'embrassèrent. Quand reverrait-elle ce bureau ? Quand reverrait-elle Bernardo ?

— *Ecco !*

Il avait les larmes aux yeux. C'était une chose que de ne pas lui parler de son amour et une autre que de ne pas la voir du tout. Il avait mal, rien que d'y penser. Toutefois, c'était la seule chose à faire — pour elle et pour l'enfant.

— Maintenant, rentre te coucher.

— C'est un ordre ?

— Oui. (Elle eut un sourire tremblant et

s'assit, puis ajouta :) Quel sale temps pour aller sur la Riviera !

Il rit. En effet, ils avaient décidé de partir en voiture jusqu'en France pour prendre, à Nice, le premier avion en partance pour l'Angleterre et, de là, un vol pour New York. Alessandro et elle voyageraient donc pendant plus de vingt-quatre heures.

— Puis-je apporter quelque chose pour Alessandro ? Des gâteaux ? Un jeu ?

— Très bonne idée ! Et peut-être aussi une couverture et un oreiller.

— Rien d'autre ? Et pour toi ?

— Il suffit que tu sois là, Nardo. Prie pour que tout se passe bien.

Il hocha gravement la tête, ouvrit la porte et sortit. Il priait non seulement pour qu'elle arrive saine et sauve, mais aussi pour qu'elle revienne. Pour qu'elle lui revienne.

10

— M*amma*, raconte-moi une histoire !

Isabella, assise au chevet d'Alessandro, réfléchit :

— Une histoire...

— S'il te plaît !

— Très bien. Voyons. (Elle fronça les sourcils en le regardant. Elle tenait serrée dans sa longue main élégante et fine la petite main de son fils.) Il était une fois un petit garçon qui vivait avec sa mère et...

— Il avait un papa ?

— Non, il n'en avait plus.

Alessandro hocha la tête d'un air entendu et s'installa confortablement dans son lit. Elle lui raconta où ils habitaient, quels étaient leurs amis, leurs ennemis, etc.

— Qu'est-ce qu'ils faisaient ?

Il commençait à aimer beaucoup cette histoire car elle lui semblait parfaitement crédible.

— Ce qu'ils faisaient à propos de quoi ?

Elle ne lui prêtait pas grande attention, tant elle avait de choses en tête.

— Qu'est-ce qu'ils faisaient à propos des gens qui ne les aimaient pas ?

— Ils les ignoraient. Et sais-tu ce qu'ils ont fait ? Ils se sont enfuis.

Elle avait pris une voix de conspirateur.

— Non ? Mais c'est terrible ! Papa a dit que c'était très mal de s'enfuir, sauf quand on était vraiment obligé, comme avec un lion ou un chien très méchant.

Il avait l'air très choqué. Elle eut envie de lui dire qu'il y avait des gens qui étaient comme des chiens méchants, mais elle se retint. Tenant toujours sa main dans la sienne, elle le regarda pensivement.

— Oui, mais s'ils sont obligés de s'enfuir pour des raisons de sécurité ? Si c'est la seule solution pour qu'ils ne soient plus ennuyés par les lions et les chiens ? Et s'ils vont dans un endroit merveilleux où ils seront très heureux ?

— Je pense que c'est bien. Mais y a-t-il un

157

endroit comme celui-là, où les gens sont tout à fait en sécurité ?

— Peut-être, mon chéri. De toute façon, il ne t'arrivera rien de mal, tu peux en être sûr !

Il la considéra d'un air inquiet.

— Mais toi ?

Il faisait encore des cauchemars. Si l'on avait pris son père, on pouvait aussi bien prendre sa mère. Il ne servait à rien de lui répéter inlassablement que cela n'arriverait pas. Pourquoi donc alors y avait-il tous ces gardes autour de la maison ? Il n'était pas dupe.

— Rien ne m'arrivera, à moi non plus, je te le promets.

— *Mamma*...

— Quoi donc ?

— Si on s'enfuyait ?

— Ne serais-tu pas triste ? Tu n'aurais plus *mamma* Teresa, ni Luisa ni Enzo.

Plus de bicyclette, plus de Rome, plus de souvenirs d'Amadeo, ajouta-t-elle pour elle-même.

— Oui, mais toi, tu serais avec moi !

Il avait l'air littéralement enchanté.

— Es-tu certain que cela te suffirait ? demanda-t-elle d'un air amusé.

— Bien sûr !

Son sourire lui donna le courage de continuer l'histoire. L'histoire du petit garçon et de sa mère qui trouvent un nouveau foyer dans un nouveau pays, de nouveaux amis.

— Et est-ce qu'ils y restent pour toujours ?

Elle le contempla longuement avant de répondre.

— Je ne sais pas exactement. Je pense qu'ils rentrent chez eux, peut-être.

— Pourquoi ?

L'idée lui en semblait ridicule.

— Peut-être parce que l'on préfère être chez soi, même si les choses sont parfois difficiles.

— Je trouve que c'est bête.

— N'aimerais-tu pas revenir ici, si nous partions ?

— Non. Il est arrivé de vilaines choses. On a tué mon papa. Ils sont méchants, ici.

— Pas tout le monde, Alessandro. Il y a juste un ou deux hommes très méchants.

— Alors, pourquoi, est-ce qu'on ne les a pas retrouvés pour les punir, leur faire mal ou leur donner la fessée ?

Elle le regarda avec douceur, puis le prit dans ses bras.

— Peut-être qu'on les retrouvera.

159

— Ça m'est égal ! Je veux m'enfuir avec toi.

Il se blottit contre elle, et elle sentit le petit corps chaud dans ses bras. C'était la seule chaleur qui lui restait, maintenant qu'Amadeo était mort.

— Peut-être qu'un jour nous partirons pour l'Afrique tous les deux. Nous vivrons dans un arbre.

— Oooooh, j'adorerais ça ! Si on le faisait, tout de suite ?

— Bien sûr que non ! D'ailleurs, tu serais très mal pour dormir dans un arbre.

— Oui, je crois. C'était une drôlement belle histoire en tout cas, ajouta-t-il en lui caressant la main.

— Merci. Au fait, est-ce que je t'ai dit comme je t'aime ?

Elle était penchée sur lui et lui chuchotait dans l'oreille.

— Moi aussi, je t'aime.

— Très bien. Maintenant, mon chéri, dors.

Dans quelques heures, elle le réveillerait. Elle ferma doucement la porte et partit sur la pointe des pieds.

Ce soir-là fut une véritable torture. Elle resta dans le salon, mettant en ordre des papiers et regardant la pendule. On servit le dîner à 8 heures dans la salle à manger où, selon son habitude, elle dîna seule et vite. À 9 heures moins 20, elle monta dans sa chambre et fit les cent pas de la fenêtre au téléphone, du téléphone à la fenêtre. Elle ne pouvait rien faire avant que la maison fût endormie. Elle n'osait même pas retourner dans le hall. Elle demeura assise trois heures, réfléchissant, attendant, se levant de temps à autre pour regarder par la fenêtre. De sa chambre, elle voyait le manège dans le jardin, le petit studio qu'Amadeo utilisait lorsqu'il travaillait à la maison, les fenêtres de la cuisine. À minuit, toutes les lumières de la maison étaient éteintes, excepté la sienne. Elle sortit silencieusement de sa chambre, se rendit dans le hall et ouvrit un placard d'où elle tira deux sacs de chez Gucci. Ils étaient marron avec deux raies vert et rouge. Elle les considéra pensivement. Comment pouvait-on mettre toute une vie dans deux sacs ?

Lorsqu'elle fut revenue dans sa chambre, elle ferma la porte à clef et ouvrit son placard. Elle prit rapidement ses cachemires, des sacs à main, des chaussures, des sous-vêtements. Tout ce qu'elle portait ces derniers temps était noir et cela lui prit exactement une demi-heure pour tout empaqueter. Elle se demanda si elle allait emporter une robe du soir, puis, réflexion faite, elle choisit des souliers à talons hauts et une robe de satin noir d'une parfaite simplicité. Elle eut fini en moins d'une heure. Ensuite, elle alla au coffre-fort. Les boîtes étaient de nouveau pleines de bijoux depuis que Bernardo était allé les rechercher. Il avait rendu à Alfredo les cinq cent mille dollars qu'elle n'avait jamais pu remettre aux ravisseurs. Elle ne portait plus de bijoux, mais n'osait les laisser ici. Il se pourrait que quelqu'un les vole. Elle se sentait dans l'état d'esprit d'une réfugiée. Elle mit tous les bijoux dans des sacs de soie noire prévus à cet effet et les enferma dans un sac à main en crocodile de chez Hermès. Elle le garderait sous son bras pendant le voyage. Elle tira ensuite une valise vide et se rendit dans la chambre d'Alessandro. Il était endormi, enfoui sous les couvertures, une main crispée sur son ours en peluche, l'autre pendant hors du lit. Elle sourit et commença à vider son armoire. Elle ne prit que quelques vêtements chauds, un ensemble pour la neige, des moufles et ses jouets favoris. À une heure et demie, elle était prête, ses valises à côté d'elle.

Le réveil faisait tic-tac sur sa table de nuit. Elle

avait décidé de réveiller Alessandro à 2 heures moins le quart. Les deux gardes du corps attendaient dehors, prêts à partir, mais ne sachant pas pour quelle destination. Bernardo leur avait demandé de trouver un prétexte pour justifier leur absence et ils devaient être de retour à Rome le lendemain. Ils prendraient l'avion aussitôt arrivés à Londres.

Isabella sentait son cœur battre la chamade. Elle se demandait si elle avait raison de partir, de laisser sa maison, de confier toutes les affaires à Bernardo.

Sans bruit, elle ouvrit la porte et sortit. La maison était plongée dans un profond silence. Elle descendit l'escalier. Il lui restait dix minutes avant de réveiller Alessandro, dix minutes pour dire adieu. Elle gagna le salon, effleura une table, regarda le divan vide. Il y avait eu des fêtes dans cette pièce, des soirées avec Amadeo, des jours heureux. Elle se souvint du mal qu'elle s'était donné pour choisir les tissus, les meubles qu'elle avait achetés à Paris, la pendule qu'ils avaient eu tant de peine à trouver à New York. Puis elle passa dans la salle à manger et dans le petit salon, celui qu'ils avaient utilisé le plus souvent. Enfin, elle s'immobilisa à la porte du bureau qu'Ama-

deo aimait tant. Il était tapissé de livres et plein
de fleurs. Elle en avait fait un havre de paix pour
lui, pour qu'il s'y sente bien. Ils s'y retiraient
souvent ensemble pour discuter, ou rire avec
Alessandro qui jouait dans le jardin et passait en
courant devant les portes-fenêtres. C'était de
cette pièce qu'ils l'avaient vu faire ses premiers
pas, ici qu'Amadeo lui avait fait l'amour sur le
divan de cuir ou sur l'épais tapis. Ils tiraient les
rideaux et se sentaient à l'abri du monde entier.
Et voilà qu'à présent cette pièce était vide. Elle
demeura immobile, n'osant pas entrer, la main
sur la poignée de la porte.

— *Ciao,* Amadeo. Je reviendrai.

C'était une promesse qu'elle se faisait à elle-
même, à lui, à la maison, à Rome. Elle entra et
s'arrêta devant le bureau. Il y avait encore une
photographie d'elle, dans un cadre d'argent, présent de Bernardo, à côté d'un petit œuf en or de
Fabergé qu'elle lui avait offert pour son anniversaire, juste avant la naissance d'Alessandro. Elle
passa le doigt dessus et dit de nouveau :

— *Ciao,* Amadeo.

Puis elle referma doucement la porte.

Elle s'attarda un instant dans le hall puis
remonta dans la chambre d'Alessandro en priant

le ciel pour qu'il se réveille facilement et ne pleure pas. Elle eut un léger pincement au cœur. C'était cruel pour *mamma* Teresa et pour le petit garçon de se quitter ainsi sans se dire au revoir. *Mamma* Teresa avait pris soin de lui pendant cinq ans avec amour et dévouement. Isabella espérait de toute son âme qu'elle comprendrait le lendemain en lisant sa lettre et qu'elle supporterait courageusement le départ d'Alessandro.

Elle ouvrit doucement la porte et prit l'enfant dans ses bras. Elle sentait son souffle dans son cou.

— Alessandro, *tesoro,* c'est maman. Réveille-toi.

Il s'agita et se tourna de l'autre côté. Elle lui caressa la joue et l'embrassa sur les deux yeux.

— Alessandro...

Il ouvrit les yeux, sourit et murmura d'une voix endormie :

— Je t'aime.

— Moi aussi, mais réveille-toi, mon chéri.

— Il fait encore nuit !

Il la regarda, intrigué.

— Oui, mais nous partons. Nous allons avoir de grandes aventures. C'est un secret. Juste toi et moi.

Il ouvrit de grands yeux.

— Est-ce que je peux prendre mon ours ?

Elle fit oui de la tête, espérant qu'il ne percevrait pas les battements précipités de son cœur.

— J'ai mis quelques-uns de tes jouets dans une valise. Dépêche-toi, mon trésor.

Il se frotta les yeux. Elle le souleva dans ses bras et alla dans sa chambre. Elle lui chuchota à l'oreille qu'il ne fallait faire aucun bruit, l'assit sur le lit, lui enleva son pyjama et lui enfila des vêtements chauds.

— Où allons-nous ? demanda-t-il en tendant son pied pour qu'elle lui mette sa chaussette.

— C'est une surprise.

— En Afrique ?

Il avait l'air enchanté à cette perspective. Elle lui enfila l'autre chaussette et son pantalon de velours côtelé, un chandail, puis lui mit ses chaussures.

— Non. Dans un pays encore mieux.

— J'ai faim ! Je voudrais un verre de lait.

— Oncle Bernardo apporte des biscuits et du lait pour toi.

— Est-ce qu'il vient aussi ? interrogea-t-il avec intérêt.

— Il nous accompagne seulement un bout de

166

chemin. Les seuls à partir pour cette aventure, c'est toi et moi.

— Et pas *mamma* Teresa ?

Il la repoussa pour la regarder. Elle secoua la tête.

— Non, mon chéri. Pas *mamma* Teresa. Nous ne pouvons même pas lui dire au revoir.

— Mais elle va être fort en colère contre nous ! Elle nous détestera quand nous reviendrons.

— Non. Elle comprendra.

Elle n'en était pas si sûre.

— Bon. De toute façon, ça me plaît de partir avec toi.

Il s'assit sur le lit et prit son ours. Elle sourit.

— Moi aussi. Es-tu prêt ?

Elle regarda autour d'elle. Tout était empaqueté. Il ne restait plus que le pyjama de l'enfant qui traînait sur le lit et la lettre pour Maria Teresa, ainsi qu'une autre pour la gouvernante, lui expliquant que tout allait bien et qu'elle pouvait s'adresser à M. Franco pour tous les problèmes concernant la maison. Il ne fallait en aucun cas parler de leur départ à qui que ce fût.

— Oh, nous allions oublier ton ours !

Elle le ramassa et lui prit fermement la main.

Soudain, elle se raidit. Elle avait entendu les grilles s'ouvrir et elle entendait Bernardo et le garde chuchoter. Une minute plus tard, on frappait doucement à sa porte.

— Isabella, c'est moi.

— C'est amusant, dit Alessandro avec un rire étouffé.

Elle lui ouvrit la porte et vit qu'un garde était monté avec lui.

— Es-tu prête ?

Elle acquiesça, les yeux élargis.

— Bien. Je prends Alessandro, et Giovanni se chargera des bagages. Ça va ?

— Oui, tout est là.

— Bien.

Ils parlaient à voix basse. Isabella éteignit la lumière. Bernardo prit Alessandro dans ses bras, suivi du garde. Isabella ferma la porte. C'était fini. Elle quittait son foyer.

Bernardo s'assit au volant et l'un des gardes prit place auprès de lui tandis que l'autre s'asseyait derrière avec Isabella et Alessandro. Quand ils démarrèrent, elle jeta un coup d'œil par-dessus son épaule. La maison avait son aspect familier, mais c'était une maison vide, à présent.

11

— *Va bene ?* Tu n'es pas fatigué ? demanda Isabella à Bernardo.

Cela faisait quatre heures qu'ils roulaient dans la nuit. Il secoua la tête. Il était bien trop soucieux pour penser à la fatigue. C'était la première fois qu'il regrettait d'avoir vendu la Ferrari d'Amadeo, plus rapide que sa Ford. Il voulait arriver à la frontière avant le jour, car Isabella risquait moins d'être reconnue par les douaniers.

— Combien de temps nous reste-t-il ? s'enquit Isabella.

— Une heure, peut-être deux.

Le garde ne parlait pas. Alessandro dormait profondément sur les genoux de sa mère, après avoir dévoré les biscuits de Bernardo et bu quelques gorgées de lait.

Le jour se levait lorsqu'ils s'arrêtèrent. Deux guérites, une française et une italienne.

— *Buon giorno,* dit Bernardo gaiement.

Il tendit au douanier italien les cinq passeports.

L'homme en uniforme regardait machinalement la voiture. Il examina vaguement les passeports, puis se dirigea vers Bernardo et le pria d'ouvrir le coffre. Il considéra distraitement les quatre bagages dont deux étaient pleins de papiers.

— Vous allez en France ?

— Oui.

— Pour combien de temps ?

— Un jour ou deux.

— *Ecco !* Bon voyage.

Il se dirigea vers la voiture suivante.

— Qu'a-t-il demandé ? Qu'a-t-il dit ? questionna Isabella d'un ton anxieux.

— Il nous a souhaité un bon voyage.

— Il n'a rien dit au sujet de mon passeport ?

— Rien du tout. Il y avait un type derrière nous dans un camion qui s'impatientait.

— Et maintenant ? poursuivit-elle en voyant s'avancer l'homme en uniforme bleu marine.

170

— Les douaniers français vont viser nos passeports, puis tout sera terminé.

Bernardo avança et sourit de nouveau.

— Bonjour, messieurs, madame, fit le douanier avec un aimable sourire. (Il regarda Isabella avec admiration et jeta un coup d'œil à l'enfant. Isabella était à la torture, les yeux fixés sur les galons rouges du douanier.) Vous venez pour affaires ou pour des vacances ?

— Les deux. (Il fallait bien donner cette explication pour justifier la valise pleine de papiers au cas où il aurait inspecté le coffre.) Affaires de famille. Je suis avec ma sœur, nos cousins et mon neveu.

— Je vois.

Il prit les passeports des mains de Bernardo. Isabella serra son fils contre elle.

— Vous allez rester longtemps en France ?

— Quelques jours.

Peu importaient les réponses puisqu'ils rentreraient par des moyens différents et Isabella et Alessandro, pas du tout.

— Rien dans le coffre ? Pas de pommes de terre, de graines ?

Oh, Seigneur !

171

— Non, répondit Bernardo, nos bagages seulement.

Il fit mine de descendre, mais le douanier lui fit signe de passer.

— C'est inutile, merci. (Le douanier alla à son bureau et apposa le cachet sur les passeports, sans même regarder les noms.) Bon voyage.

Isabella sourit à Bernardo, les larmes aux yeux.

— Comment va ton ulcère ?

— Très, très bien.

— Le mien progresse.

Ils se mirent à rire et Bernardo accéléra.

Ils arrivèrent à Nice vers le milieu de la matinée, juste au moment où Alessandro s'éveillait. Ni sa mère ni les autres n'avaient fermé l'œil de la nuit.

— Est-ce qu'on est en Afrique ? interrogea-t-il avec un large sourire.

— Non, mon chéri. Nous sommes en France.

— Oh, dit-il d'un ton déçu, je suis déjà allé plusieurs fois en France !

— Veux-tu des biscuits ? demanda Bernardo.

— Non merci. Je n'ai pas faim.

— Moi non plus, affirma Isabella.

Bernardo, toutefois, s'arrêta un peu avant l'aéroport pour acheter des fruits et du café.

172

— Petit déjeuner !

Le café leur fit le plus grand bien. Isabella se recoiffa et refit son maquillage. Les deux hommes avaient le visage bleu de barbe et les yeux cernés.

— Où va-t-on maintenant ? s'enquit Alessandro qui avait des moustaches de lait, qu'il essuya avec le bras de son ours.

— À l'aéroport. Je vais te mettre dans un avion avec ta maman.

— Oh chic ! s'exclama Alessandro en battant des mains.

Isabella le regarda. Il n'avait pas émis une seule protestation, pas exprimé un seul regret en partant pour l'aventure. Bernardo n'en revenait pas non plus.

— Prends bien soin de ta maman, lui conseilla-t-il en arrivant à l'aéroport. Je t'appelerai bientôt.

Il contempla le petit garçon avec tendresse, espérant qu'il n'allait pas pleurer. Alessandro le considéra avec désapprobation.

— Tu es bête ! Ils n'ont pas le téléphone, en Afrique !

— C'est là-bas que tu vas avec ta maman ?

— Oui.

Bernardo ébouriffa affectueusement les cheveux du petit garçon et les regarda se diriger vers l'entrée des passagers.

— *Ciao*, Isabella ! Prends bien soin de toi.

— Oui. Toi aussi. Je t'appellerai aussitôt que nous serons arrivés.

Il hocha la tête et la serra dans ses bras un instant. Il avait la gorge serrée.

— *Addio !*

— À bientôt, Bernardo.

Elle le serra très fort contre elle, puis disparut, portant l'enfant, encadrée par les deux gardes du corps. Il eût bien voulu qu'elle renonçât à mettre son manteau de vison, mais elle avait insisté, disant qu'elle aurait froid à New York. *Isabellezza*. Il se sentit trembler. Pourvu qu'il ne l'ait pas perdue pour toujours !

12

Les nouveaux gardes du corps attendaient Isabella à l'aéroport de Heathrow. Elle sentit son cœur bondir dans sa poitrine en les voyant se diriger vers elle. Ils ressemblaient tout à fait à des joueurs de football américain.

— Madame Walker ?

Les deux amies étaient convenues de prendre le nom de Natasha comme mot de passe.

— Oui.

Elle ne savait que leur dire, mais le plus grand des deux lui tendit une lettre de la main de Natasha. Elle l'ouvrit vivement.

« Tu es presque arrivée chez toi, Spaghetti. Embrasse ton petit clown, et détends-toi.

Baisers

N. »

— Merci. Que faisons-nous maintenant ?

Ils tirèrent leur billet d'avion de leur poche et l'un d'eux lui tendit le sien. On leur avait recommandé de ne pas dire un mot devant les gardes du corps italiens. Elle ouvrit l'enveloppe et jeta un coup d'œil à sa montre. Il fallait qu'elle renvoie les gardes italiens, à présent. Elle se tourna vivement vers eux et leur parla en italien. Ils se levèrent et lui serrèrent la main. Ils lui souhaitèrent bonne chance et, à sa grande surprise, se baissèrent pour embrasser Alessandro. Les larmes lui vinrent aux yeux lorsqu'ils la quittèrent. C'étaient les derniers liens qui la rattachaient à l'Italie. Elle commençait à se sentir très fatiguée. Elle avait été nerveuse toute la matinée, se demandant si elle trouverait les hommes envoyés par Natasha et s'ils la reconnaîtraient.

— Allons-y !

Le plus grand la prit par le bras et l'entraîna. Une fois dans l'avion, elle songea que quelque chose de terrible allait certainement se produire — une bombe, quelqu'un qui allait s'emparer d'Alessandro, n'importe quoi. Elle vivait un véritable cauchemar. Mais l'avion décolla normalement.

— Où allons-nous, *mamma* ?

Alessandro avait l'air épuisé, et ses yeux bruns avaient un regard inquiet.

— Chez tante Natasha, mon chéri. À New York.

Elle l'embrassa doucement sur le front, prit sa main et ils s'endormirent.

Elle se réveilla quatre heures plus tard, ne sentant plus Alessandro contre elle. Elle sursauta, puis sourit en le voyant entre les deux gardes du corps.

— *Mi chiamo Alessandro, e lei ?*

L'homme le regarda et ouvrit les mains en signe d'impuissance. Il regarda Isabella d'un air implorant :

— *Non capito.*

— Il vous demande votre nom.

— Oh ! Steve. Et toi... Alexandro ?

— Alessandro, corrigea l'enfant paisiblement avec une lueur de malice dans le regard.

— Okay, Alessandro. Est-ce que tu as déjà vu quelque chose comme ça ?

Il sortit une pièce de sa poche, la fit disparaître et la retira de l'oreille d'Alessandro. Le petit garçon hurla de joie et applaudit. Ils continuèrent à jouer ensemble. Alessandro parlait en italien et l'homme par gestes.

Isabella referma les yeux. Tout avait bien marché jusqu'alors. Il ne restait plus qu'à passer la douane à New York et à arriver à l'appartement de Natasha sans encombre. Elle se déshabillerait, prendrait un bain chaud et n'aurait plus qu'à demeurer cachée. Il lui semblait que cela faisait une semaine qu'elle portait les mêmes vêtements.

Ils dînèrent, regardèrent un film et, à part deux trajets aux toilettes avec Alessandro, ne bougèrent pas de leur siège. Personne ne fit attention à eux.

— Nous arriverons à New York dans une demi-heure à peu près, annonça Steve en se penchant vers elle. Mme Walker vous attendra à la douane et nous vous conduirons jusqu'à la voiture.

Elle hocha la tête.

— Merci.

Il la regarda pensivement. Il avait déjà vu un cas semblable. Une femme s'enfuyant avec son enfant repris au père qui le cachait en Grèce. La façon dont elle serrait l'enfant lui rappelait cette femme. Il ne comprenait pas très bien les gens riches qui prenaient les enfants et les rendaient comme s'il s'agissait d'un jeu. Elle semblait gentille, malgré son regard peureux. Elle devait

178

redouter que son mari ne remette la main sur l'enfant avant qu'elle ne soit parvenue à destination. Tout ce qu'ils savaient, c'était qu'elle arrivait de Nice. Il tourna légèrement la tête ; ils commençaient leur descente sur New York.

— Tu veux aller aux toilettes, Alessandro ? On risque de rester longtemps à la douane.

Sa mère traduisit rapidement, mais l'enfant secoua la tête.

— Je croyais qu'on allait en Afrique.

L'homme rit et lui attacha sa ceinture. Il agrippa la main de sa mère. Les lumières de la ville se rapprochaient. Il était une heure et demie de l'après-midi.

Isabella songeait à la dernière fois qu'elle était venue à New York avec Amadeo, deux ans auparavant. Généralement, il se rendait seul aux États-Unis car elle préférait aller en Angleterre ou en France, mais la dernière fois qu'ils étaient venus ensemble à New York, ils avaient réellement vécu comme dans un rêve. Ils avaient dîné à *La Caravelle*, étaient descendus au *Saint-Regis*, étaient allés à *La Grenouille* et au *Lutèce*. Ils avaient été invités à une soirée donnée pour les modélistes américains et avaient assisté à plusieurs dîners très élégants. Et surtout, ils s'étaient

179

longuement promenés tous deux dans le parc. Cette fois-ci, les choses étaient bien différentes. Elle ne pouvait même plus se raccrocher à ses souvenirs, rencontrer le fantôme d'Amadeo à chaque coin de sa ville ou de sa maison ; elle l'avait quitté. Plus d'endroits familiers, plus d'amis ; Natasha, son fils, Alessandro et elle. Elle regretta soudain de ne pas avoir emporté avec elle un souvenir d'Amadeo. Quelque chose qu'elle eût pu toucher, qui lui eût rappelé son rire, son regard amoureux. *Isabellezza*. Elle croyait l'entendre.

— *Mamma, mamma ! Siamo qui !*

Alessandro la tirait par la manche, tout excité. Les deux hommes la regardèrent :

— On y va ?

Ils étaient dans l'allée avant même que l'appareil ne se soit immobilisé. Celui qui s'appelait Steve lui tendit son manteau et l'autre prit Alessandro dans ses bras.

Le douanier ouvrit tous les bagages en demandant :

— Quel est l'objet de votre séjour ?

— Je viens rendre visite à ma famille.

Les gardes du corps et Alessandro attendaient auprès d'Isabella.

Mon Dieu ! Pourvu qu'ils ne reconnaissent pas mon nom ! pensa-t-elle.

— Et ces papiers, qu'est-ce que c'est ?

— Du travail que j'ai apporté avec moi.

— Vous avez l'intention de travailler ici ?

— Juste pour des affaires privées, des affaires de famille.

Il fouilla dans les valises de vêtements.

— Allez-y, fit-il.

C'était fini. Elle avait réussi ! Il ne restait plus qu'à trouver Natasha et à aller à la maison. Pendant un moment, elle resta sans bouger, un peu étourdie, espérant que tout irait bien, lorsqu'elle vit Natasha accourir vers elle. Elles furent en un instant dans les bras l'une de l'autre. Alessandro poussait des cris de protestation, puis se mit à rire lorsque Natasha lui mordilla le cou.

— *Ciao*, Alessandro, comment vas-tu ? (Elle le saisit dans ses bras et dit en regardant Isabella bien en face :) Bienvenue à New York. (Sa voix était un peu rauque. Elle se tourna de nouveau vers Alessandro.) Sais-tu que tu es drôlement lourd ? Si on le laissait marcher jusqu'à la voiture ?

Mais Isabella secoua la tête. Il n'avait pratiquement pas marché depuis Rome. Il serait trop facile de le saisir pour l'enlever.

— Je vais le porter, déclara-t-elle.

Natasha acquiesça. Elle se tourna vers les deux gardes du corps et leur désigna la direction de la voiture. Avant même qu'Isabella n'ait eu le temps de se rendre compte de ce qui arrivait, elle était installée dans une Rolls-Royce, les bagages chargés dans le coffre et la porte refermée.

C'est seulement alors qu'elle se rendit compte qu'elles n'étaient pas seules dans la voiture. Il y avait un homme à côté du chauffeur. Il se tourna vers elle et sourit. Il était fort beau et avait les yeux bleus et des cheveux grisonnants.

— Oh ! dit Isabella d'une toute petite voix.

Natasha lui tapota la main.

— Ne t'inquiète pas. C'est mon ami, Corbett Ewing.

— Je suis désolé de vous avoir fait peur.

Ils se serrèrent la main et Isabella fit un bref signe de tête. Elle ne s'attendait pas à voir quelqu'un d'autre que le chauffeur. Elle regarda Natasha d'un air interrogateur et celle-ci lui fit un clin d'œil. Évidemment, il savait d'où elle venait, rien d'autre.

— Vous avez fait bon voyage ? poursuivit-il.

Elle était contrariée que Natasha eût amené quelqu'un. Elle n'avait aucune envie de se livrer à des mondanités. Mais il était évident que la voiture lui appartenait et peut-être que cela faisait plaisir à Natasha de l'avoir auprès d'elle. Ils avaient l'air de deux complices et elle songea que son amie avait sans doute jugé prudent de se faire accompagner par un homme.

Elle fit un effort et répondit en souriant :

— Nous avons fait très bon voyage, mais... nous sommes très fatigués tous les deux.

— Je m'en doute.

Il se retourna, non sans avoir remarqué la beauté d'Isabella.

13

La Rolls-Royce s'arrêta en douceur devant l'immeuble de Natasha, et le portier se précipita pour les aider à enlever les bagages. Isabella descendit, tenant Alessandro par la main ; elle était très pâle et avait un air traqué. Elle se rendait mieux compte, maintenant qu'elle regardait la rue et les maisons, à quel point elle était loin de chez elle. Dans un autre monde, dans une autre vie. L'avant-veille encore, elle avait travaillé à San Gregorio et dormi dans la villa. Elle était à présent à New York. Une foule de gens sortaient de leur travail et se pressaient sur le trottoir de Park Avenue. Il faisait sombre et froid. Il était déjà 6 heures du soir. Elle avait oublié comme New York était bruyant et mouvementé. En voyant passer tous ces gens affairés, elle eut soudain

184

envie d'aller se promener, de marcher, de respirer l'air pur, de lécher les vitrines, de flâner. Elle ne sentait plus la fatigue de ces quarante heures passées sans dormir, à fuir autour du monde. Pendant un court instant, elle eut une folle envie de se sentir vivante, d'être comme ces gens. Natasha la regardait, Corbett aussi.

— Tout va bien, Isabella ?

Elle leva les yeux vers lui.

— Oui, très bien. Merci de nous avoir accompagnés.

— Je vous en prie, ce n'est rien. Vous allez vous débrouiller seules, mesdames ? ajouta-t-il en se tournant vers Natasha.

— Bien sûr, répondit cette dernière.

Elle l'embrassa sur la joue. Il fit un petit salut et remonta pensivement dans sa voiture.

Natasha et Isabella traversèrent rapidement le corridor et s'engouffrèrent dans l'ascenseur que manœuvrait un liftier en gants blancs.

— Bonsoir, madame Walker.

— Merci, John, et bonne nuit.

Natasha jeta un coup d'œil à Isabella en introduisant sa clef dans la serrure.

— Eh bien, pour une fille qui a voyagé sans

185

arrêt depuis la nuit dernière, tu n'es pas trop mal !

Pour toute réponse, Isabella sourit. Lorsque la porte s'ouvrit, Ashley se précipita en aboyant joyeusement, Jason leur sauta au cou et Hattie leur dit timidement bonsoir. L'appartement n'avait rien de la splendeur princière de la villa romaine, mais il allait parfaitement avec sa propriétaire. Si Isabella avait voulu dessiner un écrin pour mettre en valeur la beauté hautaine de Natasha, elle eût imaginé exactement cela. Le living-room était d'un blanc éclatant avec des panneaux en glace et beaucoup de chromes. Çà et là, des tables de verre épais qui semblaient suspendues dans les airs, une cheminée de marbre, et des plantes vertes un peu partout. De grands tableaux modernes mettaient la seule touche de couleur dans tout ce blanc.

— Tu aimes ?

— C'est absolument exquis.

— Suis-moi, je vais te faire faire le tour du propriétaire si tu n'es pas trop fatiguée pour bouger.

La voix douce évoquait les brises du sud, le soir en été. Comme d'habitude, elle trouvait surprenant le contraste entre le pas rapide de

Natasha, sa façon d'être décidée et son langage exotique. Elle semblait une parfaite incarnation de New York jusqu'au moment où on l'entendait parler.

Isabella sourit et assura qu'elle serait ravie de visiter sa nouvelle demeure. Alessandro avait déjà disparu avec Jason et Hattie, le cocker sur leurs talons.

Elles venaient d'entrer dans la chambre de Natasha.

— Tu la trouves horrible ? Avoue ! Je ne sais pas ce qui m'a pris lorsque j'ai fait cette pièce.

— Moi, je le sais. C'est un rêve.

Le reste de l'appartement était résolument moderne mais cette chambre était tout à fait extravagante. Le milieu de la pièce était occupé par un lit à baldaquin drapé de soie blanche et nuageuse ; sur le couvre-lit étaient jetés des coussins de dentelle, d'autres à volants ; quant à la coiffeuse, elle semblait sortie tout droit de chez Scarlett O'Hara. La petite cheminée était encadrée par deux causeuses bleu pâle, et une chaise de repos en osier, capitonnée également de bleu pâle, se trouvait près de la fenêtre.

— C'est typiquement, merveilleusement « sudiste » — comme toi.

Elles éclatèrent de rire ensemble. Elles avaient de nouveau vingt et un ans et dix-neuf ans.

— Viens, dit Natasha. Ce n'est pas fini.

La salle à manger était moderne aussi, avec une table en verre, des fauteuils chromés et deux dessertes en verre. Le plafond était peint en bleu ciel et on y voyait des nuages.

Tout l'appartement était décoré avec allure et humour. Natasha avait réussi le prodige d'en faire un lieu à la fois accueillant et spectaculaire.

Elles jetèrent un coup d'œil en passant dans la cuisine d'un jaune éclatant, puis Natasha regarda Isabella d'un air rieur et malicieux.

— Et maintenant, tu vas avoir une surprise, annonça-t-elle.

Un mois plus tôt, la pièce vers laquelle se dirigeait Isabella avec curiosité avait servi de débarras, mais, dès qu'elle avait reçu le coup de téléphone de Rome, Natasha avait travaillé sans relâche. Elle ouvrit la porte et Isabella demeura sans voix. Elle avait fait rapporter de France par un décorateur des mètres de soie d'un rose délicat dont elle avait fait tapisser les murs. Dans un coin se trouvait un petit bureau, français également, et une chaise ravissante, recouverte de soie rose ; au mur quelques étagères et, sur le sol, un magnifique tapis d'Orient vert tendre et rose. Partout, elle avait disposé des plantes vertes. Il y avait enfin une table avec une superbe lampe de cuivre et un sofa tendu de velours du même rose que les murs.

— Mon Dieu, mais on dirait presque mon boudoir !

— Pas tout à fait, mais j'ai fait ce que j'ai pu.

— Oh, Natasha ! Quelle merveille !

— Il y a deux lignes de téléphone et je te prêterai ma secrétaire si tu es très, très gentille.

Isabella se sentait presque chez elle, et ses yeux s'emplirent de larmes de reconnaissance.

— Tu es vraiment la femme la plus extraordinaire que je connaisse !

Natasha la serra contre elle.

— Maintenant que tu as vu ton bureau, viens voir ta chambre.

Elles ressortirent dans le couloir et passèrent devant la chambre de Jason où Hattie était occupée à défaire la valise d'Alessandro, aidée par les deux petits garçons.

— *Va bene, tesoro ?* demanda-t-elle en passant.

— *Si, ciao !*

189

Il lui envoya un baiser avant de disparaître sous le lit avec Jason, à la recherche du chien.

— Crois-tu que ton chien va survivre à la cohabitation ?

— Ne t'inquiète pas, il a l'habitude.

Natasha ouvrit la porte et passa devant Isabella. La pièce n'était pas aussi féminine que celle de Natasha, ni aussi moderne que le reste de l'appartement. Elle était chaude et confortable, tapissée de vert bouteille, avec de jolis tapis, quelques petites tables de verre et un profond fauteuil de velours vert. Le couvre-lit était vert également et, soigneusement pliée dessus, se trouvait une couverture de fourrure. Un feu brûlait dans la cheminée de marbre et, au chevet du lit, Isabella remarqua un bouquet de roses rouge sombre dans un vase de cristal taillé. Dans un coin, il y avait une armoire avec des portes ornées d'appliques en malachite.

— Dieu, que ce meuble est beau ! Où l'as-tu trouvé ?

— À Florence, l'année dernière. Est-ce que les princes ne sont pas étonnants ? Te rends-tu compte de ce qu'ils sont prêts à faire pour les femmes ? Est-ce que tu te sens mieux ?

— Je me sens très bien.

Elle laissa son regard errer sur les flammes. Son esprit s'évadait. Elle était à Rome.

— Comment cela s'est-il passé ?

— Le départ ? Difficile. Effrayant. J'ai eu peur à chaque minute. J'étais persuadée qu'il allait arriver quelque chose. Qu'on allait me reconnaître... prendre Alessandro... Je crois vraiment que nous ne pouvions plus rester à Rome.

— Tu y retourneras.

Isabella acquiesça silencieusement. Puis elle regarda son amie.

— Je ne sais que faire au sujet d'Amadeo. J'ai l'impression qu'il va revenir, mais je sais bien que non. Il... Je n'arrive pas à expliquer ce que je ressens.

Mais elle n'avait pas besoin de l'expliquer. Son chagrin était évident. Il transparaissait dans son regard, dans ses gestes, dans chacune des expressions de son visage.

— Je sais bien, répondit Natasha, que je ne puis pas vraiment me représenter ce que c'est. Mais... accroche-toi aux souvenirs des bons moments, tâche de ne pas penser au reste.

— Comment ? Comment oublier le son d'une voix au téléphone, comment oublier cette attente... Comment veux-tu que je me raccroche à quoi que ce soit ? Même à mon travail ?

Elle regardait Natasha intensément avec désespoir. Avant que cette dernière n'ait pu répondre, Alessandro et le chiot arrivèrent en courant.

— Il a un train ! Un vrai, exactement comme celui que papa m'avait emmené voir à Rome ! Tu veux le voir ?

— Dans une minute, mon chéri. Tante Natasha et moi avons à parler.

Alessandro se précipita hors de la pièce aussi vite qu'il était entré et Natasha répondit alors à la question de son amie.

— Alessandro, Isabella. Raccroche-toi à lui. Peu à peu, le reste s'estompera, tu verras. Pas les souvenirs heureux, mais le chagrin. Il le faut. Tu ne peux pas vivre avec cette douleur.

— *Ecco*, Natasha, mais je me sens si vieille. Et j'ai tant de choses à faire. Je ne sais même pas si j'arriverais à travailler vraiment d'ici. Dieu sait comment vont se dérouler les événements avec Bernardo à des milliers de kilomètres !

— Je suis sûre que tu y arriveras.

— Et cela t'est-il vraiment égal d'avoir ta vieille compagne de chambre ?

192

— Je t'ai déjà dit que nous allions vivre exactement comme au bon vieux temps.

Mais ce ne serait pas exactement la même chose. Elles le savaient bien. Dans le bon vieux temps, elles allaient ensemble au cinéma, au théâtre, au restaurant, à l'Opéra. Elles voyaient des amis et donnaient des réceptions. Cette fois-ci, Isabella n'irait nulle part. Natasha pensa qu'elles pourraient quand même aller faire des promenades dans le parc. Elle avait annulé tous ses rendez-vous des trois semaines suivantes. Elle sursauta lorsque Isabella dit :

— J'ai pris une décision.

Elle avait un regard rieur.

— Ah oui ?

— Je sortirai demain.

— Certainement pas !

— Il le faut. Je ne peux tout de même pas vivre enfermée ici. Il faut que je marche, que je prenne l'air, que je voie des gens. Comment veux-tu raisonnablement que je travaille dans un cocon ?

— Je suis certaine que tu pourrais créer des modèles même enfermée pendant dix ans dans la salle de bains.

— J'en doute.

— Pas moi. Nous verrons.

Les yeux de Natasha avaient une lueur belli-
queuse.

— Oui, Natasha, nous verrons.

Mais comme elle l'avait dit, elle revenait à la
vie, pensa Natasha tandis qu'elle se retirait dans
sa chambre. L'ancienne Isabella n'était pas tout
à fait morte. Avant de la voir, elle se demandait
comment son amie avait supporté l'affreuse
épreuve. Maintenant, elle le savait. Elle était toujours combative, un peu amère et effrayée, mais
la lumière des yeux d'onyx n'était pas éteinte.

Elle passa dans la chambre des enfants pour
s'assurer que tout allait bien, puis se rendit dans
la chambre d'Isabella pour lui proposer de dîner
dès qu'elle aurait pris son bain et se serait changée, mais, arrivée sur le seuil, elle sourit. Étendue
de tout son long sur le couvre-lit, Isabella dormait profondément. Natasha la recouvrit doucement de la fourrure.

— Bienvenue à la maison, murmura-t-elle.

Puis elle ferma la porte.

14

Vêtue d'une robe d'intérieur à col officier, Isabella traversa le hall de très bonne heure le lendemain matin. Elle était encore à moitié endormie. L'aube d'hiver se levait sur les gratte-ciel. Elle s'arrêta un moment près de la fenêtre pour regarder la ville à ses pieds. Une ville qui attirait les gens combatifs, dynamiques, destinés à gagner, les gens de l'espèce de Natasha et, elle devait bien l'admettre, les gens comme elle. Mais elle n'aurait pas choisi d'y vivre. Cette cité manquait de l'atmosphère de décadence de Rome, de ses rires, de son charme.

Elle se rendit à la cuisine sans faire de bruit et découvrit dans le placard ce que Natasha appelait du café. Lorsqu'elle l'eut fait, elle le trouva cependant revigorant et s'émut car cela lui rappelait leur vie commune, douze ans plus tôt. Elle était très sensible à l'évocation des parfums. Il lui suffisait de respirer une odeur, un arôme pour retrouver immédiatement le souvenir d'une pièce, d'un ami, d'un moment, d'un homme depuis longtemps oublié. Mais ce n'était pas le moment de rêver. Elle jeta un coup d'œil à la pendule et décida que sa journée venait de commencer. Il était 6 heures et demie. À Rome, il était midi. Avec un peu de chance, elle obtiendrait Bernardo à son bureau avant le déjeuner. Quel fardeau il avait à présent sur les épaules ! Elle emporta sa tasse de café dans son joli petit bureau et se sourit à elle-même en allumant la lumière. Natasha, chère Natasha ! Comme elle était gentille, comme elle s'était donné du mal ! Son regard se fit tendre. Elle se reprit et saisit le téléphone.

Pendant qu'elle demandait son numéro à l'opérateur, elle ouvrit un de ses sacs et en sortit un épais dossier, puis avala une gorgée de café. Elle eut enfin San Gregorio en ligne. Elle demanda Bernardo et, pendant qu'on allait le chercher, tapota nerveusement son carnet de ses ongles manucurés. Elle ne dit rien, de manière à éviter que la standardiste ne devinât de qui il

196

s'agissait. Elle eut le temps de griffonner quelques croquis avant qu'il ne fût en ligne.

— *Ciao, Nardo !* C'est moi.

— Tout s'est bien passé ?

— À merveille !

— Comment te sens-tu ?

— Un peu fatiguée. C'est le choc, je pense. Avant d'être ici, je ne me suis pas vraiment rendu compte. Tu as eu de la chance que je sois trop fatiguée pour reprendre le premier avion en partance pour l'Italie.

Elle se sentit soudain terriblement seule. Elle avait le mal du pays. Elle eût voulu pouvoir le toucher.

— Toi aussi, tu as eu de la chance car je t'aurais prise par la peau du cou et remise aussitôt dans l'avion de New York !

Il avait l'air de parler sérieusement. Isabella se mit à rire.

— Je t'en crois capable. Enfin, puisque j'ai commis la folie de venir ici, il faut s'arranger du mieux possible. Dis-moi, que se passe-t-il là-bas ? Tout va bien ?

— Je viens de t'envoyer une coupure de presse. Du *Messaggero.* Tout a marché selon nos

197

plans et l'on suppose que tu habites l'appartement sur la terrasse.

— Et les autres ?

— Maria Teresa a très mal pris la chose pour commencer. Maintenant, je crois qu'elle a compris. Elle pense que tu aurais dû l'emmener, mais elle se résigne. Comment va le bébé ?

Le bébé... Amadeo et elle ne l'avaient pas appelé ainsi depuis deux ans.

— Il est ravi, enchanté, bien que nous ne soyons pas en Afrique. Dis-moi, y a-t-il des problèmes, des commandes ? Est-ce que tout va bien pour la collection d'été ?

— Rien d'ennuyeux vraiment. À part le fait que le tissu rouge que tu as commandé à Hong-kong n'est toujours pas là.

— Que se passe-t-il ? Ils m'ont dit la semaine dernière qu'il n'y aurait aucun problème.

— Eh bien, ils t'ont menti ! Ils ne peuvent pas le livrer.

— Quoi ! (Si la porte n'avait pas été fermée, elle eût réveillé toute la maison.) Dis à ces salauds que c'est impossible. Oh, Seigneur ! Plus jamais je ne leur passerai de commande ! Attends, je vais les appeler moi-même. Zut, je ne peux pas, là-bas il est treize heures plus tard qu'ici. Je les appellerai ce soir.

— Tu devrais songer à une solution de remplacement. N'y a-t-il rien à Rome que l'on pourrait utiliser à la place ?

— Non. À moins que l'on ne se serve du pourpre de l'année dernière.

— Crois-tu que cela irait ?

— Il faudrait que j'en parle à Gabriela. Je ne sais pas. Il faudrait voir comment cela s'accorde avec le reste.

Elle se rendit immédiatement compte que cela changerait totalement l'esprit de la collection. Elle avait voulu pour l'été des couleurs franches, des bleus durs, des jaunes vifs, le fameux rouge de Hongkong et beaucoup de blanc. S'ils utilisaient le pourpre, il faudrait du vert, de l'orange, juste un peu de rouge.

— Alors ? demanda Bernardo.

Elle avait envie de hurler.

— Évidemment, c'est possible, mais pas d'ici. Comment peux-tu me dire qu'il n'est arrivé aucune catastrophe ? Cette histoire de rouge est catastrophique.

— Pourquoi ne pas le remplacer par autre chose que tu trouverais aux États-Unis ?

— Ils n'ont rien de ce que je veux. N'en parlons plus, je m'en occuperai plus tard. Rien d'autre ?

— Si, une nouvelle.

— Ils ne peuvent pas livrer le vert pâle ?

— C'est fait. Non, il s'agit d'une bonne nouvelle.

— Tant mieux, cela nous changera !

Malgré qu'elle en eût, son visage s'était éclairé. Elle n'avait aucune idée de ce qu'elle allait faire pour réparer la catastrophe, mais, au moins, elle se sentait reliée à San Gregorio. Peu importait l'endroit où elle se trouvait, elle avait toujours son travail.

— F.-B. a acheté suffisamment de parfum pour parfumer toute la VIe flotte.

— Fantastique !

— Ne t'excite pas.

Bernardo, semblable à lui-même, avait de nouveau l'air fatigué et ennuyé.

— Je ne m'excite pas, mais j'en ai assez de ces salauds qui veulent nous acheter ! Ne me parle surtout pas d'eux !

— Bon ! Que veux-tu que je dise à Gabriela ?

Elle allait avoir une attaque. Changer maintenant !

— Dis-lui d'arrêter tout jusqu'à ce que je rappelle.

— C'est-à-dire quand ?

— En septembre, trésor. N'oublie pas que je suis en vacances. Qu'est-ce que tu crois ? Je viens de te dire que j'allais appeler Hongkong ce soir. Je vais trouver une solution aujourd'hui. Je connais par cœur tout ce que nous avons.

— Je pense qu'il faut revoir aussi le prêt-à-porter.

— Ce n'est pas sûr.

— Très bien. Je préviens Gabriela mais, pour l'amour du ciel, appelle-moi vite !

Il avait pris une voix irritée et, bizarrement, cela fit du bien à Isabella.

— Je t'appellerai vers 1 heure du matin, quand j'aurai eu Hongkong.

— Tu vas avoir un travail énorme.

— En effet. *Ciao !*

Il la connaissait suffisamment pour être persuadé qu'elle avait déjà couvert deux feuilles de papier de croquis.

Ils raccrochèrent simultanément et Isabella déchira les notes qu'elle avait sous les yeux. Elle avait exactement douze heures pour remplacer ce maudit rouge. Évidemment, il n'était pas exclu qu'elle finisse par obtenir qu'ils effectuent la livraison, si toutefois ils avaient le tissu et s'ils pouvaient. Mais elle ne voulait pas prendre le risque de dépendre d'eux. Plus jamais ! Elle fit une petite note pour se rappeler qu'il fallait dire à Bernardo d'annuler toutes les commandes. Du reste, elle avait vu de plus jolis tissus à Bangkok. Dès qu'il s'agissait de San Gregorio, Isabella était très peu disposée à l'indulgence.

— Tu t'es levée joliment tôt et tu as l'air en pleine forme !

La tête ébouriffée de Natasha apparut à la porte. Isabella leva les yeux, surprise.

— Où est le temps où tu te levais à midi ?

— C'est à cause de Jason. Il a fallu que j'apprenne à travailler le jour et à dormir la nuit. Mais toi, dis-moi une chose : est-ce que tu es toujours comme ça à 7 heures du matin ?

Elle regardait avec admiration la ravissante robe d'intérieur de velours bleu pâle.

— Seulement quand je travaille, répondit son amie avec une petite grimace. Je viens de parler à Bernardo.

— Comment se passent les choses à Rome ?

— Très bien, à part le fait que je dois refaire d'ici à ce soir toute la collection d'été.

202

— Ciel ! C'est exactement comme lorsque je dois réécrire un texte. Veux-tu quelques œufs avant de commencer ?

Isabella secoua la tête.

— Non. Il faut que je travaille avant. Comment vont les garçons ? Est-ce qu'ils sont déjà levés ?

— Tu veux rire ! Écoute. (Elle mit un doigt sur ses lèvres et elles sourirent en entendant des cris perçants.) Hattie est en train d'habiller Jason. Qu'allons-nous faire pour Alessandro ? Comptes-tu le laisser à la maison ?

— Je... je ne sais pas. C'est ce que j'avais d'abord pensé, mais je ne suis pas sûre...

— Est-ce que quelqu'un s'est aperçu que tu avais quitté Rome ?

— Non. Bernardo a dit que tout s'était passé admirablement. D'après *Il Messaggero,* j'ai trouvé refuge dans l'appartement sur la terrasse.

— Eh bien, il n'y a donc aucune raison pour que l'on soupçonne Alessandro. Il pourrait aller en classe avec Jason et nous dirions qu'il est son cousin de Milan. Quel était le nom de ton grand-père ?

— Parel.

— Parelli ! Je passe ma vie à inventer des

203

noms. Qu'en penses-tu ? Alessandro Parelli, notre cousin de Milan.

— Et moi, alors ? demanda Isabella, amusée.

— Mme Parelli, naturellement. Tu n'as qu'un mot à dire et j'appelle l'école. (Elle ajouta :) Tiens, je vais appeler Corbett et lui demander s'il a le temps de les emmener en allant à son bureau.

— Est-ce que ce n'est pas un peu gênant ? fit Isabella avec contrariété.

Natasha secoua la tête.

— Non, sinon, je ne le ferais pas. Il adore ça. Il m'aide beaucoup à m'occuper de Jason. Il est très gentil avec les gens qui ont besoin de lui.

Isabella la regarda, se demandant si elle avait réellement besoin de quelqu'un. Natasha était si indépendante ! Elle aurait été surprise de savoir que Corbett se demandait exactement la même chose.

— Alors, ce serait très bien. Comme cela, ils ne me verraient pas à l'école.

— C'est bien ce que je pensais, répondit-elle en mordillant son crayon. Je l'appelle tout de suite.

Elle disparut avant qu'Isabella n'ait pu ajouter un mot. Depuis l'aéroport, elle se demandait ce qu'il y avait réellement entre son amie et cet homme aux cheveux d'argent. Leur complicité lui faisait envie. Elle savait que Natasha ne dirait rien avant d'y être vraiment disposée.

Natasha revint et annonça que Corbett arrivait. Les garçons se poursuivaient en poussant des cris.

— Mon Dieu ! Est-il vraiment capable de supporter cela ?

— Il adore ça. Ce qui prouve bien qu'il est fou.

— C'est un masochiste, visiblement.

Elle chercha en souriant les yeux de Natasha mais ne put rien y déchiffrer. Natasha la regardait affectueusement tout en faisant des toasts dans la cuisine.

— Si tu dormais un peu aujourd'hui ?

Isabella protesta, horrifiée.

— Tu plaisantes ? Et mon travail ?

Elles se mirent à rire.

— Très bien, madame Parelli, je vais appeler l'école.

Natasha disparut et Isabella partit à la recherche de son fils. Elle le trouva dans la chambre en train de jouer avec Ashley. Il arborait un large sourire.

— Qu'est-ce qui te rend si content ?

— Jason va en classe aujourd'hui et comme ça, je pourrai jouer avec son train.

Isabella le poussa sur son lit.

— Devine un peu, toi aussi, tu vas aller en classe !

— Oh ! Mais alors, je ne pourrai pas jouer avec le train ?

Il avait l'air très déçu.

— Bien sûr que si ! Quand tu reviendras. Est-ce que ce n'est pas plus amusant d'aller en classe avec Jason plutôt que de rester tout seul ici toute la journée ?

Il réfléchit un moment, puis pencha la tête.

— Oui, mais personne ne me parlera et je ne pourrai pas parler non plus.

— Si tu vas en classe, tu apprendras très vite à parler anglais. Beaucoup plus vite que si tu restes ici à parler italien avec moi, tu ne crois pas ?

Il hocha pensivement la tête, puis dit :

— Est-ce que c'est très difficile ?

— Pas plus que ton école à Rome.

— Alors, on jouera presque tout le temps ?

Elle sourit.

— Tu crois vraiment ? Est-ce que tu jouais tant que ça à l'école ?

— Non, on faisait des lettres aussi.

— Oh, c'est terrible ! (Elle prit elle aussi un air consterné.) Alors, tu y vas ?

Elle ne savait pas trop ce qu'elle déciderait s'il disait non.

— Entendu. Mais si ça ne me plaît pas, je n'irai plus et Jason non plus.

— Je suis sûre que tante Natasha sera ravie de cette solution ! Écoute-moi, j'ai quelque chose à te dire.

— Quoi ?

— Cela fait partie de notre aventure. Il faut garder un secret. Il ne faut pas que l'on sache que nous sommes ici.

Il la regarda en chuchotant :

— Est-ce qu'il faudra que je me cache à l'école ?

Elle lui prit la main et répondit en tâchant de garder son sérieux :

— Mais non, idiot ! On saura que tu es là. Ce qu'il ne faut pas que l'on sache, c'est ton nom.

— Pourquoi ?

207

Il la regarda d'un air étrange, et elle se sentit le cœur lourd.

— Parce que c'est plus prudent. Tout le monde croit que nous sommes toujours à Rome.

— À cause de... papa ?

Il la regardait avec de grands yeux tristes.

— Oui. Nous allons dire que nous nous appelons Parelli et que nous venons de Milan.

— Mais nous venons de Rome ! Et nous nous appelons di San Gregorio. Je suis sûr que papa n'aurait pas aimé que nous mentions.

— Non, bien sûr ! Ni moi. Mais il le faut, Alessandro. Du moins, pour un petit moment.

— Alors, est-ce que je puis dire mon véritable nom à l'école ?

— Plus tard, peut-être, mais pas maintenant, Alessandro Parelli. D'ailleurs, ils n'utiliseront probablement que ton prénom.

— J'espère bien parce que je n'aime pas cet autre nom.

On l'appellerait probablement Spaghetti ; elle faillit rire.

— De toute manière, cela n'a pas d'importance ; toi, tu sais bien qui tu es.

— Je trouve que c'est idiot.

Il replia ses jambes sous lui et contempla Jason

qui s'efforçait de nouer les lacets de ses chaussures qu'il avait mises à l'envers.

— Ce n'est pas idiot, Alessandro. Il le faut. Et je serai très, très fâchée contre toi si tu dis ton véritable nom. Si tu le fais, nous serons obligés de partir de nouveau et nous ne pourrons pas rester avec tante Natasha et Jason.

— Est-ce que nous serons obligés de retourner à Rome ? Je ne me suis même pas encore servi du train ! ajouta-t-il, horrifié.

— Alors, tu feras ce que je t'ai dit. Alessandro, je veux que tu me le promettes. Tu me le promets ?

— Oui.

— Comment t'appelles-tu ?

Il la regarda d'un air de défi.

— Je m'appelle Alessandro... Parelli, de Milan.

— Très bien, mon chéri. Tu es un amour ! Maintenant, habille-toi vite.

Une délicieuse odeur de bacon frit leur parvenait de la cuisine et Jason regardait, perplexe, ses deux pieds. Isabella s'accroupit devant lui pour lui venir en aide.

— Tu t'es trompé de pied, trésor. Sais-tu ? Alessandro va venir en classe avec toi.

209

— Oh, chic !

Elle lui expliqua qu'il fallait dire qu'Alessandro était son cousin de Milan et qu'il s'appelait Parelli.

— Pourquoi son cousin ? demanda Alessandro. Pourquoi est-ce que je ne peux pas dire que je suis son frère ?

— Parce que tu ne parles pas anglais, bêta !

— Quand j'aurai appris, je pourrai dire que je suis son frère.

— Nous verrons à ce moment-là. En attendant, lave-toi la figure et mets ton pantalon.

Vingt minutes plus tard, Corbett sonnait. Les deux petits garçons étaient prêts. Ils portaient des pantalons de velours côtelé et des manteaux bien chauds ainsi que des chaussettes et des gants de laine. Ils avaient pris rapidement un copieux petit déjeuner. Lorsque la porte se fut refermée sur eux, Natasha s'essuya les mains sur son jean et dit :

— Alessandro a l'air très malin.

— Il voulait dire qu'il était le frère de Jason.

— Est-ce que tu le crois vraiment capable de garder son nom secret ?

— Malheureusement, il a appris ces derniers

mois à faire attention et à garder des secrets. Il connaît le danger.

— C'est une dure leçon pour un enfant de cinq ans.

— Pour une femme de trente-deux ans aussi.

Natasha la regarda et comprit qu'elle disait vrai.

— J'espère que tu t'en souviendras, Spaghetti. Je n'étais pas particulièrement contente, hier soir, lorsque tu as parlé de sortir. Alessandro est un enfant anonyme, mais toi tu n'as rien d'anonyme.

— Je pourrais passer inaperçue.

— Qu'est-ce que tu comptes faire ? Aller te faire refaire la figure chez un chirurgien esthétique ?

— Ne dis pas de bêtises ! Il y a une façon de se comporter lorsqu'on veut être vu. Une façon de dire : « Je suis là. » Si je ne veux pas que l'on me remarque, on ne me remarquera pas. Je mettrai une écharpe, un manteau noir et un pantalon.

— Des lunettes teintées, une barbe et une moustache ! Très bien. Écoute, Isabella, fais quelque chose pour moi. Je suis très nerveuse et si je te sais en train de te promener dans New York, je sens que je vais avoir une dépression. Je ne pourrai pas finir de réécrire mon livre, je ne serai pas payée, mon éditeur me renverra et mon enfant mourra de faim !

Isabella ne put s'empêcher de rire.

— Je t'adore !

— Alors, reste à la maison.

— Mais je ne peux pas ! Il faut au moins que je prenne l'air.

— Je t'en achèterai. Si tu te promènes dans New York, quelqu'un te reconnaîtra. Un reporter, un photographe, quelqu'un qui s'occupe de couture.

— Mais personne ne s'intéresse à moi. Ils s'intéressent à mes collections.

— À qui veux-tu faire avaler ça ? À toi ou à moi ?

— Nous en parlerons plus tard.

Sans avoir résolu la question, elles partirent chacune de leur côté. Elles se mirent à travailler et n'entendirent même pas les enfants rentrer à 3 heures et demie. Ce ne fut que deux heures plus tard qu'elles se retrouvèrent, épuisées, à la cuisine.

— Dieu que j'ai faim ! soupira Natasha avec un accent plus traînant que jamais. As-tu mangé

212

quelque chose depuis ce matin ? demanda-t-elle à Isabella qui avait les traits tirés et les yeux cernés.

— Je n'y ai pas pensé.

— Moi non plus. Comment est-ce que ça marche ?

Elle avait eu un mal énorme mais elle avait refait tous les modèles. Une chose était certaine, elle allait appeler Hongkong.

Elles se sourirent au-dessus de leurs tasses de café. Natasha ferma les yeux, et Isabella s'étira. Aujourd'hui, elle avait fait une nouvelle expérience. Pas de secrétaire, pas de boutons sur lesquels appuyer, pas d'ascenseur pour aller voir ce qui se passe à tous les étages. Nul besoin de donner une image de soi-même ni de faire du charme. Elle avait passé la journée avec un vieux jean et un pull en cachemire noir.

— Qu'est-ce que tu fais ce soir ?

— Je reste ici, répliqua Natasha.

— Parce que tu en as envie ou à cause de moi ?

Elle trouvait que ce n'était pas gentil pour Corbett.

— Ne sois pas stupide ! Je reste parce que je suis littéralement épuisée. Et, crois-le ou non,

213

j'adore rester à la maison. De plus, tu m'amuses beaucoup plus que les gens que je rencontre dans les réceptions.

— Voilà qui est flatteur !

Mais Isabella n'était pas dupe de ce petit discours.

— Il n'y a pas de quoi. Je suis entourée de débiles et de gens ennuyeux. Il y a un tas de gens qui m'invitent juste pour montrer qu'ils me connaissent. Il y a dix ans, je n'étais qu'un mannequin venu de Géorgie, mais maintenant, je suis un « écrivain », une « romancière » et je puis paraître avantageusement dans les dîners.

Des dîners ! Cela faisait des mois qu'Isabella n'avait pas assisté à un dîner. Elle n'avait jamais été nulle part seule. Il fallait qu'elle en prenne l'habitude, qu'elle s'accoutume à dire « je » au lieu de « nous ».

Nous étions un couple, songea-t-elle, nous deux. Ce que nous étions, ce que nous aimions, ce que nous faisions tous les deux ensemble ! Rien ne serait plus jamais aussi gai, aussi excitant.

Brusquement attristée, elle regarda Natasha. Son amie, elle, n'avait pas peur de sortir seule, d'aller à un dîner sans être accompagnée et elle semblait s'amuser beaucoup.

— Je ne suis plus rien sans lui, murmura-t-elle. Je ne suis plus la même.

— Tu dis des bêtises, et tu le sais ! Tu es solitaire, mais tu demeures ce que tu as toujours été. Tu es belle, intelligente, extraordinaire, même seule. Vous étiez deux éléments qui formaient un tout, non pas le contraire.

— Non, nous étions un seul être : mêlés, imbriqués l'un dans l'autre, fondus ensemble, voilà ce que nous étions. Je n'ai jamais bien su où s'arrêtait Isabella et où commençait Amadeo. Maintenant, je ne le sais que trop.

Natasha lui toucha la main :

— Laisse faire le temps.

Lorsque Isabella leva les yeux, ils étaient pleins de colère.

— Pourquoi ? Et pourquoi est-ce à moi que cela est arrivé ?

— Ce n'est pas à toi que c'est arrivé, Isabella. C'est à lui. Toi, tu es toujours là. Avec Alessandro, ton travail, ton cœur, ton esprit, ton âme ; tu es intacte. À moins que tu ne laisses l'amertume t'envahir.

215

— Tu crois que toi, tu n'aurais pas réagi comme moi ?

— Oui, sans doute. Il est probable que je n'aurais même pas eu ton courage : tenir bon, continuer à travailler, même d'ici, mais... oh, je t'en prie, mon chou, ne te perds pas !

Les larmes lui vinrent aux yeux en regardant cette femme si belle qui avait l'air seule, abandonnée et si fatiguée. Tant qu'elle continuerait à travailler avec acharnement, elle ne se rendrait pas vraiment compte, mais le jour viendrait où il faudrait bien qu'elle rentre chez elle, Natasha le savait.

Isabella se leva lentement et tapota l'épaule de Natasha. Sans un mot, elle partit dans sa chambre ; cinq minutes plus tard, elle revint, vêtue de son manteau de vison et portant des lunettes noires. Natasha comprit qu'elle avait pleuré.

Pendant un instant, elles se livrèrent une bataille muette, puis Natasha se rendit.

— D'accord, dit-elle. Je t'accompagne, mais enlève ce manteau. Tu es à peu près aussi discrète que Greta Garbo. Il ne te manque plus qu'un de ses chapeaux !

Isabella haussa les épaules avec un petit sourire las.

216

— C'est tout ce que j'ai. Je n'ai apporté qu'un manteau.

— Pauvre petite fille riche ! Viens, je vais te trouver quelque chose.

Elle traîna Isabella à son placard et lui donna un manteau de lainage rouge.

— Je ne peux pas le mettre, Natasha. Je suis désolée.

— Pourquoi ?

Natasha regarda son amie, puis elle comprit. Jusqu'ici, elle n'en avait pas été sûre.

— Tu veux dire que tu portes le deuil ?

Isabella acquiesça et Natasha n'en crut pas ses oreilles. C'était une chose qui lui était complètement étrangère.

— Je me sentirais si mal à l'aise avec ce manteau rouge ! observa Isabella.

Natasha retourna dans sa penderie et sortit un manteau bleu marine.

— Est-ce que cela ira ?

Après un instant d'hésitation, Isabella fit signe que oui. Natasha enfila une veste de renard roux, un chapeau assorti et des gants chauds. Lorsqu'elle se retourna, Isabella la contemplait en souriant.

— Tu es fantastique !

— Toi aussi.

On se demandait comment elle faisait. Avec ce manteau bleu marine si simple et son bonnet de laine noir, elle eût arrêté la circulation dans la rue. Il suffisait de son teint d'ivoire et de ses yeux en amande.

Les deux femmes quittèrent sans bruit l'appartement. Isabella fut surprise par le froid de la nuit. Elle perdit le souffle et ses yeux s'emplirent de larmes.

— Est-ce que c'est toujours comme ça en février ? Je ne me rappelle New York qu'à l'automne.

— Bénis ton esprit oublieux, ma chérie. D'habitude, c'est encore pis. Tu as une préférence pour la promenade ?

— Si nous allions dans le parc ?

Natasha la regarda, choquée.

— C'est du suicide ! On appréhende un meurtrier et vingt exhibitionnistes toutes les heures.

Isabella éclata de rire. Elle se sentait revivre. Mais si elle marchait d'un pas rapide, ce n'était pas l'énergie qui la poussait. C'était la fatigue, la nervosité, la peur. Elle en avait tellement assez de voyager, de travailler, de se cacher, d'être brave, de vivre sans Amadeo ! Elle entendait la phrase que lui avait dite Amadeo le dernier soir.

Ses pas rythmaient sur le trottoir : « Sois brave ! » Natasha avait du mal à la suivre. Il sembla à Isabella qu'elles avaient fait des kilomètres lorsqu'elles finirent par s'arrêter.

— Où sommes-nous ?

— Dans la 79ᵉ Rue. Tu n'es pas en si mauvaise forme. On rentre à la maison ?

— Oui, mais plus lentement. Si nous trouvions un endroit plus intéressant ?

Elles étaient passées devant une série d'immeubles qui ressemblaient tous à celui de Natasha.

— Nous pouvons passer par Madison et faire du lèche-vitrines.

Il était presque 7 heures. Les gens étaient chez eux et les rues pratiquement désertes. Il faisait beaucoup trop froid pour regarder les vitrines la nuit. Natasha observa le ciel.

— Je crois bien qu'il va neiger, annonça-t-elle.

— Alessandro va être enchanté.

Elles rentraient plus lentement, ménageant leur souffle.

— Moi aussi, dit Natasha.

— Quoi ? Tu aimes la neige ?

— Non. Mais comme ça, tu resteras à la maison et je n'aurai plus besoin de venir vérifier sans arrêt si tu ne t'es pas sauvée.

Isabella rit, et elles continuèrent leur chemin, admirant au passage les boutiques de Cardin, d'Yves Saint-Laurent et d'autres encore.

— Tu regardes les œuvres de tes rivaux ? demanda Natasha, amusée.

Isabella avait les yeux brillants de plaisir. Elle aimait tout ce qui se rapportait à son métier.

— Pourquoi pas ? Ce qu'ils font est très beau.

— Ce que tu fais aussi. Tu aimes New York, non ?

Isabella eut l'air surprise. Bien sûr, elle aimait New York. Enfin... c'était un peu plus compliqué... Pas tout à fait. Même après l'année qu'elle y avait passée dans sa jeunesse, elle avait été contente de retrouver Rome.

Elles étaient presque arrivées. Lorsqu'elles tournèrent au coin de Park Avenue, les premiers flocons commencèrent à tomber.

15

— *MAMMA* ! *Guardi* ! Il a neigé !

Il avait neigé, en effet. New York était recouvert d'une épaisse couche de neige. Ils contemplaient tous quatre la tempête, bien au chaud derrière les vitres. Il n'avait pas cessé de neiger depuis la veille au soir.

— Est-ce qu'on peut aller jouer dans la neige ?

Isabella lança un coup d'œil à Natasha qui lui fit signe que oui et proposa de les habiller en conséquence. Naturellement, l'école était fermée. Tout était arrêté dans la ville.

— Nous irons après le petit déjeuner.

Isabella regarda sa montre. Elle avait obtenu très tard la communication avec Hongkong et n'avait pas osé rappeler Bernardo en pleine nuit.

Elle alla vivement à sa chambre, ferma la porte et composa le numéro.

— Où étais-tu la nuit dernière ? attaqua Bernardo. Je comptais que tu m'appellerais vers 4 heures.

— C'est charmant ! Je n'ai tout de même pas de si mauvaises manières.

— Très aimable à vous, chère madame, d'avoir attendu ce matin !

— Arrête ! Aucun espoir du côté de Hongkong. Il nous faudra prendre l'autre solution.

— Quelle autre solution ? demanda Bernardo, éberlué.

— La mienne, bien sûr ! As-tu dit à Gabriela de suspendre tout ?

— Cette question ! C'était ce que tu voulais, non ? Elle a failli mourir sur le coup.

— Eh bien, tu devrais me remercier ! J'ai tout préparé hier. As-tu un crayon et un papier ?

— Oui, madame.

— Bien. J'ai tout prévu. D'abord la collection de haute couture, puis le reste.

Elle lui énuméra toutes les modifications.

— Mais comment as-tu fait ?

— Ça n'a pas été facile, mais au moins les transformations des modèles du prêt-à-porter ne coûteront pas aussi cher que prévu si nous utilisons ce que nous avons en stock.

Bernardo était béat d'admiration. Elle savait par cœur non seulement les couleurs de tous les tissus en stock, mais les quantités dont ils pouvaient disposer, les numéros, etc. Il était enthousiasmé. Elle avait accompli en une seule journée le travail d'un mois. Elle avait sauvé la collection d'été. Ce n'était qu'en parlant la veille à Gabriela qu'il s'était rendu compte à quel point la situation était désastreuse.

— Quoi de neuf ? interrogea-t-elle.

— Aujourd'hui, rien.

— Vous avez bien de la chance, là-bas. Dans ce cas, je vais m'accorder une journée de repos.

— Tu ne vas pas sortir ? s'écria-t-il, horrifié.

— Seulement dans le parc. Il neige, et Natasha l'a promis aux enfants.

— Isabella, sois prudente, je t'en prie !

— Mais je te prie de croire qu'il n'y aura pas âme qui vive par le froid qu'il fait.

— Pourquoi ne laisses-tu pas Natasha emmener les enfants ?

— Parce que j'ai besoin de prendre l'air, Bernardo. (Il commença à parler, mais elle l'interrompit :) Je t'en prie, Nardo ! Je t'aime, mais il faut que je te laisse.

Joyeuse et détendue à présent, elle lui envoya un baiser.

Il n'était pas content. Il y avait dans sa voix trop d'excitation. Et il était si loin qu'il ne pouvait rien faire. Il ne lui restait plus qu'à espérer que Natasha aurait la présence d'esprit de l'empêcher de sortir. Il rit intérieurement. Il n'y avait qu'un moyen de freiner sa soif d'activité — c'était de la surcharger de travail. Il pouvait à peine croire qu'elle avait fait tout cela en un temps si limité.

— Êtes-vous prêts ?

Isabella regardait les deux petits garçons emmitouflés, l'un en rouge et l'autre en jaune.

Ils partirent immédiatement pour le parc. Une demi-heure plus tard, les enfants s'amusaient comme des fous sur la luge de Jason. Ils riaient, poussaient des cris de joie, se lançaient dans la neige. Isabella et Natasha se joignirent à eux et tous quatre rentrèrent, trempés et ravis.

Mais pour Isabella, les vacances furent de courte durée. Après la journée de congé qu'elle s'était accordée, elle retourna dans le petit bureau du fond de l'appartement où l'attendaient les problèmes de la nouvelle collection. Les tissus qu'elle avait choisis en remplacement avaient été détruits par une inondation dans la salle où ils étaient entreposés. Leur mannequin vedette les avait quittés et il fallait recommencer presque de zéro. Petits problèmes, gros problèmes, désastres, victoires, une montagne de papiers... toutes choses sans lesquelles il lui était désormais difficile de vivre.

— Combien de temps vas-tu continuer ainsi ?

Elles s'étaient arrêtées dans Madison Avenue. Isabella regardait les vitrines. La mode de printemps était sortie. On était en mars et il faisait encore un froid hivernal. Ce jour-là, un vent glacial soufflait sur la ville. Sa question prit Natasha au dépourvu.

— Qu'est-ce que tu veux dire ?

— Je veux dire que tu vis comme un ermite et que tu me sers de nourrice. Tu n'es pas sortie depuis cinq semaines. Je suis sûre que Corbett est sur le point de me tuer.

— Mais pourquoi ? s'étonna Natasha.

Isabella fut amusée de son air de candeur

225

feinte. Elle savait depuis longtemps à quoi s'en tenir.

— Parce que je pense qu'il aimerait bien te voir davantage.

— Nous nous voyons de façon très irrégulière. Nous tenons tous deux à notre indépendance.

Natasha avait dit cela en souriant, et, cette fois, ce fut Isabella qui prit un air étonné.

— Quel couple moderne !

— Mais qu'est-ce que tu insinues ?

Elle n'était pas en colère, simplement étonnée. Isabella répondit lentement :

— Tu peux me dire ce qu'il en est. Je n'ai jamais pensé que tu vivais comme une nonne.

— Mais à quel sujet ? À propos de Corbett ? Oh, Isabella ! (Elle rit tellement que les larmes lui en vinrent aux yeux.) Mais il n'y a vraiment rien entre Corbett Ewing et moi ! Je n'y ai seulement jamais pensé.

— Parles-tu sérieusement ? J'étais persuadée que vous aviez une liaison, déclara Isabella, très embarrassée.

— Peut-être y as-tu pensé, mais je puis t'affirmer que ni Corbett ni moi n'y avons jamais pensé. Cela fait de nombreuses années que nous sommes amis, et rien de plus. Je le considère comme mon frère. De toute façon, je ne lui plais pas du tout. Il aime les femmes douces, fragiles, qui ont besoin de lui. Il dit toujours que j'aurais dû être un homme.

— Il exagère, répliqua Isabella d'un air réprobateur.

— Est-ce que Bernardo ne te dit jamais ce genre de chose ?

— Tous les jours, répliqua-t-elle en souriant.

— Tu vois bien ! Vous êtes comme frère et sœur, et moi, je ne peux même pas imaginer d'autres rapports avec Corbett.

Isabella haussa les épaules. Elle se sentait un peu penaude.

— Je vieillis, Natasha. J'ai vraiment cru...

Natasha se contenta de sourire. Quant à Isabella, elle demeura pensive pendant tout le reste de la promenade. Elle voyait Corbett Ewing d'un autre œil.

— Tu aurais dû aller au bal de l'Opéra, décréta-t-elle brusquement. Je suis sûre que tu te serais beaucoup amusée.

— Comment le sais-tu ?

— Parce que nous en avons un à Rome et que nous y allions chaque année.

— Comment sais-tu que j'étais invitée ?

— Parce que je suis un excellent détective et que l'invitation n'était pas tout à fait brûlée.

Brusquement, Natasha sentit les larmes lui monter aux yeux. Ses mensonges et ses « sacrifices » n'avaient pas rendu service à son amie.

— Très bien, acquiesça-t-elle en lui mettant les bras autour du cou, tu as gagné.

16

Isabella alluma la lumière de son petit bureau. Il était 8 heures du soir et elle venait juste d'appeler Rome. Pauvre Bernardo ! Pour lui, il était 4 heures du matin, mais la collection d'été venait de sortir et elle voulait savoir comment s'était déroulée la présentation.

— Divinement, *cara,* avait-il dit. Tout le monde a déclaré que c'était une merveille. Personne n'arrive à comprendre comment tu es parvenue à faire tout cela avec les événements de ces derniers mois.

Elle l'écoutait, les yeux brillants.

— Toutes ces nouvelles couleurs par lesquelles j'ai remplacé le rouge n'ont pas semblé trop bizarres ?

Il lui semblait, étant si loin, qu'elle travaillait à l'aveuglette.

— Non. Et la doublure turquoise est une idée de génie, tout simplement. J'aurais voulu que tu voies la réaction du journaliste de *Vogue*.

— *Va bene !* (Elle était contente. Il lui avait donné tous les détails. Elle n'avait plus rien à apprendre.) Nous avons gagné. Va vite te recoucher et dors bien.

— Pas d'instructions pour la collection d'automne ?

Elle lui manquait un peu moins. Cette séparation leur avait fait du bien à tous deux.

— *Domani.*

Son regard se voila de tristesse. À l'automne, serait-elle encore là ? Ne serait-elle donc pas rentrée chez elle ? Deux mois, cela faisait deux mois qu'elle était aux États-Unis. Deux mois qu'elle n'avait pas revu sa maison, qu'elle n'avait pas dormi dans son lit. On était en avril. À Rome, il y avait du soleil. Les bourgeons éclataient.

Bernardo lui parlait des commandes, mais elle n'écoutait pas. Il parlait du savon dont elle n'avait pas voulu et cela lui rappelait Amadeo et ce jour affreux entre tous.

— Au fait, demanda-t-il, quel temps fait-il à New York ?

— Il fait encore froid et gris. Ici, le printemps n'arrive qu'en mai ou en juin.

Il se garda bien de lui dire que le jardin de la villa était plein de fleurs.

Elle lui envoya un baiser et raccrocha. Si elle avait été à Rome, elle aurait assisté, le cœur battant, à la présentation de la collection, se demandant jusqu'au dernier moment si elle avait bien choisi les tissus, les couleurs ; elle aurait trouvé que les bijoux n'allaient pas, aurait regretté de n'avoir pas coiffé les mannequins autrement. Tout cela jusqu'au moment où le premier mannequin serait monté sur l'estrade tapissée de gris. À ce moment précis, Amadeo et elle se seraient lancé un coup d'œil complice au-dessus de la salle pleine à craquer et se seraient embrassés à la fin. Ils auraient ensuite offert une réception à la presse et le champagne aurait coulé à flots. Le soir, il y aurait eu une fête. Quatre fois par an, ils avaient vécu une sorte de lune de miel. Tout cela, pourtant, était bien fini.

Ce soir, elle était seule, très seule, en train de boire un café dans son minuscule bureau.

Elle ferma la porte et sortit. En passant, elle

jeta un coup d'œil à la pendule de la cuisine. Elle entendit les petits garçons se chamailler et se demanda pourquoi ils n'étaient pas encore couchés. Alessandro savait un peu d'anglais. Il ne parlait pas parfaitement, mais assez pour se faire comprendre. S'il ne parvenait pas à obtenir ce qu'il voulait, il criait pour compenser. Ce qui était très curieux, c'était qu'il parlait rarement. On eût dit qu'il avait besoin de l'italien. C'était son dernier lien avec son pays et sa maison, avec ce qu'il était réellement. Elle sourit en passant devant leur chambre. Ils jouaient avec le train de Jason tandis que Hattie regardait la télévision.

Elle n'était pas sortie ce soir. Elle s'était sentie trop nerveuse en attendant de téléphoner à Bernardo pour avoir des échos de la présentation de la collection. De toute façon, elle commençait à en avoir assez de faire tout le temps le même trajet, d'autant plus que Natasha ne l'accompagnait pas toujours. Il avait repris sa vie habituelle, et Isabella se trouvait souvent seule le soir. Ce soir, Natasha sortait. Elle devait se rendre à un bal de charité.

Elle s'arrêta un instant devant la porte de sa chambre, puis poursuivit son chemin jusqu'à la chambre de Natasha. Elle était ravie de la voir de nouveau belle et élégante, sa chevelure blonde bien coiffée. Cela réjouissait Isabella, fatiguée de s'apercevoir dans le miroir, le visage tiré et les cheveux noués sans art sur la nuque. Elle était de plus en plus mince dans ses vêtements uniformément noirs.

Elle frappa doucement et sourit lorsque Natasha murmura : « Entrez. » Elle avait dans la bouche de longues épingles à cheveux en écaille. Ses cheveux, relevés en chignon sur le haut de sa tête, laissaient échapper de longues boucles dans son cou.

— Voilà qui est ravissant, madame ! Qu'allez-vous porter ce soir ?

— Je ne sais pas. Je voulais mettre ma robe jaune, mais Jason l'a mise hors d'état de servir.

— Ne me dis pas qu'il a posé ses doigts sales dessus ?

Isabella regarda avec horreur la soie jaune jetée dans un coin de la chambre.

— Beurre de cacahouètes de la main gauche et glace au chocolat de la main droite.

— Que dirais-tu de ça ?

Isabella était allée chercher dans sa penderie une de ses robes dont le bleu était exactement celui des yeux de son amie. Du reste, elle avait pensé à Natasha en l'achetant.

— Ça ? C'est superbe ! Mais je ne saurais pas avec quoi la porter.

— De l'or.

— Comment, de l'or ?

— Des sandales dorées. Et une touche de doré sur tes cheveux.

Elle la contemplait attentivement, comme elle faisait avec ses mannequins à Rome. Les yeux plissés et l'air réfléchi, elle voyait autre chose que la femme qui se trouvait devant elle.

— Attends ! Tu ne vas pas mettre du doré sur mes cheveux ?

Natasha recula jusqu'à sa coiffeuse, mais Isabella avait déjà disparu. Elle était de retour, cinq minutes plus tard, avec une aiguille et du fil d'or extrêmement fin.

— Qu'est-ce que c'est ?

Elle enfila l'aiguille sous l'œil médusé de Natasha.

— Assieds-toi et tiens-toi tranquille.

Sa main allait et venait au-dessus de la tête de Natasha. Le résultat fut à la fois très joli et très surprenant. Les fils étaient si étroitement mêlés aux cheveux de la jeune femme qu'on eût dit

234

tout simplement que sa chevelure étincelait par endroits.

— Et voilà !

Natasha regarda avec stupéfaction son reflet dans le miroir et sourit.

— Tu es vraiment étonnante. Et après ?

— Un peu de ça.

Isabella prit une boîte de poudre transparente et mêlée de minuscules particules dorées. Elle en mit un peu sur le visage de Natasha dont la beauté devint éclatante et mystérieuse. Elle alla chercher ensuite dans la penderie de son amie une paire de sandales dorées à talons plats.

— Quand j'aurai fini, tu auras l'air d'une déesse.

Natasha n'était pas loin de la croire en glissant ses pieds dans les sandales. Elle portait des bas invisibles.

— Ils sont jolis, remarqua Isabella. Où les as-tu trouvés ?

— Chez Dior.

— Traîtresse ! (Elle ajouta pensivement :) Ne t'excuse pas. Ils sont plus jolis que les nôtres.

Elle songea qu'il faudrait qu'elle en parle à Bernardo. Elle acheva son chef-d'œuvre, enfilant la robe bleu ardoise sans abîmer la coiffure de

Natasha, et choisit parmi ses bijoux un ensemble d'améthystes et de diamants montés sur or. Il y avait une paire de boucles d'oreilles, un collier et un bracelet.

— Amadeo me les a rapportés de Venise l'année dernière. Ils datent du siècle dernier. Il disait que les pierres étaient imparfaites, mais la monture est très jolie.

— Seigneur, Isabella ! Je ne peux pas les porter. Tu es un amour, mais tu perds la tête.

— Ne m'ennuie pas. Tu veux être belle, oui ou non ? Si c'est non, tu n'as qu'à rester ici.

Elle ferma le collier autour du cou de Natasha, puis le bracelet autour de son poignet et lui tendit les boucles d'oreilles. Enfin, elle se recula pour la contempler d'un air très satisfait.

— Je sens que je n'oserai pas faire un geste. Si je les perdais, Isabella ?

— Je t'ai déjà dit de ne pas m'ennuyer avec ça. Maintenant, file et amuse-toi.

Elle demeura seule avec Hattie et les enfants qui poussaient des cris de joie.

Elle regarda sa montre une demi-heure plus tard, et alla les embrasser dans leur lit. Alessandro la dévisagea d'un drôle d'air.

— Tu ne sors plus, *mamma* ?

— Non, mon chéri. Je préfère rester avec toi.

Elle éteignit la lumière et s'allongea sur la couverture de fourrure de son lit. Elle entendait encore les paroles de son fils : « Tu ne sors plus, *mamma* ? »

Elle essaya de s'endormir en regardant les flammes, mais en vain. Elle était encore trop nerveuse, trop excitée, après avoir eu le résultat de la présentation de sa collection. De plus, elle n'avait pas pris l'air de toute la journée. Elle n'avait ni marché ni couru. Après s'être retournée sur sa couche à plusieurs reprises, elle se leva. Elle alla trouver Hattie qui, des rouleaux sur la tête, regardait la télévision dans sa chambre.

— Vous restez à la maison encore un moment ?

— Oui, madame. Je ne sors pas ce soir.

— Je vais marcher un peu. Je ne serai pas longue.

Elle referma la porte et retourna dans sa chambre. Elle enfila le manteau bleu marine qui se trouvait à présent dans sa penderie, prit son sac et contempla tristement son jean. Un éclair de jalousie la traversa. Natasha, heureuse Natasha, avec sa fête de charité, ses sandales dorées et ses soupirants ! Elle sourit en pensant à leur conversation au sujet de Corbett.

Elle aurait dû penser d'elle-même que Corbett n'était pas l'amant de Natasha. On ne le maniait certainement pas facilement. Elle se regarda avec fureur dans le miroir en disant tout haut :

— Et toi, qu'est-ce que tu veux ?

Que voulait-elle ? Amadeo, bien sûr. Au moment où elle se disait cela, l'image de Corbett traversa son esprit.

Ce soir-là, les mains enfoncées dans ses poches, elle marcha beaucoup plus que de coutume. Que voulait-elle ? Soudain, il lui semblait qu'elle ne savait plus très bien. Elle passa lentement devant les magasins désormais familiers. Pourquoi ne changeaient-ils pas plus souvent les vitrines ? Est-ce que personne ne s'en souciait ? Se rendaient-ils compte que c'étaient des coloris de l'année passée ? Pourquoi n'était-ce pas le printemps ? Elle trouvait à redire à tout. Elle chassa de sa tête la vision de Natasha. Est-ce que, par hasard, elle serait jalouse ? Pourquoi donc Natasha ne pourrait-elle pas profiter de l'existence ? Elle travaillait dur et elle était sa meilleure amie. Elle avait ouvert à Isabella son cœur et sa maison comme personne ne l'avait fait. Que voulait-elle de plus ? Qu'elle restât enfermée, comme elle ?

Non. Ce qu'elle voulait, c'était un peu de liberté pour elle. Elle rentra, songeuse.

Il lui sembla que, cette nuit-là, une porte s'était ouverte devant elle, une porte qui ne se refermerait pas. Elle avait fait comme si elle vivait dans un village écarté, loin de toute civilisation. Elle s'était enfermée dans un appartement, mais, ce soir, elle pensait à la proximité de tout ce qui était vivant, ambitieux, amusant, de tout ce que procurait l'argent. Lorsque Natasha rentra, elle avait pris sa décision.

— Qu'est-ce que tu fais debout, Isabella ? Je te croyais endormie depuis des heures.

Elle avait vu la lumière dans le salon et paraissait surprise et un peu ennuyée. Isabella sourit à son amie.

— Tu es splendide, ce soir !

— Grâce à toi. Tout le monde a adoré l'or dans mes cheveux. Personne n'est arrivé à imaginer comment j'avais fait.

— Tu le leur as dit ?

— Non.

— Bon. Il faut avoir ses petits secrets, après tout.

Natasha la regarda, troublée. Isabella avait, ce soir, quelque chose de changé.

— Tu es allée te promener ?

— Oui.

— S'est-il passé quelque chose ?

Pourquoi avait-elle ce regard bizarre ?

— Bien sûr que non ! Pourquoi se serait-il passé quelque chose ?

— Il ne se passera rien tant que tu seras prudente.

— Ah oui, ça ! Natasha, quand sors-tu de nouveau ?

Elle releva la tête d'un air à la fois gracieux et plein de défi.

— Pas pendant plusieurs jours. Pourquoi ?

Bon sang, c'était cela ! Elle se sentait solitaire et s'ennuyait. Tout le monde se serait ennuyé à sa place, alors, Isabella...

— En fait, reprit Natasha, j'avais l'intention de demeurer à la maison avec les enfants et toi pour le reste de cette semaine.

— C'est une idée bien morose.

C'était donc ça ! Elle aurait dû s'en douter. Elle bâilla fort joliment.

— Pas du tout, espèce de sotte ! De plus, si

je continue à m'agiter de la sorte, je vais finir par tomber raide morte.

Mais Isabella riait et Natasha n'y comprenait plus rien.

— Et la première de ce film à laquelle tu dois assister demain ?

— Quelle première ? demanda Natasha en ouvrant de grands yeux.

Isabella se contenta de rire de plus belle.

— Celle de mardi. Rappelle-toi. Au bénéfice de la fondation pour les recherches sur les opérations du cœur, ou Dieu sait quoi !

— Oh, ça ! Je crois que je n'irai pas.

— Très bien, je prendrai ta place.

— Quoi ? Tu plaisantes, je pense.

— Pas du tout. Tu veux me prendre un billet ?

Elle sourit en ramenant ses jambes sous elle.

— Est-ce que tu as perdu la tête ?

— Non. Ce soir, j'ai fait une promenade. La ville est merveilleuse, Natasha. Je ne puis continuer à vivre ainsi.

— Il le faut, pourtant. Tu n'as pas le choix.

— Balivernes ! Dans une ville aussi grande ? Personne ne me connaît. Je n'ai pas dit que j'allais me promener dans les présentations de mode, mais il y a certaines choses que je peux faire. C'est malsain, c'est de la folie que de se terrer ainsi !

— C'est de la folie de sortir.

— Tu te trompes. À ta première, je puis me glisser sans être vue et partir de même. Je peux venir après le cocktail et juste regarder le film et les gens. Mais qu'est-ce que tu crois ? Que je peux créer des toilettes pour les femmes sans mettre le nez dehors ? Sans voir ce qui se porte, ce qui leur va ? Je ne suis pas un ermite, figure-toi, mais une modéliste. C'est un métier très terre à terre.

Natasha n'était pas convaincue. Elle secoua la tête.

— C'est impossible. Je ne peux pas faire ça. Isabella, tu es folle ! Il va arriver quelque chose.

— Pas encore, mais bientôt. Si je ne commence pas à sortir... Discrètement, avec précaution. Mais je ne puis continuer ainsi, je m'en suis rendu compte ce soir.

Natasha semblait absolument effondrée et Isabella lui tapota la main.

— S'il te plaît, Natasha, personne ne soupçonne que je puisse être ailleurs qu'au-dessus de la maison de couture, à Rome.

242

— On le saura vite si tu te mets à assister aux premières.

— Je te promets que personne n'en saura rien. Prends-moi une place !

Ses yeux étaient suppliants comme ceux d'une enfant.

— J'y penserai.

— Si tu ne le fais pas, j'irai par mes propres moyens. Ou autre part. Quelque part où je serai certaine d'être vue.

Les yeux bruns étincelaient de malice, et Natasha perdit son sang-froid.

— Ne me fais pas de chantage !

Elle sauta sur ses pieds et se mit à faire les cent pas dans le salon.

— Mais alors, qui m'aidera ? Je t'en prie, Natasha !

Natasha, à ces mots, se retourna. Elle vit les traits tirés de son amie, sa pâleur, ses yeux tristes, et fut bien forcée d'admettre qu'Isabella avait besoin d'autre chose que d'une promenade dans Madison Avenue, la nuit tombée.

— Je vais voir, dit-elle.

Mais Isabella en avait assez. Elle se leva brusquement.

— Ne t'inquiète pas, Natasha. Je vais m'en occuper moi-même.

Elle sortit, et Natasha l'entendit refermer la porte. Elle éteignit les lumières et regarda par la fenêtre. Même à 2 heures du matin, la ville était animée. Il y avait des camions, des voitures, des gens ; on entendait encore des klaxons, des voix ; tous ces gens restaient à New York parce qu'ils n'envisageaient pas de vivre ailleurs. Elle-même savait qu'elle avait besoin de cette ville et de ce qu'elle lui apportait, le rythme de la ville battant dans ses veines. Pouvait-elle continuer à en priver Isabella ? Mais peut-être que, si elle cédait, cela coûterait la vie à Isabella. Sans faire de bruit, elle suivit le corridor. Elle hésita, puis frappa doucement à la porte de son amie. La porte s'ouvrit et elles demeurèrent face à face. Natasha parla la première :

— Ne fais pas cela, Isabella ! C'est trop dangereux. Tu as tort.

— Tu me diras cela quand tu auras appris à vivre dans la terreur et en te cachant aussi longtemps que moi. On verra bien si tu seras capable de continuer.

Mais Natasha ne pouvait effectivement rien en dire. Personne ne le pouvait.

— Tu as été si courageuse, Isabella, et pendant si longtemps !

« Sois brave ! » L'écho des paroles d'Amadeo la prit au dépourvu et elle eut brusquement la gorge serrée. Elle secoua la tête, les larmes aux yeux.

— Je n'ai plus de courage.

— Mais si. Tu t'es montrée brave, patiente, sage. Ne peux-tu l'être encore ?

Isabella se mit à crier :

— Non, non, je ne peux plus !

Elle se tenait, fièrement, dressée en face de Natasha, et ne pleurait plus.

— Alors, mardi ?

— J'y serai.

17

— ISABELLA, Isabella !
Natasha frappait frénétiquement à la porte de
son amie.

— Attends une minute, je ne suis pas encore
prête. Une seconde... Voilà.

Elle enfila ses souliers et mit ses boucles
d'oreilles, puis, après un bref coup d'œil à la
glace, ouvrit la porte. Natasha portait un manteau du soir de soie beige doublé de satin pêche
et, dessous, un pantalon de velours marron
foncé. Elle avait des chaussures de soie brochée
qui rappelaient toutes ces couleurs à la fois. Elle
portait des boucles d'oreilles de corail rose. Isabella la regarda avec admiration.

— Ma chérie, tu es ravissante ! Ce n'est pas

un de mes modèles. Où as-tu trouvé cette merveille ?

— À Paris, l'année dernière.

— C'est magnifique !

Ce fut au tour de Natasha d'admirer. Au centre de la chambre se tenait l'ancienne Isabella, la plus belle femme de Rome et l'épouse d'Amadeo di San Gregorio.

Elle était magnifiquement vêtue, certes, mais la façon dont elle portait la toilette et dont elle se tenait était remarquable : le long cou d'ivoire à la courbe douce, la somptueuse et brillante chevelure de nuit, admirablement coiffée, qui dégageait les oreilles minuscules, le regard des profonds yeux sombres...

Natasha demeura sans voix à la vue de la simple robe de satin noir qui la moulait des épaules aux pieds en laissant ses bras nus. Le seul bijou qu'elle portait était une paire de boucles d'oreilles en onyx, de la couleur de ses yeux.

— Mon Dieu, Isabella, c'est sensationnel ! Ta collection ?

— Oui. La dernière avant que... que nous ne quittions Rome.

Elle avait hésité. Elle ne voulait pas dire « avant qu'Amadeo ne disparût ». C'était le

247

même modèle que la robe de satin vert qu'elle portait le jour où elle l'avait attendu en vain.

— Qu'est-ce que tu vas mettre par-dessus ? Ton manteau de vison ?

Cela l'ennuyait un peu, mais elle songea que, de toute façon, une femme comme Isabella ne passait pas inaperçue.

Isabella secoua la tête, un petit sourire de plaisir aux lèvres.

— Non. J'ai quelque chose d'autre. De la dernière collection. En vérité, dit-elle en fouillant dans son placard, c'est un échantillon, mais Gabriela me l'a envoyé pour que je puisse me rendre compte. C'était cela, la boîte que tu es allée chercher chez ton agent l'autre jour. Dans la collection, nous allons le doubler en turquoise.

Tout en parlant, elle avait sorti de son armoire un long manteau de satin crème. Elle l'enfila, et Natasha pensa qu'elle était encore plus belle qu'un instant auparavant.

— Qu'il est beau ! (Elle ferma les yeux et ajouta :) Je crois vraiment que tu as perdu la tête. Jamais tu ne passeras inaperçue avec ça. (Elle ouvrit les paupières. La toilette d'Isabella dans sa simplicité splendide dénonçait immédiatement

248

le grand couturier.) Y a-t-il la moindre chance de te convaincre ?

— Pas la moindre. Tu ferais bien de te presser, Natasha. Tu vas être en retard.

Elle était redevenue une princesse romaine en pleine possession de ses moyens.

— Et toi ?

— Je ferai ce que j'ai dit. Je demeurerai ici jusqu'à 9 heures et quart. Je me précipiterai dans la limousine que tu m'auras envoyée et j'entrerai au milieu des murmures de protestation car le film sera commencé, puis j'irai m'asseoir dans le fauteuil que tu auras réservé pour moi et je me lèverai aussitôt que les lumières se rallumeront.

— Tu te lèveras *avant* que les lumières ne s'allument. File immédiatement et attends-moi à la maison. Je rentrerai tout de suite après le dîner.

— *Ecco !* Dès que tu reviendras, nous fêterons cette délicieuse soirée.

— Délicieuse ? Mille choses peuvent se produire.

— Rien n'arrivera. *Vai, cara !* Tu vas être en retard pour le cocktail.

Natasha, paralysée, regardait Isabella lui sourire. Elle ne semblait pas comprendre son inquiétude.

— Est-ce que Bernardo est au courant de ce que tu es en train de faire ?

— Bernardo ! Bernardo est à Rome. Nous sommes à New York. Je ne suis qu'un visage qui a paru de temps à autre dans les journaux de mode, c'est tout. Tout le monde ne s'occupe pas de mode, voyons ! Tu ne l'ignores pas.

— Isabella, tu es folle ! Il n'y a pas que les riches Romaines et les comtesses françaises qui portent des robes de San Gregorio. Tu as une importante clientèle américaine.

— Je ne peux plus vivre comme ça. Je suis une femme, pas une marque internationale.

Elles avaient discuté ainsi dix fois au cours des trois jours précédents, et tout ce que Natasha avait pu obtenir, c'était que son amie s'en tienne au plan qu'elle avait fixé. Si Isabella arrivait en retard, partait tôt et ne bougeait pas de sa place, peut-être tout marcherait-il bien. Peut-être.

— Alors, tu y vas ? demanda Isabella.

Elle avait l'impression de pousser une débutante à son premier bal.

— Je voudrais être morte.

— Ne dis pas de bêtises, chérie !

Elle l'embrassa gentiment.

Sans rien ajouter, Natasha se leva ; elle s'arrêta un moment dans l'embrasure de la porte, secoua la tête et laissa Isabella souriante qui commençait à taper du pied sur le sol.

18

L<small>A LIMOUSINE</small> louée par Natasha attendait
dehors. Elle était noire et splendide. Il était exactement 9 heures et quart. Isabella sortit. L'air
frais lui parut merveilleux et, pour la première
fois, elle ne sentit pas le froid. Le chauffeur
referma la porte derrière elle et elle s'installa sur
les coussins moelleux, disposant son manteau
blanc autour d'elle.

Ils traversèrent majestueusement Central Park,
puis prirent la rue qui menait au cinéma. Isabelle
regardait les gens.

Enfin, elle était dehors ! En robe du soir de
satin, coiffée et parfumée. Alessandro lui-même
avait été tout excité en la voyant et avait poussé
de petits cris de plaisir.

— Juste comme avec papa, avait-il remarqué en l'embrassant pour lui souhaiter bonne nuit.

Non, ce n'était pas exactement comme avec papa. Les pensées d'Isabella s'envolèrent vers Rome. Où étaient les soirs où ils rentraient s'habiller à la maison pour repartir à une fête dans la Ferrari, les soirs où Amadeo chantait sous la douche tandis qu'elle s'habillait ? Un jour, quelqu'un lui avait dit qu'ils menaient une « vie vide ». Peut-être, mais c'était là leur monde. Ils l'avaient conquis ensemble et le partageaient ensemble avec plaisir et orgueil.

Maintenant, il n'en était plus de même. Le siège auprès d'elle était inoccupé. Elle était conduite par un chauffeur inconnu. Elle n'aurait personne avec qui parler et rire en rentrant. Personne à séduire. Lorsqu'il était avec elle, elle tenait la tête un peu plus haut qu'à présent.

Son visage prit une expression grave. Ils s'arrêtaient devant le cinéma. Le chauffeur se tourna vers elle.

— Mme Walker m'a recommandé d'aller voir si le film était commencé.

Il la laissa. Elle sentait son cœur battre exactement comme le jour où elle était devenue, vêtue de tulle et de dentelle, la femme d'Ama-

deo. Elle perdait la tête. Ce n'était que la première d'un film. Et cette fois-ci, elle portait du
noir. Elle n'était plus la femme d'Amadeo, mais
sa veuve. D'ailleurs, il n'était plus temps d'hési-
ter. Le chauffeur était revenu et l'aidait à descendre de voiture.

Natasha pensait devenir folle. Sept personnes
qui se trouvaient ensemble avaient pris les sièges
près de l'allée, dont celui qu'elle voulait réserver
à Isabella. Aucun sourire, aucune supplication ne
les avait émus.

— Ma cousine... elle a la grippe... elle va arriver dans une minute.

Un gros Texan avec un Stetson et un smoking
était installé dans le siège convoité, et il avait été
impossible de le convaincre d'en sortir. Il avait
du reste trop bu. Elle se sentait des envies
d'étrangler Isabella. Cette aventure était une folie
pure et simple. Elle avait remarqué des gens très
en vogue et des journalistes de Londres sur le
même rang, et il faudrait qu'Isabella passe devant
eux pour gagner sa place. Elle souhaitait de tout
son cœur que son amie ait attrapé la varicelle
avant de monter en voiture.

— Tu n'as pas l'air contente, Natasha. Que se passe-t-il ? On a refusé ton nouveau livre ?

— Si ce n'était que cela !

Elle jeta un regard à Corbett Ewing par-dessus le siège vide qui les séparait.

— Tu sembles absolument furieuse. Des problèmes avec le Texas ?

Il regarda le gros homme en riant.

— Je voulais garder cette place pour une amie.

Elle sourit car elle le voyait tracassé à son sujet. Soudain, il devina qui était l'amie, et son cœur se mit à battre plus vite.

— D'où viens-tu ? demanda Natasha, essayant de ranimer la conversation.

— J'ai été la plupart du temps à Tokyo, puis à Paris et à Londres. La semaine dernière, au Maroc. Dieu, quel beau pays !

— Moi, j'ai fini mon livre. Enfin ! Je crois que je ne suis pas vraiment un écrivain, mais bien plutôt un rewriter. Je mets six semaines à faire mon livre et six mois à le réécrire.

Tout à coup et sans crier gare, Corbett vint s'asseoir dans le fauteuil vide. Natasha sursauta et lui fit signe de retourner à sa place.

— Je ne vois rien de là, déclara-t-il avec douceur.

— Corbett, je t'en prie, pousse-toi ! dit-elle d'une voix pressante. (Il se contenta de sourire en secouant la tête.) Corbett !

Juste à cet instant, les lumières s'éteignirent et Natasha se fit rappeler à l'ordre par de vigoureux « chut ! ».

Ce fut le moment que choisit Isabella pour arriver. Natasha lui fit signe, et elle dut passer devant sept personnes dont le gros Texan qui s'écria :

— Ah, voilà la cousine de Natasha !

Il la présenta à sa femme. Isabella gagna sa place en murmurant : « Excusez-moi », à plusieurs reprises.

Lorsqu'elle se fut assise, elle fit un sourire à Corbett. Le film commençait. Au début, elle était si excitée qu'elle ne regarda même pas l'écran. Elle tournait les yeux de tous côtés pour voir les gens. Comment étaient-ils habillés, qui étaient-ils, se rendaient-ils compte à quel point il était extraordinaire d'être dehors ? Elle souriait intérieurement. Finalement, elle consacra toute son attention au film qu'elle apprécia beaucoup. Depuis quand n'était-elle pas allée au cinéma ?

Elle réfléchit. Début septembre avec Amadeo. Sept mois.

Les lumières la surprirent.

— C'est fini ?

Elle jeta un coup d'œil à Corbett qui la contemplait avec un air amusé. Il pointa le doigt vers l'écran et elle lut « entracte ».

— Je suis heureux de vous revoir, Isabella. Voulez-vous allez prendre un verre ?

Au moment où elle acquiesçait, Natasha posa impérieusement la main sur son bras, tandis qu'elle fronçait les sourcils.

— Je pense qu'elle devrait rester ici.

Il s'arrêta pour regarder Isabella avec intérêt et jeta un coup d'œil inquiet à son amie. Il aurait aimé lui dire de se détendre un peu, qu'il n'était ni un violeur ni un assassin, mais ce n'était pas le lieu ni le moment. Il se tourna de nouveau vers Isabella.

— Voulez-vous que je vous rapporte quelque chose ?

Elle secoua la tête avec un sourire et se rassit sagement.

À peine s'était-il retiré que Natasha s'approcha, pensant une fois de plus qu'elle aurait bien fait de ne pas laisser sortir Isabella. Celle-ci lui tapota la main.

— N'aie pas l'air si inquiète, Natasha ! Tout va bien.

Elle était enchantée d'avoir enfin l'occasion de regarder les gens et la façon dont ils étaient habillés. Elle était « là ». Brusquement, Natasha la vit se lever et inspecter tout autour d'elle.

— Assieds-toi ! ordonna-t-elle sèchement.

Mais Isabella était Isabella et, avant que Natasha n'ait pu l'en empêcher, elle était partie vers l'allée, du côté opposé.

— Isa... Bon Dieu !

Natasha serrait les dents de colère. Elle se leva, s'excusant, essayant de ne piétiner ni les orteils des messieurs ni les élégantes chaussures des dames. Elle voulait se tenir prête à toute éventualité et être près d'Isabella. Plusieurs personnes la happèrent au passage.

— Natasha, mon chou ! Je t'ai manquée l'autre jour à...

Elle murmurait rapidement : « Plus tard. » Elle ne parvenait pas à se rapprocher d'Isabella qui avait maintenant atteint le bar où une énorme foule se pressait.

— Vous avez changé d'avis ?

C'était Corbett qui se penchait soudain sur elle. Elle leva les yeux et lui sourit.

— Oui.

— Voulez-vous boire quelque chose ?

— Non, merci.

Loin derrière elle, Natasha leva la main pour faire un signe désespéré à Corbett, mais il se contenta de lever la main en réponse. Elle paraissait saisie de panique. Il fallait absolument qu'elle parvienne jusqu'à Isabella. Elle voyait le danger approcher. Isabella se retourna, se demandant ce que son amie voulait à toute force lui montrer. Cela faisait un moment qu'un reporter du *Women's Wear Daily* regardait Isabella fixement. C'était une femme qui ressemblait à une araignée, et elle se trouvait avec un photographe. Natasha l'avait vue froncer les sourcils et essayer de s'approcher davantage ; elle avait chuchoté quelque chose à l'oreille du photographe. Pendant ce temps, Isabella, souriant à Corbett, jetait un regard gêné en direction de Natasha.

Cette dernière ne pouvait plus parvenir à temps jusqu'à elle. Elle aurait voulu donner des coups de pied, mordre pour écarter les gens. Il

259

fallait qu'elle arrive jusqu'à Isabella avant les reporters.

Trop tard ! Un flash explosa devant les yeux d'Isabella et elle s'accrocha au bras de Corbett, aveuglée par la lumière, au moment où Natasha la saisissait par le bras pour l'entraîner.

Corbett ne bougeait pas, ahuri, son verre à la main. Son corps massif faisait écran aux journalistes. Natasha lui prit le bras et cria, s'efforçant de couvrir le vacarme :

— Fais-la sortir d'ici, pour l'amour du ciel ! Immédiatement !

Elle lui prit son verre des mains et il entoura solidement Isabella de ses bras, à l'instant où un autre flash éclatait. Avant d'avoir compris ce qui lui arrivait, Isabella se trouva entraînée à travers le hall, puis propulsée dans la Rolls. Elle n'avait pas prononcé une seule parole, mais, tandis qu'elle s'enfuyait avec lui, l'Américain avait l'impression que ce n'était pas la première fois que ce genre de mésaventure lui arrivait. En fermant la porte de la voiture, il lança à son chauffeur :

— Tirez-nous vite de là !

Les reporters se précipitèrent à leur suite. Corbett sourit. Cela servait parfois d'avoir fait partie de l'équipe de football du collège. Il eut un regard admiratif pour Isabella. Elle avait couru avec lui le plus naturellement du monde, sans faire de manières malgré ses hauts talons et sa robe du soir. Ils décollaient du trottoir au moment où les reporters arrivaient au bas des marches.

— Ça va ? demanda-t-il en se retournant vers elle.

Il ouvrit une petite porte dans le dossier du siège avant et en tira une bouteille de cognac.

— Comme c'est commode ! dit-elle avec un sourire tremblant. Oui, ça va.

— Est-ce que ça vous arrive souvent ? interrogea-t-il en lui tendant son verre.

— Pas depuis un certain temps.

Il la regarda et vit que sa main tremblait. Elle savait se maîtriser, mais elle était humaine, au moins. Elle avait repris son souffle.

— Natasha ne m'a pas dit où je devais vous conduire. Voulez-vous rentrer chez vous, ou serez-vous plus en sûreté chez moi ?

— Non, je puis aller chez moi. Je suis désolée, excusez-moi.

— Je vous en prie, ce n'est rien. Je dois avouer que ma vie est bien fade en comparaison de la vôtre. (Il donna l'adresse à son chauffeur. Il se posait des questions. En dépit de son sang-froid, elle avait un air désespéré.) Je ne veux pas insinuer que ce n'est pas grave. Je veux dire que ce genre d'aventure doit être très éprouvant. Est-ce pour cela que vous avez quitté l'Italie ?

Il lui parlait avec douceur.

— Non. Je ne puis pas vous expliquer, excusez-moi. C'est difficile. Je suis surtout navrée d'avoir gâché votre soirée. Déposez-moi et retournez.

Ce n'était pas du tout ce que Corbett Ewing avait envie de faire. Cette femme avait quelque chose d'étrange et de particulier qui lui allait droit au cœur. Elle avait une beauté qui attirait l'attention, ses yeux avaient quelquefois une expression pleine d'humour, mais en même temps elle semblait triste et solitaire. Il resta un moment silencieux, puis reprit d'un ton plus enjoué :

— Comment va mon ami Alessandro ?

— Il va très bien, répondit-elle en souriant.

Il fut heureux de voir que l'allusion à son fils l'avait déridée.

— Et vous ? Vous ne vous ennuyez pas ?

Il n'ignorait pas qu'à part quelques sorties

dans le parc elle ne mettait pas le nez hors de l'appartement. Il ne savait pas pour quelle raison. Elle secoua vigoureusement la tête.

— Oh non ! Je ne m'ennuie pas du tout. J'ai beaucoup à faire.

— Ah oui ? riposta-t-il, intrigué. Que faites-vous ?

— Je travaille.

— Vraiment ? Vous avez apporté du travail ici ? Dans quelle branche travaillez-vous ?

Elle se sentit décontenancée, puis répondit tout de suite :

— Je travaille avec ma famille... Dans les arts.

— C'est intéressant. Mon travail est loin d'être aussi noble.

— Que faites-vous ?

Visiblement quelque chose qui marchait très bien, pensa-t-elle en examinant l'intérieur de la voiture.

— Beaucoup de choses, mais en particulier des affaires de textile. C'est du moins ce que je préfère. Je laisse le reste aux gens qui travaillent avec moi. Cela fait très longtemps que ma famille a cette affaire de textile, c'est pourquoi je m'y intéresse tout particulièrement.

— Je vois.

Les yeux d'Isabella se mirent à briller. Elle mourait d'envie de savoir si elle était une de ses clientes, mais elle n'osa pas lui poser la question. Peut-être laisserait-il échapper une indication qui l'éclairerait.

— Nous avons probablement fabriqué le tissu de votre robe.

Elle le regarda de son air de princesse romaine.

— Cela m'étonnerait, répliqua-t-elle. Ce tissu vient de France.

— Dans ce cas, excusez-moi. (Il avait l'air amusé.) Au fait, je ne connais même pas votre nom.

— Isabella.

— C'est tout ? Juste Isabella, l'amie italienne ?

— Exactement, monsieur Ewing. C'est tout.

Elle le regarda durement, et il hocha la tête.

— Je comprends.

Après la scène qui avait eu lieu au cinéma, il voulait bien admettre qu'elle en ait assez. Il lui était arrivé quelque chose de terrible et il ne voulait pas la tourmenter. Il ne voulait surtout pas lui faire peur et l'éloigner de lui.

Ils s'arrêtèrent devant l'immeuble de Natasha. Avec un petit soupir, elle lui tendit la main.

— Merci beaucoup et excusez-moi encore.

— Je vous assure que ce fut un grand plaisir pour moi. Permettez-moi de vous accompagner jusqu'à la porte. Je pense que c'est plus prudent.

Elle rit, mais hocha gracieusement la tête.

— Merci, mais je suis sûre que je ne risque plus rien.

En disant ces mots, elle se rendit compte que c'était là la raison pour laquelle elle était venue aux États-Unis. Pour être en sécurité.

Lorsque l'ascenseur parvint à l'étage, elle se sentit un peu gauche. Il avait été incroyablement gentil.

— Voulez-vous entrer un moment ? proposat-elle. Vous pouvez attendre le retour de Natasha, si vous le voulez.

— Merci. (Il referma la porte derrière eux.) Pourquoi n'est-elle pas rentrée avec nous ?

Isabella soupira.

— Je pense qu'elle a jugé plus astucieux de ne pas montrer que j'étais avec elle.

— C'est donc pour cela que vous êtes arrivée en retard ? Vous menez une vie pleine de mystère, Isabella !

Ils s'assirent côte à côte sur le canapé blanc.

Le reste de la soirée passa assez vite. Ils bavardèrent de l'Italie, des textiles, du pays de son enfance. Il avait une plantation en Caroline du Sud et une ferme en Virginie.

— Élevez-vous des chevaux en Virginie ?

— Oui. Montez-vous ?

Elle lui sourit.

— Oui. Mais il y a bien longtemps que cela ne m'est arrivé.

— Vous devriez venir un de ces jours avec Natasha et les enfants.

Au moment où il prononçait son nom. Natasha apparut. Elle avait l'air épuisé et elle regarda Isabella droit dans les yeux.

— Je t'avais bien dit que c'était de la folie ! Est-ce que tu te rends compte de ce que tu as fait ?

Corbett fut choqué par la rudesse du ton de Natasha, mais Isabella prit la chose plus calmement.

— Ne t'énerve pas, déclara-t-elle. Ce n'est rien. Ils ont pris quelques photos, et après ?

Elle lui saisit la main, essayant de cacher sa propre inquiétude.

Natasha, cependant, n'était pas convaincue. Elle tourna le dos, furieuse. Puis elle enleva sa tunique de satin et reprit en les regardant tous les deux :

— Est-ce que tu sais qui sont ces gens ? Les journalistes de *Women's Wear*, de *Time Magazine*. Le troisième est le correspondant de l'*Associated Press*. Et je crois bien que j'ai reconnu le directeur de *Vogue*. C'est malin, espèce d'idiote ! En tout cas, ton petit jeu est terminé.

— Quel jeu ? Que se passe-t-il ? (Corbett considéra les deux femmes d'un air intrigué, puis il ajouta vivement :) Voulez-vous que je m'en aille ?

Natasha répondit avant qu'Isabella n'en ait eu le temps.

— C'est inutile, Corbett. Je te fais confiance et, de plus, la nouvelle sera demain à la une de tous les journaux.

Isabella était furieuse. Elle se leva et se mit à marcher de long en large.

— C'est absurde !

— Vraiment, Isabella ? Est-ce que tu t'imagines qu'il a suffi de deux mois pour que les gens t'oublient ? Te sens-tu vraiment hors de danger ? Si c'est ce que tu penses, alors, tu es folle !

Corbett, silencieux, se contenta d'observer Isabella. Elle paraissait effrayée, mais déterminée.

Elle avait l'air de quelqu'un qui prend des risques et les assume. Il avait envie de la réconforter, de la protéger, de dire à Natasha de se calmer. Il parla enfin d'une voix douce et grave :

— Peut-être n'arrivera-t-il rien du tout.

Natasha le regarda avec colère, comme s'il y était pour quelque chose.

— Tu te trompes, Corbett, tu ne sais pas à quel point ! Demain, ces photos paraîtront dans tous les journaux. (Elle se tourna vers Isabella :) Tu sais bien que j'ai raison.

Cette dernière, immobile comme une statue, murmura :

— Espérons que non.

19

CORBETT Ewing était assis à son bureau, les journaux du soir étalés devant lui. Il avait l'air absolument désespéré. Ainsi que Natasha l'avait prédit, la nouvelle s'étalait en première page des journaux. Il lut dans le *New York Times* :

« Isabella di San Gregorio, veuve du couturier Amadeo di San Gregorio, kidnappé puis assassiné. »

Suivaient les détails sur le kidnapping et le meurtre. Puis comment sa veuve avait disparu, alors qu'on la croyait dans l'appartement sur la terrasse de la maison de couture. On se posait la question de savoir si elle avait été tout ce temps à New York ou si elle était partie furtivement après le succès de sa collection de printemps. On ajoutait que l'on ignorait absolument où elle habitait, l'enquête menée par les journalistes de mode n'ayant abouti à rien. Ou ils protégeaient sa retraite, ou ils ne savaient réellement pas où elle était. M. Cattani, représentant de San Gregorio à New York, avait déclaré qu'il l'avait au téléphone plus souvent que d'habitude, mais que rien ne lui permettait cependant d'affirmer qu'elle se trouvait à New York. On mentionnait également le fait qu'elle se trouvait à la première du film en compagnie d'un homme de haute taille et aux cheveux gris et qu'ils s'étaient enfuis ensemble dans une Rolls-Royce conduite par un chauffeur, mais on ne connaissait pas son identité. Les reporters, sous le coup de la surprise extrême que leur avait causée la vue d'Isabella, n'avaient pas prêté beaucoup d'attention à son compagnon dont le visage, cependant, ne leur était pas inconnu.

Corbett soupira. Une chose était certaine : Isabella di San Gregorio n'était pas une femme ordinaire. Elle était belle, elle avait du talent et il se demandait à présent s'il arriverait jamais à la connaître bien. Elle seule pouvait répondre à cette question. Ce soir, il lui dirait la vérité. Il ne voulait pas prendre le risque qu'elle découvre elle-même qui il était et que les sentiments qu'il éprouvait pour elle soient, de ce fait, mal interprétés. On verrait bien si elle consentirait, après cette révélation, ne serait-ce qu'à lui adresser la parole.

Il soupira de nouveau et se leva. Son regard se porta en direction de Park Avenue. C'était là-bas qu'elle se cachait. Il se rassit et prit son téléphone.

Isabella était encore en communication avec Bernardo. Il avait appris la nouvelle à midi. Sa secrétaire lui avait apporté les journaux qu'il avait lus avec horreur, le regard flamboyant, mais sans prononcer un mot. Il avait appelé Isabella à 6 heures du matin, puis à 7 et de nouveau à 10.

— Bon ! Et après ? C'est fait, c'est fait. On n'y peut plus rien. Je vais me cacher de nouveau, voilà tout. Personne ne saura que je suis ici. Je ne puis plus supporter cette vie. Je travaille jour et nuit, je prends mes repas avec les enfants, je sors me promener la nuit tombée. Je ne vois absolument personne, Bernardo. Je n'ai personne à qui parler ou avec qui rire un peu. Personne avec qui je puisse même discuter de mon travail.

Ma seule distraction est le train électrique de Jason.

Mais Bernardo ne voulait rien entendre.

— Très bien, continue comme ça, donne-toi en spectacle, montre-toi, mais si jamais il arrive quelque chose à toi ou à Alessandro, ne viens pas pleurer dans mon giron ! (Il l'entendit pleurer et reprit son souffle.) Bon sang, Isabella... S'il te plaît... Je suis désolé... mais j'ai tellement peur pour vous deux ! C'est tellement imprudent !

Il alluma une cigarette, puis l'écrasa aussitôt.

— Je le sais. Je n'ai pas pu m'en empêcher.

Elle sanglotait et s'essuya les yeux avec lassitude.

— Est-ce que tu te rends compte, à présent ? Est-ce que tu as compris que tu ne pouvais pas passer inaperçue ?

— Oui. Autrefois, cela me plaisait. Maintenant, je déteste ça. Je suis prisonnière de mon visage.

— C'est un très beau visage, et je l'aime, dit-il d'une voix pleine de douceur.

— Alors, que vais-je faire ? Je rentre à la maison ?

— Es-tu folle ? Ce serait encore pis ! Non, reste où tu es. Je dirai que tu es allée à New York pour un voyage éclair et que tu es déjà revenue en Europe. Je tâcherai de leur faire croire que tu es en France. Ce n'est pas invraisemblable puisque toute ta famille maternelle est là-bas.

— Ils sont tous morts.

Elle renifla bruyamment et se moucha.

— Je le sais, mais tu as des attaches à Paris.

— Tu penses qu'ils te croiront ?

— Qu'importe ? Tant que tu ne paraîtras pas en public, tu seras à l'abri. Personne apparemment ne sait où tu habites. Est-ce que Natasha est partie avec toi ?

Il pria le ciel pour que l'une des deux au moins ait montré un peu de bon sens.

— Non. Un de ses amis m'a ramenée à la maison. Elle est partie plus tard.

— Bien. Au fait, ajouta-t-il après un silence, quel est cet homme qui est sur la photo près de toi ?

Il ne manquait plus que cela ! Qu'elle ait une aventure avec un autre !

— C'est un ami de Natasha, Bernardo. Calme-toi.

— Il ne dira à personne qui tu es ?

— Bien sûr que non !

— Je te trouve trop confiante. Enfin ! Je

m'occupe de la presse ici et je t'en prie, Isabella, pour l'amour de Dieu, *cara,* reste chez toi !

— *Capisco, capisco !* Ne t'inquiète pas. J'ai désormais compris que je suis prisonnière. Plus prisonnière encore qu'à Rome.

— Ce sera fini un jour, prends patience. Le kidnapping ne remonte qu'à sept mois. Dans un an, tout le monde l'aura oublié.

— Oui, peut-être. Bernardo... je suis désolée de te causer tant de soucis.

— Ne t'en fais pas. J'ai l'habitude. Je m'ennuierais sans cela.

— Comment va ton ulcère ?

— Il se porte comme un charme.

— Je t'en prie, ne te fais pas trop de bile !

— Entendu. Maintenant, occupe-toi du problème du prêt-à-porter et si jamais tu t'embêtes, tu peux commencer à songer à la collection d'été.

— Tu es trop bon.

— *Ecco,* je sais. Je te rappelle s'il y a du nouveau. Mais je te le répète, il n'arrivera rien si tu restes tranquille.

— *Capisco !*

Ils se dirent au revoir et raccrochèrent. Isabella se sentait mal à l'aise. Pourquoi fallait-il qu'elle reste enfermée et pourquoi se mêlait-il de lui dire

qu'elle ne pouvait pas avoir confiance en Corbett ? Elle sortit de son bureau et se rendit à la
cuisine. Natasha, la mine maussade, se versait
une tasse de café.

— Je suppose que tu as eu une charmante
conversation avec Bernardo ?

— Charmante, en effet. Mais je t'en prie, ne
t'y mets pas, toi aussi !

Natasha avait fait irruption dans sa chambre
à 7 heures du matin avec les journaux. Elle était
furieuse.

— Qu'est-ce qu'il va raconter aux journalistes ?

— Que je suis partie passer quelques jours
aux États-Unis après la présentation de la collection et que je suis décidée à vivre en France.

— Cela devrait les inciter à aller fouiner à
Paris pendant un jour ou deux. Et toi, qu'as-tu
l'intention de faire ?

— Ce que j'ai fait jusqu'à présent. Mon travail, et c'est tout.

— Au moins, toute cette catastrophe aura
servi à une chose !

— À quoi donc ?

— Tu auras revu Corbett. Je peux t'assurer
que tu as fait une sacrée touche.

— Avec Corbett ? Ne dis pas de bêtise !

Elle se détourna vivement, mais Natasha était sûre de l'avoir vue rougir.

— Est-ce qu'il te plaît ?

Il y eut un long silence, puis Isabella se tourna lentement vers son amie.

— Natasha, je t'en prie, laisse-moi tranquille avec ça !

— Je pense qu'il va venir te voir.

Le cœur d'Isabella fit un bond dans sa poitrine, et elle se retira dans son bureau.

20

Lorsque Corbett arriva, Isabella était encore dans sa chambre, s'habillant pour le dîner. Elle entendait Jason et Alessandro pousser des cris de joie. Elle sourit. Cela ne leur faisait pas de mal de voir un homme de temps en temps. Il y avait longtemps que son fils n'avait pas vu Bernardo et, contrairement à elle, Natasha n'avait pas d'ami masculin aussi proche. Elle avait remarqué que le fait qu'Alessandro soit entouré uniquement de femmes lui avait récemment fait ressentir plus cruellement l'absence de son père.

Elle remonta la fermeture de sa robe de lainage noir, lissa ses bas noirs et enfila des souliers de daim noir. Elle mit des boucles d'oreilles de jais et passa les mains dans sa chevelure sombre. Elle se fit une grimace dans le miroir : le cygne était redevenu un vilain petit canard, mais cela n'avait pas d'importance. Elle n'avait pas l'intention de séduire Corbett Ewing. Elle pensait simplement que cela lui ferait du bien d'avoir un ami masculin, tout comme à Alessandro.

Quand elle pénétra dans le salon, elle trouva Corbett assiégé par les deux petits garçons en train d'ouvrir deux paquets identiques contenant des équipements de pompiers. Il y avait également des sirènes.

— Regarde ! Nous sommes de vrais pompiers !

Ils enfilèrent leurs équipements et se mirent à courir à travers la pièce en poussant des cris. Visiblement, Alessandro était enchanté de revoir Corbett. Les sirènes faisaient un bruit assourdissant. Natasha arriva.

— Quel beau cadeau, Corbett ! Fais-moi penser à t'appeler demain matin vers 6 heures pour te remercier.

Il se préparait à répondre lorsqu'il avisa Isabella. Il se leva et alla la saluer.

— Hello, Isabella ! Comment allez-vous ?

Elle avait l'air absolument épuisée, mais elle répliqua avec un pâle sourire :

— Je vais très bien, et vous ?

— Moi, je n'ai eu aucun problème. Tout ce que l'on sait de moi, c'est que j'ai les cheveux gris.

Il ne put continuer car les deux garçons l'interrompirent.

— Regarde ! Il y a de l'eau qui sort de la pompe !

Jason avait découvert un petit tuyau dans la voiture de pompiers qui lui permettait d'arroser tous ceux qui se trouvaient à sa portée.

— Corbett, je crois bien que je ne t'adresserai plus la parole, affirma Natasha.

Elle suggéra aux enfants d'aller se mettre au lit.

— Non, maman... Tante Isabella, s'il te plaît ! pleurnicha Jason.

Alessandro se contenta de se rapprocher de Corbett. Il le regardait avec attention. Isabella ne l'avait jamais vu aussi calme. Corbett se tourna vers l'enfant pour lui sourire et passa négligemment un bras autour de ses épaules.

— Que penses-tu de tout ça, Alessandro ?

— Je trouve que... (il cherchait les mots en anglais)... que c'est drôlement amusant. J'adore mon casque.

279

Il contempla Corbett avec admiration et lui sourit.

— C'est ce que je pense également. Est-ce que ça vous amuserait de visiter une vraie caserne de pompiers ?

— Pour de vrais pompiers ? Maman pourra y aller aussi ?

Isabella fit signe que oui.

— Naturellement, acquiesça Corbett. Qu'en dis-tu ?

— *Si !* On ira bientôt ?

C'en était trop pour lui et il passa cinq minutes à parler en italien à sa mère d'un air excité.

— C'est promis, fit-elle.

Il battit des mains et se mit à courir après Jason jusqu'au moment où on leur intima l'ordre d'aller dans leur chambre malgré les protestations, les supplications, les commentaires indignés d'où il ressortait que ce n'était pas l'heure de se coucher pour des pompiers. Lorsqu'ils furent partis, la pièce sembla étrangement silencieuse.

Corbett considérait Isabella.

— Vous avez un délicieux petit garçon.

— J'ai peur qu'il ne manque de compagnie

280

masculine, comme vous avez pu le remarquer. À Rome (plus n'était besoin de feindre car il avait certainement lu les journaux), il voit beaucoup un de mes amis qui est aussi son parrain, mais ici, il n'a que nous. Vous n'êtes pas obligé pour autant de l'emmener dans une caserne de pompiers. Vous leur avez déjà fait grand plaisir avec ces superbes panoplies. Cela me paraît bien suffisant.

— Ne dites pas de sottises ! J'adore cela, Natasha peut vous le confirmer. Jason est un de mes meilleurs amis.

— C'est heureux, commenta Natasha, étant donné que son charmant père ne se manifeste jamais.

Isabella et elle en avaient beaucoup discuté ces derniers mois mais il semblait que Jason n'en souffrît pas. Le fait pour chacun des deux enfants d'avoir un petit ami de son âge palliait les inconvénients de leur situation.

— Je vais tâcher d'arranger cela pour cette semaine. Ce week-end, peut-être, si vous êtes libres.

Isabella se mit à rire. Elle trouvait cette restriction comique.

— Nous sommes parfaitement libres, affirma-t-elle.

Corbett fut heureux de la voir rire. D'après ce qu'il avait lu ce matin, ce devait être rare. Mais en la regardant, il songea qu'elle devait être très forte. Elle était meurtrie, seule, mais elle semblait indomptable et l'on sentait enfouis en elle le rire et la flamme d'une indescriptible joie de vivre. Il lui sourit et déclara en levant le sourcil :

— Dites-moi, Isabella, voulez-vous que nous parlions de textiles, ce soir, ou préférez-vous que nous parlions de beaux-arts ?

— Excusez-moi. Je ne pouvais faire autrement. Mais ce que vous m'avez dit m'a beaucoup intéressée, même si nous achetons en France la plupart de nos tissus.

— C'est bien là votre erreur.

Ils parlèrent un moment de leur travail puis Natasha les interrompit :

— Je vous adore l'un et l'autre, mais sachez que votre conversation m'ennuie à périr.

— Excuse-moi, fit vivement Isabella, mais c'est tellement agréable d'avoir quelqu'un à qui parler de mon métier !

— Allons, je vous pardonne !

Corbett sourit à son hôtesse. Ils passèrent tous

trois une délicieuse soirée. Le repas se termina en beauté sur un soufflé au citron et ensuite Hattie servit un délicieux expresso. Elle avait posé des bonbons à la menthe sur le plateau d'argent.

— Oh, je ne devrais pas ! pouffa Natasha en emplissant sa bouche de friandises.

— Moi non plus. (Puis Isabella haussa les épaules.) Si j'en crois Bernardo et Natasha, je vais demeurer cachée pendant les dix années à venir, si bien que je peux devenir énorme et laisser mes cheveux pousser jusqu'aux chevilles.

— Je n'ai jamais dit dix ans, rectifia Natasha, j'ai dit un.

— Quelle est la différence ? Je commence à comprendre ce que les gens ressentent lorsqu'on les met en prison. On a l'impression que cela ne va jamais finir. On vit jour après jour, sans même se rendre compte du temps qui passe, probablement parce que cela n'a plus aucune importance.

— Je ne sais pas comment tu le supportes. Je suis persuadée que, moi, je n'y arriverais pas.

— Apparemment pas si bien que tu le penses, sinon je n'aurais jamais commis la bêtise d'hier soir. Dieu merci, vous étiez là, Corbett ! Sans vous, j'aurais été jetée en pâture à ces chacals. J'aurais dû déménager avec Alessandro.

— Je suis heureux d'avoir pu vous rendre service.

— Moi aussi, je suis heureuse que vous ayez été là.

Elle le regarda bien en face et sourit.

— Je n'ai pas fait grand-chose, objecta-t-il. Je n'ai fait que courir.

— C'était suffisant.

Leurs regards se croisèrent au-dessus de la table, et il lui sourit avec chaleur. Ils quittèrent à regret la salle à manger et allèrent s'asseoir devant le feu de bois dans le salon. Ils bavardèrent de tout et de rien, des livres de Natasha, de théâtre, de cinéma, de ce qui se passait à New York. Natasha fut peinée de voir le regard triste et nostalgique d'Isabella. Ils se turent un moment, puis Natasha s'étira paresseusement et se leva.

— Dites-moi, vous deux, je vais être impolie, pour changer. Je suis fatiguée.

Elle savait que Corbett désirait rester seul avec Isabella. Isabella, surprise, attendit que celui-ci prît congé, mais il n'en fit rien. Il se leva pour embrasser Natasha et ils demeurèrent seuls.

Elle contemplait les flammes qui se reflétaient dans ses grands yeux sombres et il la regarda pensivement. Il avait envie de lui dire à quel point elle était jolie, mais il sentit instinctivement qu'il valait mieux se taire.

— Isabella... (Sa voix était un doux chuchotement.) Je suis navré de ce qui est arrivé hier soir.

— Ne le soyez pas ; c'était inévitable. Je le regrette, moi aussi.

— Natasha a raison, voyez-vous.

— Oui. (Le rire avait disparu de ses yeux.) Je crois que j'ai été trop gâtée.

— Est-ce que ce genre de choses compte beaucoup pour vous ? Je veux dire les soirées, par exemple ?

— Pas vraiment. Mais j'aime à voir des gens. J'aime savoir ce qu'ils sont, ce qu'ils font, ce qu'ils pensent. C'est très difficile, vous savez, de se retirer brusquement du monde.

— Ce n'est pas à ce point, répliqua-t-il avec un sourire. Il y a beaucoup de manières de sortir sans être vue.

— J'ai pourtant essayé hier soir.

— Pas exactement. Vous êtes entrée dans l'arène, vêtue en matador, et lorsque l'on vous a remarquée, vous avez été surprise.

La comparaison l'amusa.

— Effectivement, je n'avais pas vu les choses de cette façon.

Il se mit à rire doucement.

— Je ne sais pas si cela vous tenterait, mais je suis sûr que vous pourriez sortir en voiture, par exemple, faire de longues promenades dans la campagne. Vous ne devez pas vous enfermer, vous avez besoin de sortir. Me permettrez-vous de vous emmener vous promener de temps en temps ? Avec Alessandro, ou seule ?

Elle était malheureuse et s'efforça de le cacher.

— J'aimerais beaucoup, vous êtes très aimable. Mais ne vous y croyez pas obligé.

Elle le regardait et il ne pouvait détacher ses yeux de ceux d'Isabella.

— Je vous comprends mieux que vous ne le pensez. J'ai perdu ma femme il y a longtemps. Pas de manière aussi brutale que vous votre mari, mais j'en ai ressenti un chagrin intolérable. Au début, j'ai cru que j'allais en mourir. On a l'impression d'avoir perdu tout ce à quoi l'on tient, tout ce qui vous est familier et qui a une signification pour vous, la seule personne qui sait ce qui vous fait rire, ce qui vous fait souffrir, qui connaît votre façon de penser et de sentir, qui sait par cœur les menus événements de votre

enfance. Vous vous sentez brusquement aban-
donné, solitaire, et vous avez le sentiment que
plus jamais personne ne vous comprendra.

Isabella luttait contre les larmes.

— Est-ce que cela se passe ainsi ? demanda-
t-elle. Est-ce que plus jamais personne ne vous
comprend ? ne parle votre langage ? ne se soucie
de vous ?

La vraie question, pensait-elle en son for intérieur, est : « Moi, est-ce qu'un jour je me sou-
cierai de nouveau de quelqu'un ? »

— Oui. Je suis sûr que l'on finit par trouver
quelqu'un. Peut-être ne partage-t-on plus les
mêmes secrets, peut-être n'avons-nous plus les
mêmes rires... Il existe d'autres gens, Isabella.
Même si c'est une chose que vous ne voulez pas
entendre, il faut que vous le sachiez.

— Y a-t-il eu quelqu'un d'autre pour vous ?
Quelqu'un capable de la remplacer ?

— D'une certaine façon, non. Mais j'ai fait
comme vous, je n'ai pas cherché à accueillir
quelqu'un. Seulement, j'ai appris à vivre avec ma
peine. On ne souffre pas tout le temps. Il faut
dire que moi, je n'ai pas eu besoin de quitter
mon pays, ma maison, tout ce qui faisait ma vie.

Elle soupira.

— Les deux seules choses qui me restent sont mon enfant et mon travail. J'ai eu grand peur pour Alessandro et c'est pour cela que nous sommes ici.

— Ces deux choses, personne ne peut vous les prendre.

— Ce n'est pas très facile de travailler ici.

— Vous pourriez peut-être ouvrir une maison plus grande à New York et administrer vos affaires d'ici.

— J'ai le projet de retourner à Rome.

Il hocha la tête sans répondre, puis murmura :

— Je suis sûr que vous y retournerez un jour ; mais en attendant, vous êtes ici et j'aimerais vous aider à tirer le maximum de cette situation. Lorsque Beth est morte, la seule chose qui m'a aidé fut l'affection de mes amis.

Isabella acquiesça d'un air compréhensif. C'était une chose qu'elle savait mieux que personne. Elle le regarda soudain, les yeux brillant de larmes contenues.

— Corbett, est-ce que vous avez fini par admettre qu'elle ne reviendrait jamais ? Je sais que c'est difficile à expliquer, mais j'ai parfois l'impression qu'il est en voyage et je l'attends.

Il sourit doucement.

— En quelque sorte, il est en voyage. J'ai la conviction qu'il existe un endroit où nous les reverrons. Mais, pour répondre plus précisément à votre question, oui. J'ai quelquefois l'impression que Beth n'est pas partie pour toujours, qu'elle est sortie faire des courses, ou qu'elle est partie deux jours chez une amie. Il m'arrive d'entendre l'ascenseur s'arrêter à mon étage et de penser qu'elle va tourner la clef dans la serrure. La minute suivante, je suis plus désespéré que jamais.

— Je me sens si seule que cela m'effraie quelquefois. Non, ce n'est pas le mot exact, cela me terrifie.

— Vous n'avez pas l'air si terrifiée. (Elle lui semblait calme, pondérée, équilibrée). Allez à votre propre rythme, ne laissez pas les gens vous presser.

— Je ne sais plus quel est mon propre rythme, excepté lorsque je travaille.

— Rappelez-vous une chose : cela ne durera pas toujours. Vivez au jour le jour, vivez dans l'instant. Si vous êtes trop malheureuse, répétez-vous que cela passera. C'est ce que m'a dit une de mes amies lorsque Beth est morte. Elle m'a dit que c'était un peu comme un accouchement. La douleur est intolérable et vous avez l'impression qu'elle ne va pas cesser ; pourtant, elle ne dure que quelques heures et lorsque c'est fini, vous ne vous en souvenez même plus.

Une fois de plus, la comparaison la fit sourire. Elle avait beaucoup souffert à la naissance d'Alessandro.

— J'essaierai de m'en souvenir. (Elle le regarda d'un air interrogateur.) Avez-vous des enfants, Corbett ?

— Non. Je n'ai que ceux que j'emprunte à mes amis.

— Ce n'est pas un si mauvais arrangement, après tout, décréta-t-elle avec un sourire. Je pense que vous vous en rendrez compte lorsque vous aurez emmené Jason et Alessandro à la caserne de pompiers.

— Je suis sûr que je m'amuserai beaucoup. Et vous ?

— Comment, moi ?

— Voulez-vous faire un tour demain ?

— Ne travaillez-vous pas ? s'exclama-t-elle, stupéfaite.

— C'est samedi.

— J'avais oublié. Je voulais travailler, mais...

(elle le regarda avec chaleur)... mais j'adorerais me promener un peu. En plein jour ?

— Naturellement. Il y a des rideaux dans ma voiture.

Il lui lança un regard victorieux.

— Quel homme plein de mystère !

Elle rit de nouveau, puis se leva et lui tendit la main. Il se dirigea vers la porte.

— À demain, Isabella.

21

L<small>E LENDEMAIN</small>, ils passèrent la journée dans le Connecticut. Ils bavardèrent de leur métier, à l'abri des rideaux de la Rolls, et elle lui raconta mille choses au sujet de son grand-père, de Paris et de Rome.

— Comment se fait-il, lui dit-elle, que vous connaissiez si bien tout ce qui touche à la haute couture ?

— Oh, ce n'est pas très différent du métier que j'exerce !

— Parlez-moi un peu de votre métier.

— Cela vous ennuierait mortellement. Il y a certains aspects de mon métier qui m'ennuient mortellement moi-même.

Ils rirent ensemble et elle s'étira avec délices en sortant de la voiture.

— Si vous saviez depuis combien de temps je n'ai pas marché dans l'herbe et sous des arbres !

Il lui sourit avec douceur.

— Je vous l'ai dit, Isabella. Rien ne dure toujours, ni les bonnes choses ni les mauvaises. Les arbres mettent longtemps à verdir après l'hiver, mais ils reverdissent.

— Vous avez sans doute raison.

Elle était bien trop heureuse pour penser à autre chose qu'à s'emplir les yeux de la vue de la nature et à respirer l'odeur du printemps.

— Pourquoi n'avez-vous pas emmené Alessandro ?

— Parce que Jason et lui avaient rendez-vous avec des amis dans le parc ; mais il m'a bien recommandé de vous rappeler l'histoire de la caserne de pompiers. (Elle lui agita son doigt sous le nez.) Je vous l'avais bien dit !

— J'ai déjà arrangé un rendez-vous pour mardi prochain.

— Vous êtes un homme de parole.

Il la regarda avec gravité.

— Oui, Isabella.

Mais elle le savait déjà. Tout en lui révélait l'homme de cœur en qui l'on pouvait avoir confiance et à qui l'on pouvait confier ses secrets.

Elle n'avait jamais rencontré quelqu'un qui lui ressemblât. Pas depuis très longtemps ; il y avait des années qu'elle n'avait bavardé avec quelqu'un de manière aussi détendue. Ses seuls confidents avaient été Natasha, Bernardo et, bien sûr, Amadeo. Mais elle avait perdu Amadeo, et Bernardo et elle ne parlaient plus de choses personnelles ensemble. Ils étaient trop loin l'un de l'autre et elle sentait qu'il se détachait d'elle comme elle se détachait de lui. Il ne lui restait plus que Natasha. Et Corbett. Elle était surprise de voir qu'elle lui avait fait si vite confiance.

— À quoi pensez-vous ?

— Que je me sens à l'aise avec vous comme en compagnie d'un très vieil ami. C'est très étrange.

— Pourquoi trouvez-vous cela si étrange ?

Ils s'assirent sur une souche. Il croisa ses longues jambes ; avec ses larges épaules et son costume de tweed anglais, il avait l'air très jeune malgré ses cheveux gris.

— Mais c'est que je ne vous connais pas ! Je ne sais même pas qui vous êtes.

— Mais si, vous me connaissez. Vous savez ce qu'il est important de savoir. Où je vis, ce que je fais, que je suis l'ami de Natasha, beaucoup d'autres choses encore. Je vous ai raconté beaucoup de choses sur ma vie.

Il faisait allusion à sa femme. Isabella renversa la tête pour contempler les arbres et il la regarda, ému ; avec ses longs cheveux épandus dans son dos, elle ressemblait à une enfant.

Elle l'intriguait. Elle était d'une rare beauté, très intelligente, sensible et pleine de sang-froid.

— Pourquoi portez-vous toujours du noir, Isabella ? Je ne vous ai jamais vue avec une autre couleur, sauf le soir où vous aviez ce manteau blanc.

— C'est à cause d'Amadeo. Je porterai le deuil pendant un an.

— Excusez-moi. J'aurais dû comprendre, mais les gens ne portent plus le deuil aux États-Unis.

Il semblait bouleversé d'avoir commis un impair. Elle sourit.

— Ne vous en faites pas, vous ne m'avez pas choquée. C'est la coutume en Italie, voilà tout.

— Vous portez du noir même chez vous ? (Elle acquiesça.) Pourtant, poursuivit-il, vous devez être merveilleuse en rose, en bleu pâle, en rouge foncé, avec vos cheveux sombres !

295

Il avait l'air d'un petit garçon rêveur. Elle éclata de rire.

— Vous devriez être modéliste, Corbett !

— Il m'arrive de l'être.

— Comment cela ?

Elle se redressa et le considéra avec attention. C'était un homme curieux et intéressant.

— J'ai fait quelques croquis pour une compagnie d'aviation autrefois.

Il parut effrayé d'en avoir trop dit.

— Et cela a marché ?

— Quoi ? La compagnie d'aviation ?

— Non. Les croquis. Ils étaient réussis ?

— Je trouvais que oui. Et vous, où avez-vous appris tout ce que vous savez ?

— Avec mon grand-père. C'était un génie. L'unique, le grand Jacques-Louis Parel. Je l'ai regardé et écouté pendant des années. Il m'a tout appris. J'ai toujours voulu être modéliste. Après avoir passé un an ici, j'ai ouvert mon propre studio à Rome.

C'était ainsi qu'elle avait rencontré Amadeo.

— Un génie héréditaire, apparemment.

— Visiblement !

Elle cueillit une fleur sauvage en souriant.

— L'humilité est-elle également héréditaire ? Que diriez-vous de déjeuner ?

— Où irons-nous ?

— Nulle part, répondit-il.

Le regard d'Isabella s'éteignit.

— Excusez-moi, dit-elle, je suis stupide.

— Nous reviendrons cet été. Il y a un charmant restaurant de l'autre côté de la colline, mais pour aujourd'hui, ma chère, il faudra vous contenter de mes provisions.

— Vous avez apporté un pique-nique ?

— Évidemment ! Je n'allais tout de même pas vous laisser mourir de faim. D'ailleurs, je suis absolument affamé.

Il lui tendit la main pour l'aider à se lever, brossa sa jupe et lui posa sa veste sur les épaules, puis ils marchèrent vers la voiture. Corbett l'amena jusqu'à un petit lac et sortit du coffre un sac de cuir. Le pique-nique consistait en pâté, brie, pain de mie et caviar. Il y avait pour le dessert des gâteaux et des fruits.

Elle regarda le tout avec convoitise et installa la petite table qu'il avait apportée.

— Seigneur ! Il ne manque que le champagne !

— Vous avez parlé trop vite !

297

Il se pencha vers le bar d'où il sortit un magnum de champagne et un seau plein de glaçons.

— Vous pensez vraiment à tout !

— Presque.

Le dimanche, il plut toute la journée et Isabella joua avec Alessandro. Le lundi, elle travailla au moins quinze heures sans répit et passa tout le mardi à appeler successivement Hongkong, le Brésil, l'Europe et Bangkok.

Elle était dans la cuisine en jean et les pieds nus, à siroter son café lorsqu'on sonna. Les enfants ne devaient rentrer que dix minutes plus tard, Hattie était au marché et Natasha lui avait dit qu'elle partait pour toute la journée. Elle fronça les sourcils et alla regarder par le judas de la porte. C'était Corbett, vêtu, lui aussi, d'un jean et d'un chandail.

— Comment avez-vous pu oublier que c'était le jour des pompiers ?

Elle était très embarrassée.

— J'avais oublié.

— Est-ce que les enfants sont là ? Sinon, tant pis, je vous emmène. Je dirai que vous êtes ma

nièce et je suis sûr que les pompiers me pardon-
neront.

Il la regardait avec admiration, remarquant
pour la première fois ses longues jambes fines et
ses hanches étroites.

— Ils seront ici dans cinq minutes. Comment
allez-vous ?

— Très bien. Qu'avez-vous fait, aujourd'hui ?
Travaillé, je parie !

— Naturellememt, riposta-t-elle en le toisant.
(Elle lui fit signe de la suivre dans son bureau.)
Venez voir le ravissant bureau que m'avait pré-
paré Natasha. N'est-il pas adorable ?

On aurait dit une petite fille faisant les hon-
neurs de sa chambre.

— Ravissant, vraiment. Mais j'imagine qu'à
Rome vous disposez d'un peu plus d'espace pour
travailler.

— Un peu plus, effectivement, mais je
m'arrange.

Elle sourit en pensant avec nostalgie aux deux
gigantesques bureaux où Amadeo et elle travaillaient au troisième étage.

À ce moment, les petits garçons arrivèrent de
l'école et poussèrent des cris de joie en voyant le
visiteur. Dix minutes plus tard, ils étaient repartis

avec Corbett. Ils ne rentrèrent que deux heures après.

— Vous êtes épuisés tous les trois, je parie, remarqua Isabella.

— Oui, repartit Corbett, mais nous nous sommes beaucoup amusés.

— Voulez-vous boire quelque chose ?

— Volontiers. Un scotch avec de la glace.

— Décidément, vous êtes très américain !

Avec un regard moqueur, elle se dirigea vers le bar.

— Que devrais-je donc boire ?

— Du Cinzano, du Pernod, du kir.

— Je m'en souviendrai. Mais franchement, je préfère le scotch. Où est Natasha ?

— Elle s'habille pour aller à un vernissage.

— Et vous, Cendrillon ?

— Je sors pour ma promenade du soir, comme d'habitude.

— Vous n'avez pas peur, toute seule ?

— Je fais très attention. Ce n'est pas très excitant, mais cela me distrait un peu.

Elle n'allait même plus jusqu'à Madison Avenue.

— Cela vous ennuierait-il que je vous accompagne ce soir ?

— Bien sûr que non ! répondit-elle vivement.

Ils attendirent qu'il ait fini son verre et que Natasha s'en aille, puis ils sortirent. Ils allèrent un peu plus loin que la jeune femme ne le faisait d'ordinaire. Elle se sentait beaucoup mieux. Il lui semblait que son corps réclamait de l'air frais et de l'exercice. Cette promenade, pensait-elle, c'était quand même mieux que rien.

— Maintenant, je sais ce que ressentent les pauvres chiens enfermés toute la journée dans les appartements.

— C'est ce que j'éprouve parfois également lorsque je passe la journée dans mon bureau.

— Oui, mais vous, vous pouvez sortir.

Il fut sur le point de lui dire quelque chose d'important au moment où ils rentraient, mais les petits garçons lui sautèrent au cou et il y renonça. Le moment était passé. Jason et Alessandro étaient en pyjama et Hattie leur avait lavé les cheveux. Ils jouèrent un moment avec Corbett qui semblait y prendre autant de plaisir qu'eux, puis Hattie apparut et, malgré les protestations, les emmena fermement se coucher.

— Voulez-vous rester pour le dîner ?

— J'en serais enchanté.

Ils dînèrent à la cuisine où Hattie leur avait

préparé un délicieux repas — du poulet rôti et des épis de maïs — puis ils allèrent s'installer dans la petite pièce du fond de l'appartement où Natasha aimait à travailler. Isabella mit de la musique et Corbett étendit ses longues jambes devant lui.

— Je suis joliment content d'être allé la semaine dernière à cette fête de charité. Savez-vous que j'ai bien failli ne pas y aller ?

— Pourquoi donc ?

— J'avais peur de m'ennuyer.

Cette idée le fit rire et Isabella se joignit à lui.

— Vous êtes-vous ennuyé ?

— Pas vraiment. Et depuis, pas un instant.

— Moi, non plus.

Elle lui sourit et fut un peu surprise lorsqu'il lui prit la main.

— J'en suis heureux. Je compatis, croyez-moi, à tout ce que vous avez souffert. J'aimerais effacer tout cela.

Mais il n'y pouvait rien et ils le savaient tous deux.

— La vie est parfois difficile, mais comme vous me l'avez fait comprendre, on survit.

— Certaines gens ne survivent pas, mais vous êtes de la race de ceux qui vivent et moi aussi.

— Mon grand-père disait toujours que lorsque quelque chose tournait mal, il se ressaisissait immédiatement et faisait aussitôt quelque chose qui lui plaisait. Quelquefois, il lui fallait un moment pour reprendre haleine, mais il y arrivait toujours. J'avais beaucoup d'admiration pour lui.

— Vous lui ressemblez beaucoup. (Elle sourit pour le remercier du compliment.) Pourquoi a-t-il fini par vendre sa maison de couture ?

— Il avait quatre-vingt-trois ans et était fatigué. Ma grand-mère était morte et ma mère ne s'intéressait pas du tout à tout cela. Je demeurais la seule qui eût aimé s'occuper de Parel et j'étais trop jeune à l'époque. Quelquefois, je caresse le rêve de racheter la maison de mon grand-père.

— Pourquoi ne l'avez-vous pas réalisé, ce rêve ?

— Bernardo et Amadeo m'ont toujours dit que c'était de la folie.

— Mais pour vous, ce serait une chose importante, non ?

— Sans doute. Je n'ai pas tout à fait renoncé à cette idée.

— Vous pourrez la mettre un jour à exécution.

— Peut-être. En tout cas, une chose est certaine : jamais je ne vendrai San Gregorio.

— Pourquoi dites-vous cela ?

Il détourna le regard en posant la question.

— Parce que Bernardo, mon directeur, me pousse à le faire. Mais il perd son temps. Jamais je ne céderai sur ce point.

— Je crois que vous avez raison.

— Un jour, cette affaire appartiendra à Alessandro, je lui dois bien cela.

Corbett acquiesça de nouveau, puis la conversation roula sur d'autres sujets — la musique, les voyages, les endroits où ils avaient vécu étant enfants et pourquoi Corbett n'avait pas eu d'enfants.

— J'ai bien peur qu'il ne soit trop tard.

— Et votre femme ?

— Je ne suis pas sûr qu'elle en voulait vraiment. De toute manière, nous étions bien d'accord là-dessus et, à présent, il est trop tard.

— Vous n'avez que quarante-deux ans. En Italie, il y a des hommes beaucoup plus âgés que cela qui sont pères.

— Dans ce cas, je vais prendre immédiatement des dispositions. Que me suggérez-vous ? De mettre une petite annonce ?

Isabella lui sourit.

— Je pense que ce n'est pas à ce point.

Il lui sourit avec douceur.

— Peut-être que non.

Soudain, il s'approcha d'elle, lui mit les mains sur les épaules, et elle se retrouva dans ses bras. Il l'embrassait et elle se cramponnait à lui comme à un radeau dans la tempête. Elle sentait son propre corps répondre avec violence, puis elle le repoussa.

— Corbett, non !

Elle était un peu effarouchée, mais fut vite rassurée par le regard qu'il lui lança. C'était un regard amoureux, le regard d'un homme en qui elle avait confiance, avec lequel elle se sentait en sécurité. Ses yeux étaient embués de larmes et, pourtant, elle était presque joyeuse.

— Vous n'auriez pas dû, dit-elle. Amadeo...

Elle s'interrompit. Il n'y avait plus d'Amadeo. Ses yeux s'emplirent de larmes. Il la reprit dans ses bras et la serra contre lui tandis qu'elle pleurait.

— Non, Isabella. Ne regardez pas en arrière. Le passé est le passé et le chagrin ne dure pas toujours. Le vôtre est très récent.

Il pensait à part lui que c'était une chance que

huit mois se soient déjà écoulés depuis la disparition d'Amadeo. Il était temps pour elle de penser à quelqu'un d'autre.

— Mais je n'aurais pas dû, Corbett. Je ne peux pas.

Il lui sourit. Ils burent du cognac en écoutant de la musique, assis sur le sol comme deux enfants. Elle se sentait bien avec lui et elle fut contente lorsqu'il l'embrassa de nouveau. Cette fois-ci, elle ne le repoussa pas, n'essaya pas de l'arrêter. Il regarda sa montre et se mit debout.

— Je crois, ma chérie, qu'il est temps que je rentre.

— Déjà ? Mais il ne doit pas être plus de 10 heures.

Il secoua la tête.

— Il est 1 heure et demie, et si je ne m'en vais pas tout de suite, je sens que je vais...

— Me violer ? demanda-t-elle en souriant.

Elle avait repris le contrôle d'elle-même.

— Pourquoi pas ? Ça me plairait assez !

Ses yeux bleus étincelaient. Elle se mit à rire.

— Vous êtes impossible !

— Peut-être, mais je suis fou de vous. Croyez-moi, Isabella, je n'ai pas ressenti cela depuis des années.

Elle se sentit soudain si heureuse qu'elle eut envie de s'envoler.

Elle l'accompagna jusqu'à la porte et il l'embrassa pour lui souhaiter bonne nuit.

— Je vous appellerai demain. Voulez-vous que nous allions nous promener ?

— Je pense que c'est une chose faisable.

Quand elle se réveilla le lendemain matin, elle fut horrifiée à la pensée de ce qu'elle avait fait. Elle était veuve, mais dans son cœur elle était encore une femme mariée. Comment avait-elle pu embrasser cet homme ? Son cœur battait et elle se sentait coupable, ce qui ne lui était jamais arrivé. Lorsque Corbett téléphona, elle se terra dans son bureau et cria à Natasha à travers la porte qu'elle avait trop de travail pour répondre au téléphone. Elle tenta de s'étourdir de fatigue ; il lui fallait bien reconnaître que lui n'était coupable en rien. Elle avait répondu avec passion à ses baisers. Mais Amadeo... Amadeo... ne reviendrait plus jamais.

— Où vas-tu ? demanda Natasha en la voyant se diriger vers la porte.

— Je vais faire ma promenade quotidienne.

Je sors tôt aujourd'hui parce que j'ai à travailler toute la soirée.

— Bien ! Ne te fâche pas, c'était une simple question.

Elle revint vers 5 heures, mais sa nervosité n'avait pas disparu et elle était encore sous le choc de l'émotion. Dans l'ascenseur, elle comprit brusquement la stupidité de sa conduite. Elle était une femme adulte, elle se sentait solitaire et Corbett était un homme séduisant. Elle l'avait embrassé. Et après ? Cependant, elle sursauta en le voyant planté au milieu du salon. Comme d'habitude, les enfants étaient dans ses jambes et Natasha, submergée de papiers, lui faisait la conversation.

— Bonjour, Isabella. Et cette promenade ?

— Très agréable.

— J'espère qu'elle t'a fait du bien car tu étais de bien mauvaise humeur.

Elle fit un petit signe de tête et Corbett sourit. C'était un sourire désinvolte, sans signification, et elle en fut rassérénée. Elle lui rendit son sourire. Peut-être qu'elle s'était monté la tête et qu'il ne la poursuivrait plus. Peut-être ce qui s'était passé la veille au soir était-il dû à l'action combinée du cognac et de la musique ; il ne restait plus qu'à l'oublier ; il n'était pas trop tard, elle n'avait rien fait d'irréparable. Elle s'assit tandis que Natasha appelait Hattie à grands cris pour qu'elle emmène les enfants.

— Seigneur, Dieu sait que je les aime, mais parfois, ils me rendent folle !

Corbett poussa un soupir.

— Est-ce que vous jouez avec eux ? Ils ont un trop-plein d'énergie.

— Naturellement ! Et nous leur lisons des histoires.

— Achetez-leur un punching-ball. Non, à la réflexion, c'est inutile puisque je leur en tiens lieu. Vous êtes déjà allée faire votre promenade ? demanda-t-il à Isabella avec un regard scrutateur.

— Oui.

— Très bien. Alors, montrez-moi ce que vous avez fait dans votre bureau aujourd'hui. Vous me l'avez promis, souvenez-vous.

Avant qu'elle n'ait eu le temps de protester, il l'avait prise par la main et l'avait aidée à se lever. Elle le suivit, ne voulant pas faire une scène devant Natasha. Corbett ferma la porte du bureau derrière eux.

— Corbett, je...

— Attendez ! Ne dites rien. Asseyez-vous.

Il la regardait avec tendresse. Elle obéit, soulagée qu'il ne l'ait pas prise dans ses bras. Il poursuivit :

— Je sais exactement ce que vous ressentez. Je suis passé par là. Si je ne suis pas complètement idiot, il me semble que lorsque je vous ai quittée hier soir, vous étiez aussi heureuse que moi. Mais vous vous êtes mise à réfléchir. Vous avez pensé à votre mari, au passé, et vous vous êtes sentie coupable. Vous avez trouvé que c'était une folie.

Elle l'écoutait avec stupéfaction, sans prononcer une parole.

— Vous n'arrivez même pas à comprendre comment vous avez pu vous conduire ainsi ; mais, ma chérie, laissez-moi vous dire que tout cela est parfaitement naturel. Vous êtes un être humain, vous êtes solitaire et vous n'avez rien fait de mal. Je suis sûr que si vous étiez morte, votre mari aurait fini par agir comme vous l'avez fait hier soir. Vous ne pouvez plus revenir en arrière. Je suis là. Je ne vous pose pas un ultimatum. Peut-être n'est-ce pas moi que vous attendez et je le comprendrais très bien, mais je vous en pris. Isabella, obéissez à vos sentiments !

Elle le contemplait, abasourdie.

— Comment avez-vous compris tout cela ?

— Parce que je l'ai vécu. La première fois que j'ai embrassé une femme, il m'a semblé que je trahissais Beth ; la seule différence, c'était que cette femme ne signifiait rien pour moi. J'étais seul et malheureux, c'était tout. Mais vous, vous signifiez beaucoup pour moi. Je vous aime. Et j'espère de tout mon cœur que vous m'aimerez aussi.

— Vraiment, répéta-t-elle, je me demande comment vous savez tout cela !

— Je suis très intelligent, répondit-il avec un sourire, c'est tout.

— Et très modeste !

Elle souriait, soulagée.

— Comme ça, nous sommes assortis. Pourquoi êtes-vous allée vous promener sans moi ?

— Je voulais vous échapper.

— C'est du joli !

Il n'avait pas l'air blessé, mais plutôt amusé.

— Je suis désolée.

— Ne le soyez pas, je vous en prie ! Je comprends très bien.

Elle secoua la tête et lui tendit la main. Il s'approcha d'elle et plongea son regard dans les magnifiques yeux sombres.

— Je ne veux pas que vous partiez. Je me sens parfaitement stupide, maintenant.

Elle s'accrocha à lui comme une enfant. Il s'agenouilla près d'elle et la prit dans ses bras.

— Je vous ai dit que je pouvais attendre.

— Merci, murmura-t-elle, lui mettant les bras autour du cou et le serrant contre elle.

Cette fois-ci, ce fut elle qui lui caressa doucement le visage et chercha sa bouche.

— Je suis venu en voiture. Voulez-vous m'accompagner ?

— Oui. Qu'allons-nous dire à Natasha ?

— Que nous allons faire un tour. Il n'y a rien de mal à ça.

— Je ne puis m'empêcher de me sentir coupable, avoua-t-elle d'un air penaud.

Il sourit.

— Ne vous en faites pas, cela m'arrive, à moi aussi.

Ils dirent au revoir à Natasha et allèrent se promener dans Wall Street, puis dans le parc. Appuyée sur les coussins, tout près de lui, Isabella se sentait protégée du monde entier.

— Je ne sais vraiment pas ce qui m'est arrivé, remarqua-t-elle.

— N'en parlons plus. C'est sans importance.

— Je l'espère. Croyez-vous que je redeviendrai normale ?

Elle leva les yeux sur lui, mi-sérieuse, mi-rieuse.

— J'espère bien que non. Vous me plaisez tout à fait comme vous êtes.

Elle lui sourit tendrement.

Isabella prit conscience, deux semaines plus tard, que Corbett lui plaisait beaucoup plus qu'elle ne pensait. Natasha avait emmené les enfants en week-end. Corbett vint prendre le thé, le dimanche après-midi.

— Vous voulez dire qu'ils vous ont abandonnée purement et simplement ? observa-t-il d'un air navré. Où sont-ils partis ?

Il était ravi car il adorait être seul avec elle et cela lui arrivait très rarement.

— Chez des amis de Natasha dans le Connecticut. Cela va faire beaucoup de bien aux garçons.

Elle lui tendit une tasse de thé en souriant. Il lui prit doucement la main et l'attira à lui.

— Vous rendez-vous compte que nous sommes seuls et tranquilles, et à quel point c'est rare ?

Son esprit se mit à vagabonder. Elle pensa à sa vie à Rome, à sa grande maison, au temps dont elle disposait là-bas.

— C'est alors que vous auriez dû me connaître, murmura-t-elle rêveusement.

— Quand, Isabella ?

— À Rome. (Elle rougit.) Je dis des sottises.

Lorsqu'elle vivait en Italie, elle était heureuse et mariée et il n'y aurait pas eu de place pour Corbett dans sa vie.

Mais il comprenait ce qu'elle voulait dire. Elle s'ennuyait, elle avait le mal du pays et rien n'était plus naturel.

— Je suis sûr que vous avez une merveilleuse maison, là-bas.

Elle hocha la tête avec un sourire nostalgique et lui raconta le dernier Noël, le manège d'Alessandro. Ses yeux brillaient et elle était si jolie qu'il posa sa tasse pour la prendre dans ses bras.

— Je voudrais pouvoir vous emmener là-bas, vous ramener chez vous. Mais peut-être qu'un jour, « chez vous », ce sera ici ?

Elle ne répondit rien. Cela lui semblait inimaginable. Elle ne pouvait envisager de finir ses jours ailleurs qu'en Italie, ailleurs qu'à Rome. Elle haussa les épaules.

— Tout cela me manque terriblement. Comment dire... l'Italie, c'est difficile à expliquer. C'est l'Italie, tout simplement ; il n'y a rien au monde qui lui ressemble.

Tout en parlant, elle évoquait les petites rues étroites à côté de San Gregorio, les enfants qui sortaient des églises en courant, les femmes qui berçaient les bébés sur le pas des portes, les jardins. Les larmes lui vinrent aux yeux.

Corbett sentit son cœur se serrer de compassion.

— Voulez-vous sortir pour le dîner, mon amour ?

C'était la première fois qu'il l'appelait ainsi et cela la fit sourire. Elle secoua la tête.

— Vous savez bien que je ne peux pas.

Il la regarda pensivement.

— Je crois que j'ai une idée.

— Sérieusement ?

— Pourquoi pas ? Je connais un restaurant italien.

Ses yeux brillaient de malice tandis qu'il l'attendait. Elle revint, vêtue d'un pantalon et d'un chandail noirs, avec un chapeau à large bord penché sur l'œil droit.

— Ne trouvez-vous pas que j'ai l'air très mystérieux ?

Ils rirent de bon cœur.

Sa voiture était garée tout près de la maison et ils passèrent inaperçus dans le petit restaurant. Isabella bavarda comme une pie en buvant un délicieux vin italien.

— Promettez-moi que vous ne soufflerez mot de tout ça à Nastaha. Elle serait capable de me tuer.

— Évidemment que je ne lui dirai rien ! Elle serait capable de me tuer aussi.

Ils rentrèrent doucement et elle posa la tête sur son épaule dans la voiture. Elle se sentait heureuse comme elle ne l'avait pas été depuis très longtemps. Il contemplait avec émotion la somptueuse chevelure déployée sur son épaule.

Arrivée devant chez elle, elle lui proposa un café qu'il accepta avec empressement. Elle n'alluma pas la lumière et brusquement se retrouva dans les bras de Corbett qui l'embrassait avec passion. Son cœur battait. Elle l'emmena dans sa chambre. Il la déshabilla, elle le dévêtit. Leurs corps se retrouvèrent et se joignirent dans l'obscurité.

Il sembla à Isabella que plusieurs heures

s'étaient écoulées lorsqu'elle alluma la lampe. En voyant leurs vêtements qui jonchaient le sol, elle se mit à rire.

— Qu'y a-t-il de si drôle, mon trésor ?

— Nous. Nous allons dîner et, sans crier gare, nous rentrons à la maison pour faire l'amour !

Elle se pencha sur lui et l'embrassa doucement dans le cou.

— Oui, dit-il d'une voix rauque, et nous recommencerons encore et encore.

22

Avril et mai passèrent très vite. Corbett et Isabella sortaient se promener à pied tous les soirs et ils faisaient de longues randonnées en voiture. Parfois, ils emmenaient Alessandro. Le petit garçon se montrait enchanté de jouer dans l'herbe nouvelle et de bâtir des châteaux de sable sur les plages désertes. Natasha les accompagnait quelquefois. Elle fit semblant au début de ne pas comprendre ce qui se passait, puis finit par poser la question à Isabella qui avoua que Corbett et elle avaient une liaison.

Elle était visiblement très heureuse et Corbett aussi. Par un superbe soir de mai, Corbett vint chercher Isabella dans une voiture découverte et ils se promenèrent pendant deux heures.

— Comment marche votre travail ? demanda-t-il en la serrant contre lui et en plongeant son regard dans le sien.

— C'est terrible ! J'ai de nouveau des problèmes avec Bernardo.

— La nouvelle collection ?

— Non. C'est réglé. Il s'agit de la ligne de produits de beauté qui doit sortir cet hiver. Il est impossible, en ce moment.

— C'est probablement parce que tout repose sur lui.

— Est-ce à dire que vous suggérez que je rentre en Italie ?

— Pas le moins du monde. Cependant, je continue à croire qu'il y a des choses que vous pourriez changer.

— Je le sais bien, mais pas maintenant, pas tant que je suis ici.

Elle se mit à penser à Rome une fois de plus. Elle ne voulait pas l'admettre devant Corbett. Plus maintenant. Ils s'étaient attachés l'un à l'autre comme si c'était pour toujours, mais il faudrait bien qu'elle reparte un jour ou l'autre. Corbett devrait rester aux États-Unis où il avait sa vie et son travail. Rien n'est éternel, songea-t-elle, puis elle chassa cette petite phrase de son esprit.

— Ne vous en faites pas, les choses vont s'arranger.

Mais les choses ne s'arrangèrent pas. Elles empirèrent pendant les deux semaines suivantes. Elle se disputait chaque jour avec Bernardo et cela finit par la rendre malade ; c'est ce qu'elle lui dit un matin au téléphone. Il lui semblait qu'il avait réussi à se séparer d'elle et à contrôler ses sentiments.

Oh, Bernardo, se disait-elle, si seulement c'était toi que j'aimais ! La vie serait tellement plus simple !

— Sois raisonnable, je t'en supplie, et vends.

— Ah non ! Tu ne vas pas recommencer ! Écoute, il me semble bien que j'avais mis les choses au point avant de partir.

— Non, ce n'est pas mon avis. Tu as simplement refusé d'écouter la voix de la raison. Gabriela fait le travail de dix personnes, tu t'amuses à modifier le choix des tissus à tout propos et hors de propos, et je suis du matin au soir collé au téléphone !

— Et pourquoi n'as-tu donc pas assez de courage pour me donner ta démission au lieu de me conseiller de vendre ? Tu n'as vraiment rien dans le ventre ! Peut-être que c'est toi qui as un problème, c'est toi qui crées des problèmes tous les jours, qui ne veux rien faire de ce que je te demande. Pourquoi ne suis-tu pas mes instructions pour changer plutôt que de me jeter ta saloperie de F.-B. à la tête chaque fois que j'ouvre la bouche ? Si ça continue, je rentre. Tu es en train de couler ma boîte, ragea-t-elle.

Elle savait bien que c'était une accusation qu'il ne méritait pas, mais ils en étaient arrivés au point où ils ne se contenaient plus ni l'un ni l'autre. Elle vivait aux États-Unis depuis cinq mois maintenant et elle en avait plus qu'assez de travailler dans ces conditions.

— As-tu la moindre idée de ce que tu es en train de faire, Isabella ? Sais-tu seulement ce que F.-B. te propose ? Non, naturellement, sinon tu ne serais pas ici en train de m'insulter et de te cramponner par orgueil et pour sauver la face.

— Mon affaire marche parfaitement bien, et tu le sais !

— Oui, je le sais. Seulement, je ne puis continuer à travailler seul et tu ne peux pas davantage rentrer ici. Les circonstances comptent, Isabella. Ton grand-père, lui, l'avait compris, et il s'est plié aux circonstances.

— Je ne céderai jamais !

— Bien entendu, lui fut-il répondu d'un ton acide. Parce que tu es bien trop fière. I.H.I. et Ewing m'ont supplié de te convaincre de vendre, il y a encore peu de temps ; mais j'en ai par-dessus la tête et je vais tout bonnement leur dire de prendre rendez-vous avec toi.

Il n'obtint aucune réponse. Elle resta sans voix, abasourdie par le choc.

— Qui ?

— De quoi parles-tu ?

Il n'y comprenait plus rien.

— Je te demande le nom du type qui t'a demandé de me persuader de vendre.

Sa voix était devenue soudain froide et métallique.

— Est-ce que tu deviens folle ? Je te parle de ça depuis le mois d'octobre et tu me demandes maintenant de qui il s'agit ?

— Peu importe, je m'en fiche ? Redis-moi ce nom lentement.

— Farnharm-Barnes.

Il lui parlait comme à une enfant attardée.

— Et qui d'autre ?

— Mais personne. F.-B., F.-B., qui appartient à I.H.I.

322

— Oui, mais cet autre nom que tu as prononcé, quel est-il ?

— Quoi, Ewing ? C'est le président-directeur général et la proposition initiale vient de lui.

— Oh, mon Dieu !

— Qu'y a-t-il ?

— Rien.

Elle tremblait de la tête aux pieds. Alors, les dîners, les pique-niques, la caserne de pompiers, c'était donc cela ! Comme il s'était moqué d'elle ! Cette belle histoire d'amour, c'était tout simplement une liaison avec la maison San Gregorio.

— Alors, je les appelle.

— Non ! Tu m'as bien comprise ? Jamais ! Et annule tout ce que nous avons avec eux. Aujourd'hui même. Tout de suite. Sinon, c'est moi qui le ferai.

— Mais tu es folle !

— Écoute-moi bien, Bernardo ! Je ne suis pas folle et je n'ai jamais été aussi sérieuse de ma vie. Appelle-les et annule tout. Maintenant. *Finito !* Et tiens-toi prêt à venir me chercher à l'aéroport car je rentre cette semaine.

Sa décision était prise, cela faisait trop longtemps que ces idioties duraient.

— Est-ce que tu reviens avec Alessandro ?

Bernardo n'en revenait pas. Elle parlait d'une voix qu'il ne reconnaissait pas, d'un ton glacial, et il fut enchanté de ne pas se trouver en face d'elle car il n'était pas loin de penser qu'elle lui aurait arraché les yeux.

— Je n'emmènerai pas Alessandro. Il va demeurer ici.

— Combien de temps vas-tu rester ?

Il ne cherchait même plus à discuter. Elle revenait, un point c'est tout, et peut-être avait-elle raison.

— Le temps qu'il faudra pour remettre les choses en place. Et appelle F.-B.

— Tu parles vraiment sérieusement ?

— Tout à fait.

— *Capito !*

— Et qu'on me prépare l'appartement sur la terrasse. C'est là que j'ai l'intention de m'installer.

Elle raccrocha.

— Comment as-tu osé ?

Isabella avançait avec fureur sur Natasha qui était en train de travailler.

— Quoi ?

— Comment as-tu osé faire une chose pareille ?

— Mais osé faire quoi ?

Natasha, effrayée, contemplait Isabella qui se tenait devant elle, tremblant de tout son corps, le regard fixe, blanche comme un linge et les poings serrés.

— Tu m'as menée en bateau !

— Isabella, mais que t'arrive-t-il ?

Avait-elle fini par craquer ? Mais lorsqu'elle la regarda plus attentivement, elle se rendit compte qu'elle avait en tête une idée bien précise. Isabella s'assit en face de Natasha et dit, les lèvres tordues en un rictus :

— Laisse-moi te raconter une petite histoire. Peut-être que nous finirons par nous comprendre. Figure-toi que mon mari, Amadeo, tu te souviens de lui, je pense ? Amadeo, donc, est mort. Kidnappé...

Natasha la regarda, terrifiée. Si elle était devenue folle, elle parlait en tout cas avec un sang-froid et une amertume effrayants. Il n'y avait rien d'autre à faire que de l'écouter jusqu'au bout.

— Mon mari est mort en me laissant son affaire, une prospère maison de couture à Rome. Je ne vais pas te détailler la liste de nos produits en dehors de la haute couture. Je me suis tuée au travail pour pouvoir transmettre cette affaire à notre fils. C'était une promesse que j'avais faite à la mémoire d'Amadeo. Pour commencer, mon directeur, notre bras droit, me demande en mariage. (Natasha eut l'air choquée et Isabella poursuivit :) Puis il m'annonce qu'une firme américaine du nom de Farnham-Barnes veut m'acheter. Je lui dis que je ne désire absolument pas vendre, mais il insiste énormément. Sans succès. Là-dessus, j'apprends un beau jour par un coup de téléphone anonyme que mon fils a été enlevé. Heureusement, c'était une fausse alerte. Mais Bernardo me persuade que mon fils n'est pas en sécurité à Rome et que je dois partir. J'appelle à New York mon amie Natasha Walker qu'il a baisée une ou deux fois lorsqu'elle est venue à Rome. (Natasha voulut dire quelque chose, mais Isabella ne la laissa pas parler.) Laisse-moi finir. J'appelle donc mon amie Natasha qui m'invite à m'installer chez elle. Magnifique ! Bernardo essaie encore une ou deux fois de me faire vendre et n'arrive à rien. Je pars pour l'Amérique avec mon fils, et mon amie Natasha m'attend à l'aéroport. Elle est accompagnée de l'un de ses amis qui possède une somptueuse Rolls-Royce.

Je m'installe, je commence à travailler et Bernardo tâche de me rendre folle en m'accablant de mauvaises nouvelles. Chaque fois qu'il en a l'occasion, il me parle de cette vente qui m'enlèverait tous mes tracas. Voilà que l'homme de l'aéroport devient mon ami, c'est Corbett Ewing, qui est accessoirement le président de la firme qui veut m'acheter depuis si longtemps. Quelle heureuse coïncidence ! Toujours est-il que ce monsieur est prêt à tout pour avoir ma maison de couture, y compris faire semblant de tomber amoureux de moi, séduire mon enfant, se servir de mes amis. Natasha l'invite bien entendu tous les jours et se montre littéralement enchantée à l'idée que nous sommes « tombés amoureux ». Quel pourcentage toucheras-tu s'il m'épouse ou si je vends ma maison ?

Natasha se leva.

— Est-ce que tu penses vraiment ce que tu dis ?

— Absolument, répondit Isabella d'un ton glacial. Bernardo a imaginé le faux enlèvement d'Alessandro pour me faire partir, il s'est servi de toi pour me faire venir ici et tu as veillé à me faire tomber dans les filets de Corbett Ewing. Tout cela a été très bien manigancé, mais parfaitement inutile car je ne vendrai jamais. Ni à Corbett ni à personne. Et ce que vous avez fait, tous autant que vous êtes, est absolument répugnant. Tu m'entends ? Absolument ignoble ! Quand je pense que tu étais mon amie !

Elle pleurait de rage et Natasha n'osait pas s'approcher.

— Isabella, mais je n'ai rien fait, absolument rien, je te le jure ! C'est toi qui as voulu venir ici, toi qui as voulu assister à cette maudite première ! Je ne voulais pas.

— Je ne te crois pas. Tu mens ! Comme Bernardo, comme lui !

Elle s'assit et se mit à fourrager dans ses cheveux avec désespoir.

— Écoute, Isabella. Je sais bien que tout cela a l'air vraisemblable, mais rien n'est vrai. Personne n'a rien manigancé et Corbett moins que quiconque. (Les larmes roulaient sur ses joues.) Tout ce que je sais, c'est qu'il t'aime. Il était désespéré le lendemain de la première lorsqu'il a appris qui tu étais. Il est venu ici le lendemain pour te dire la vérité ; il m'en a parlé. Il avait peur justement qu'une telle chose ne se produise et pourtant il n'a pas osé te parler. J'ignore ce qui s'est passé cette nuit-là, mais il a complètement changé. Il a craint de te perdre et il s'est dit que si jamais tu découvrais son identité, tu comprendrais.

— Que je comprendrais quoi ? Qu'il a couché avec moi pour me voler mon travail ? J'ai parfaitement compris !

— Pour l'amour du ciel, écoute-moi ! (Natasha sanglotait, la tête dans ses mains.) Il t'aime, il ne veut pas te perdre. Lorsqu'il a appris qui tu étais, il a donné l'ordre de suspendre son offre d'achat et surtout de ne pas mentionner son nom.

— C'est pourtant ce que Bernardo vient de faire.

— Il faisait allusion à une offre récente ou pas ?

— Je n'en sais rien mais je m'en informerai quand je serai à Rome. Au fait, puisque tu te prétends mon amie et que je n'ai personne vers qui me tourner quoi que j'en pense, peux-tu me garder Alessandro pendant mon absence ?

— Bien sûr ! Quand pars-tu ?

— Ce soir.

— Pour combien de temps ?

— Je ne sais pas, un mois, deux mois, aussi longtemps qu'il le faudra. Tiens ce salopard à

329

l'écart de mon fils pendant mon absence. Je trouverai un appartement en rentrant si je décide de ne pas retourner à Rome.

— Mais, Isabella, tu n'as pas du tout besoin de faire ça !

Natasha s'était assise, complètement effondrée.

— Si. Merci de garder Alessandro.

Elle avait aimé Natasha et elles avaient vécu beaucoup de choses ensemble.

Natasha était toujours en larmes.

— Je t'aime et j'adore Corbett. Que vas-tu lui dire ?

— Exactement ce que je viens de te dire.

Elle lui téléphona, et il vint aussitôt. Lorsqu'elle en eut fini avec lui, il n'était guère plus brillant que Natasha.

— Isabella, je vous demande de me croire. J'ai tenté à plusieurs reprises de vous dire la vérité, de vous parler, mais, à chaque fois, il s'est produit quelque chose qui m'en a empêché. (Il la regardait, le cœur brisé, n'osant même pas s'approcher d'elle et ajouta :) Je suis consterné que vous l'ayez appris ainsi et que nous en soyons là.

— Vous avez tout fait pour me faire parler. Eh bien, en savez-vous assez, maintenant ? Je vais vous dire une bonne chose : je ne vendrai pas. Je ne vendrai jamais et, de plus, j'ai ordonné à Bernardo d'annuler toutes les commandes de Farnham-Barnes.

— Cela fait des mois que F.-B. n'a fait aucune offre à San Gregorio.

— C'est bien ce que j'ai l'intention de tirer au clair. De toute manière, cela n'a plus aucune importance. Vous avez cessé de faire des offres pendant que vous me « faisiez la cour », probablement parce que vous êtes assez intelligent pour vous être dit que je découvrirais tôt ou tard le pot aux roses. Mais qu'aviez-vous en tête ? De m'épouser pour avoir San Gregorio ? Eh bien, c'est raté !

— Qu'allez-vous faire, à présent ?

— Je vais partir pour Rome et remettre les choses en place.

— Et après ? Vous reviendrez vous cacher ici ? Pourquoi ne transférez-vous pas votre affaire ici ? C'est la seule chose sensée à faire.

— Ne vous occupez pas de ce que je vais faire.

— Très bien. Je m'en vais, Isabella. Mais il y a une chose que je veux que vous sachiez ! Tout

331

ce qui s'est passé entre nous était vrai et honnête et je pensais tout ce que je vous ai dit.

— C'était un mensonge.

— Non. Je vous aime.

— Je ne veux pas entendre ce mot ! (Elle se leva et déclara avec un sourire méchant :) Rien n'est éternel, Corbett, souvenez-vous-en. Vous vous êtes servi de ma bonne foi, de mon corps, de ma sensibilité pour ajouter San Gregorio comme un nouveau fleuron à votre couronne. Eh bien, sachez que si vous m'avez eue, vous n'aurez pas le reste !

— Je ne peux pas dire que le reste ne m'intéressait pas. Avant de vous connaître, il est exact que je le voulais, mais plus après.

— Je ne vous crois pas.

— Alors, je vous dis au revoir.

Elle le regarda sortir de la pièce et le suivit des yeux jusqu'à la porte d'entrée. Elle était horriblement malheureuse. Mais avant même qu'il ne fût monté en voiture, elle était déjà en train de faire ses bagages.

23

L'avion atterrit à l'aéroport Leonardo da Vinci à 11 h 5. Bernardo et deux gardes du corps l'attendaient derrière la barrière de la douane. Elle sourit avec affection à Bernardo. Elle était épuisée, car elle n'avait pas fermé l'œil de tout le voyage. Il lui avait été très pénible de laisser Alessandro et Natasha. Tout ce à quoi elle aspirait, c'était de prendre quelque repos.

Elle avait passé la moitié du temps de son voyage à pleurer. Elle se sentait trahie. Rome l'avait trahie, Bernardo, Amadeo, Corbett, Natasha. Tous ceux en qui elle avait eu confiance. Tous ceux qu'elle aimait. Amadeo, en mourant ; Bernardo en la poussant à vendre sa maison de couture ; quant à Corbett, elle ne voulait même pas y songer. Elle se demandait comment elle allait pouvoir trouver la force de continuer à vivre.

Elle regarda Bernardo avec des yeux pathétiques. Elle avait peine à croire qu'elle ne l'avait pas vu depuis cinq mois seulement. Il lui semblait qu'il y avait cinq ans qu'elle l'avait quitté.

— *Ciao,* Isabellezza ! Ça va ?

En la regardant venir vers lui, il se faisait la réflexion que son séjour en Amérique avait dû être éprouvant. Elle avait de larges cernes sous les yeux, elle était maigre et pâle.

— Est-ce que tu te sens bien ? demanda-t-il.

— Oui. Je suis juste un peu fatiguée.

Elle sourit pour la première fois depuis vingt-quatre heures.

Pendant tout le trajet jusqu'à Rome, il la sentit très tendue. Elle avait un air douloureux et se tint le visage toujours vers la fenêtre sans dire un mot. Ne voulant pas parler boutique devant les gardes du corps, il observa :

— Ici, rien n'a vraiment changé.

— Non, mais il fait chaud.

Elle se rappelait avec un frisson qu'elle avait été gelée pendant tout le voyage.

— Comment va Alessandro ?

— Il va bien.

334

Elle avait envie de voir sa maison, mais elle savait qu'elle n'était pas prête à le supporter. Pas encore. Et puis, elle avait du travail. Il était plus raisonnable de demeurer à San Gregorio. Elle comprenait aussi, sans vouloir se l'avouer, qu'à présent qu'elle s'était donnée à Corbett elle n'envisageait plus d'aller dormir dans le lit qu'elle avait partagé avec Amadeo. Amadeo, qu'elle avait trahi pour une illusion, pour un mensonge !

Elle sentit son cœur battre lorsqu'ils s'arrêtèrent devant la porte noire. Elle faillit pleurer. Puis, se ressaisissant, elle entra d'un pas assuré, exactement comme si elle était partie la veille. Personne n'était au courant de son retour, mais elle était certaine qu'avant le soir tout le monde à Rome saurait qu'elle était revenue. Elle s'en moquait. Désormais, tout lui était égal. Machinalement, elle inséra la clef dans la serrure de l'ascenseur et pressa le bouton du troisième étage. Bernardo l'observait d'un air malheureux.

Il était sûr qu'il lui était arrivé quelque chose de terrible. Elle avait l'air d'une morte. Ce visage parfait, couleur d'ivoire, qu'il aimait tant, semblait un masque. Il ne l'avait jamais vue ainsi. Même lorsqu'ils attendaient des nouvelles d'Amadeo, pendant ces heures terribles, même pendant l'enterrement, même lorsqu'elle s'était envolée pour l'exil. Jamais ! La femme qu'il avait connue était morte.

Une fois au troisième étage, elle alla droit à la petite porte de l'escalier qui menait à la terrasse, l'ouvrit, monta les quelques marches suivie de Bernardo et s'assit. Ce fut seulement alors qu'elle eut l'air de se détendre un peu. Elle enleva son manteau.

— *Allora, va bene,* Bernardo ?

— Je vais bien, Isabella, mais toi ? Tu pars pendant cinq mois et lorsque tu reviens, tu te conduis comme si j'avais la lèpre.

Peut-être l'as-tu, pensa-t-elle. Elle se contenta de répondre :

— Est-ce que tu as appelé F.-B. ?

— Oui, mais cela m'a rendu malade. Tu imagines ce que cela signifie pour nous ?

— Nous rétablirons la situation l'année prochaine.

Il ne voulait pas discuter avec elle. Elle avait l'air trop frêle et trop fatiguée.

— Qu'est-il arrivé hier ? s'enquit-il simplement.

— J'ai appris une chose très intéressante.

336

— Ah oui ? Et quoi donc ?

— Ceci : un ami de Natasha, qui était devenu le mien, s'est servi de moi. Je pense que tu reconnaîtras son nom, il s'agit de Corbett Ewing. Cela ne m'a pas vraiment amusée.

Bernardo riposta, choqué :

— Que veux-tu dire par : « Il s'est servi de moi » ?

Elle lui épargna les détails.

— Je ne savais pas qui c'était. Mais Natasha le savait, elle. Toi aussi. Je ne sais pas si vous aviez manigancé tout cela ensemble et je ne le saurai jamais. Je ne sais pas si c'est pour cette raison que tu as voulu absolument me faire quitter Rome. De toute façon, cela n'a plus aucune importance, Bernardo. Celui qui s'est conduit de la manière la plus ignoble dans cette affaire, c'est Corbett Ewing. En tout cas, je ne vendrai pas et j'ai pris une décision que j'aurais dû prendre il y a longtemps.

Bernardo se demanda ce qu'elle allait dire. Son ulcère se réveilla.

— Je vais transférer la plus grande partie de mes affaires aux États-Unis.

— Quoi ? Comment ?

— Je n'y ai pas encore songé sérieusement.

La haute couture demeurera à Rome. Gabriela peut s'en occuper et je n'ai pas besoin de venir plus d'une ou deux fois par an pour superviser. Autrement, c'est impossible. Pour toi et pour moi. Nous allons mettre au point tout cela ensemble. Quoi qu'il arrive, je veux que tu restes avec moi car tu as toujours été mon ami et je ne veux pas te perdre.

— Laisse-moi le temps de réfléchir. Je suis encore sous le choc.

Elle sourit faiblement, et Bernardo pensa qu'elle venait de confirmer ce qu'il pensait, à savoir qu'il n'était pas et ne serait jamais rien de plus que son ami et son employé. Il découvrit soudain qu'il en était soulagé. Il n'aurait pas pu être son amant. Elle était trop difficile pour un homme comme lui ; cela n'aurait pas marché.

— Je ne veux plus vivre ici. Pas avec Alessandro. Tu avais raison sur ce point. Il ne faut prendre aucun risque et, après tout, il n'y a pas de raison pour que je ne puisse pas mener l'affaire depuis New York avec toi. J'ai décidé d'emmener aussi Peroni et Baltare, s'ils sont d'accord. Ce sont les deux seuls sous-directeurs qui parlent anglais. Il faudra licencier les autres. Nous parlerons du reste plus tard. Je vais te dire une chose, c'est que cela m'a semblé très dur d'être si loin de la maison.

— Mais tu as vraiment décidé de rester là-bas ? Es-tu sûre de toi ?

— Je ne crois pas que j'aie le choix.

— Peut-être que non. Et la villa ?

— Je la laisserai fermée. Elle appartient à Alessandro. Il voudra peut-être y vivre un jour, mais, à présent, il est temps que je lui bâtisse un foyer là-bas et que nous cessions de nous cacher. Il y a maintenant neuf mois que mon mari est mort, Bernardo.

Il hocha la tête. Neuf mois qu'Amadeo était mort et les choses avaient bien changé.

— Es-tu vraiment certaine qu'Ewing t'a fait ce sale coup ?

— Autant qu'on peut l'être. Peut-être que tu en sais plus que moi là-dessus et cela non plus, je n'en saurai jamais rien.

Il trouva cette réflexion choquante. Cela prouvait qu'elle ne croyait plus à rien ni à personne. Cela lui fit de la peine et l'effraya. Comme elle était devenue froide et amère ! La façon dont elle se comporta les trois semaines suivantes ne fit rien pour lui ôter cette impression.

Isabella visita San Gregorio de fond en

339

comble ; elle se rendit dans tous les bureaux, examina absolument tout, se renseigna méticuleu-
sement. Les deux sous-directeurs qu'elle avait
pressentis avaient accepté de la suivre et elle avait
décidé d'engager deux sous-directeurs américains
pour les seconder. Gabriela était enchantée. Elle
serait pratiquement autonome ; Isabella lui faisait entièrement confiance. Mais sa confiance
s'arrêtait là. Elle se montrait soupçonneuse,
méfiante et, ce qui était pis, elle ne se disputait
même plus avec Bernardo. Elle était devenue
brusquement une femme qui impressionnait
tous ses collaborateurs. On la craignait. Ses yeux
noirs voyaient tout, rien n'échappait à ses oreilles. Il semblait qu'elle n'eût plus de soupçons au
sujet de Bernardo, mais elle soupçonnait tous les
autres.

— Eh bien, Bernardo, où en sommes-nous ?
Ils étaient en train de déjeuner dans son
bureau. Pendant un court instant, il eut envie de
lui prendre la main ; il aurait aimé briser ce cercle
dans lequel elle était enfermée, lui assurer qu'elle
était toujours une femme, s'en assurer lui aussi.
Mais il n'osa pas. Personne ne semblait pouvoir
l'atteindre, pas même lui. Le seul moment où sa

voix s'adoucit, ce fut lorsqu'elle téléphona à Alessandro.

— Je pense que nous serons en mesure de nous installer à New York dans un mois.

— C'est-à-dire fin juillet, début août. Et toi ?

Il hésita un long moment avant de répondre :

— Non. Je ne peux pas.

Elle cessa de manger et reposa sa fourchette. Pendant un instant, il retrouva l'ancienne Isabella.

— Pourquoi ?

— J'y ai beaucoup pensé, mais ça ne marchera jamais, je te l'assure. Tu peux parfaitement mener ta barque toute seule. Maintenant, tu en connais autant que moi et plus qu'Amadeo, je ne sais pas si tu t'en rends bien compte.

— Mais ce n'est pas vrai !

— Si, c'est vrai ! (Il lui sourit et elle en fut touchée.) Je ne serais pas bien aux États-Unis. Je veux vivre à Rome, Isabella.

— Que feras-tu ?

— Quelque chose se présentera, j'en suis sûr. Quelque chose qui me conviendra. Entre-temps, je prendrai de longues vacances. J'irai en Grèce, par exemple.

— Tu es fou ! Tu ne pourras jamais vivre sans travailler.

— Rien ne dure éternellement.

— Oui. Il faut que les choses se terminent un jour ou l'autre. Voudrais-tu cependant y réfléchir encore ?

Il faillit dire oui, puis se ravisa.

— Non, *cara*. Je ne vivrai jamais à New York. Il est temps pour moi de changer de vie.

Soudain, le visage tiré se crispa et les yeux noirs s'emplirent de larmes. Il vint s'asseoir près d'elle et la prit dans ses bras.

— Ne pleure pas, *non piangere, Isabellezza, non piangere !*

Isabellezza... En entendant ce mot, elle éclata en sanglots.

— Oh, Bernardo, il n'y a plus d'Isabellezza !

— Si. Pour moi, elle existera toujours. Je n'oublierai jamais. Ni toi non plus.

— Mais tout a changé, tout est fini.

— Il faut que les choses changent, et tu as eu raison de décider qu'elles devaient changer. La seule qui doive demeurer la même, c'est toi.

— Mais je ne sais plus où j'en suis.

Elle se moucha tandis qu'il lui caressait les cheveux.

— Oui. Je sais. Tu n'as plus confiance en personne et c'est bien naturel après ce qui est arrivé, mais cela passera. Il ne faut pas que tu continues à te détruire. Amadeo n'est plus, mais toi, il faut que tu vives.

— Pourquoi ne pourrais-je pas me laisser mourir, pourquoi ?

Elle avait l'air d'une petite fille désemparée et se moucha de nouveau.

— Parce que tu es quelqu'un de particulier, d'exceptionnel. Si tu continues à te replier sur toi-même, à te rendre malheureuse, à ne plus faire confiance à personne, j'en aurai le cœur brisé. Je t'en prie, Isabella, ressaisis-toi et essaie de revivre !

Elle ne lui dit pas que c'était ce qu'elle avait tenté de faire et qu'elle en avait été blessée.

— Je ne sais plus, Bernardo. Tout a tellement changé depuis l'année dernière !

— Oui. Mais tu t'apercevras que certains de ces changements ont eu du bon. Je crois que tu as raison d'aller t'installer en Amérique.

— Je l'espère.

— Au fait, que vas-tu faire de la villa ?

— J'irai commencer à ranger dès demain.

— Prendras-tu tout avec toi ?

— Non. Je laisserai pas mal de choses.

— Est-ce que je peux t'aider de quelque façon ?

Elle fit oui de la tête.

— Je pense que cela me rendra les choses plus faciles. Je crains... J'ai peur d'y retourner.

Il sourit, et elle se moucha une dernière fois.

24

La voiture s'arrêta devant la porte si familière. Isabella sortit, l'air pensif. La maison lui semblait plus vaste, à présent. Elle revenait d'un très, très long voyage et s'attendit presque à voir le visage rieur d'Alessandro derrière la vitre, puis elle se ressaisit. Personne ne viendrait. Rien ne remuait.

Bernardo se tenait près d'elle, muet, et elle s'avança à pas lents vers la maison. Pendant les cinq semaines qu'elle venait de passer à Rome, elle n'était pas venue une seule fois ici. D'une certaine façon, tout au fond de son cœur, c'était comme si elle n'était pas encore rentrée. Elle était venue pour affaires ; aujourd'hui, et aujourd'hui seulement, elle se trouvait confrontée à son passé. Elle savait bien qu'elle n'était pas prête à cela et elle était contente de ne pas être seule. Elle se retourna et sourit affectueusement à Bernardo. Mais elle ne souriait que des lèvres ; ses yeux noirs étaient tristes lorsqu'elle sonna à la porte. Elle avait une clef mais ne songea pas à s'en servir. Il lui semblait qu'elle était en visite. Elle rendait visite à la femme qu'elle avait été autrefois.

Une servante vint ouvrir, et Isabella entra. Bernardo avait averti les domestiques que la *signora* rentrait. Ils étaient tout excités. Serait-elle avec Alessandro ? Revenait-elle s'installer à Rome ? On avait ouvert toutes les pièces, fait des provisions ; mais Bernardo avait bien vite dissipé les illusions de tous. Elle ne resterait pas et voulait être seule. Alessandro était demeuré en Amérique. Puis il leur avait porté le coup fatal : elle voulait fermer sa maison.

De toute manière, rien n'était plus comme avant. Les personnages importants étaient partis. *Mamma* Teresa, en avril, lorsqu'elle s'était faite à l'idée qu'elle ne servait plus à rien ici. Bernardo lui avait expliqué qu'Alessandro serait absent pendant un an au moins, peut-être plus. Elle avait trouvé un emploi à Bologne dans une famille de cinq enfants. Elle ne s'était jamais réellement remise de la façon dont Isabella lui avait enlevé Alessandro. Luisa avait retrouvé un travail à San Remo pour la durée de l'été et Enzo avait demandé son congé. Sa chambre était vide. Il n'y avait plus que des gens qui ne comptaient pas beaucoup pour accueillir Isabella.

Bernardo avait commandé une foule de malles et Isabella les vit aussitôt entrée. Elle les considéra en silence, puis détourna le regard. Elle semblait écouter des voix qui ne retentiraient plus jamais dans cette demeure. Bernardo la regardait, sans rien dire, sans bouger. Elle posa sa veste de lin blanc et s'avança dans le hall. Ses pas résonnaient étrangement. Il ne s'était écoulé que cinq mois depuis le jour où elle avait fui avec Alessandro. Comme cela lui semblait loin !

« Est-ce qu'on part pour l'Afrique, *mamma* ? » Elle sourit puis pénétra dans le salon. Après un coup d'œil à la pendule de Fabergé, cette pendule qu'elle n'avait pas quittée du regard pendant l'horrible nuit où Amadeo avait disparu, elle se laissa tomber dans la causeuse et regarda Bernardo.

— Je ne sais par où commencer !

Il hocha la tête d'un air compréhensif.

— Rien ne presse, Isabella. Nous allons procéder par ordre, une pièce après l'autre.

— Mais cela va prendre des années !

Elle contempla, à travers la porte-fenêtre du jardin, le manège d'Alessandro, enveloppé dans une bâche. Les larmes lui montèrent aux yeux, puis elle sourit.

Bernardo l'observait tristement. Lui aussi pensait à ce dernier Noël. Il fouilla dans sa poche et en sortit quelque chose qu'il lui présenta dans sa main tendue.

— Je ne te l'ai pas donné, parce que je craignais que cela te rendît malheureuse.

Les présents de Noël d'Amadeo avaient toujours été extravagants. De petites merveilles, des bijoux ou des livres rares. Bernardo avait eu peur de la faire pleurer. Mais aujourd'hui, il pensait que le moment était venu de lui remettre ce cadeau qu'il avait acheté cinq mois plus tôt chez Alfredo Paccioli. Elle prit le petit paquet en souriant. Elle l'ouvrit et le regarda, étouffée par l'émotion.

— Bernardo, c'est trop beau, tu n'aurais pas dû !

C'était une chevalière en onyx aux armes des San Gregorio.

— Est-ce qu'elle te plaît ?

Il lui sourit et elle lui trouva l'air extrêmement jeune. Il ressemblait à un petit garçon.

— Elle est magnifique !

— Si tu l'aimes seulement autant que j'aime ma montre, je serai comblé.

Sans dire un mot, elle alla à lui et le prit dans ses bras. Ils s'étreignirent. Il sentait son cœur battre.

— Merci, dit-elle.

— *Va bene*, Isabellezza ! Chut ! Ne pleure pas. Nous avons du pain sur la planche.

Il la repoussa doucement, enleva sa veste et retroussa ses manches.

— Commençons par ma chambre, décréta-t-elle.

Il hocha la tête et, main dans la main, ils se dirigèrent vers le bout du couloir. Elle commença à diviser les choses en trois catégories : celles qu'elle emportait, celles qu'elle laisserait dans la maison sous des housses protectrices et des objets trop précieux pour être abandonnés dans une maison vide et qu'elle se proposait de mettre dans un garde-meuble.

Bernardo lui sourit et ils entreprirent de faire les paquets. De sa chambre, ils passèrent dans celle d'Alessandro, puis dans le boudoir ; ils prirent ensuite le temps de déjeuner. Isabella songeait avec une certaine satisfaction qu'après tout ce déménagement était une bonne occasion de trier les choses auxquelles elle tenait, ainsi que beaucoup de celles qu'elle aimait moins. Bernardo l'avait observée de près et s'était aperçu qu'elle n'avait pas versé une seule larme. Elle était de nouveau en pleine possession d'elle-même.

Ils déjeunèrent dans le jardin.

— Qu'est-ce que tu comptes faire du manège ? demanda-t-il.

— Je ne peux pas l'emporter. Je ne sais même pas où nous allons habiter. Il se peut que nous n'ayons pas de jardin.

— Si tu en as un, dis-le-moi. Je l'enverrai.

— Alessandro en sera ravi. Viendras-tu nous voir ?

— Bien sûr ! Mais d'abord, dit-il d'un air triomphant, je pars en Grèce.

— Ta décision est prise, alors ?

— Oui, tout est arrangé. J'ai loué une maison à Corfou pour six mois.

— Et après ? Peut-être que tu pourrais venir à New York et voir un peu.

Il secoua la tête.

— Non, Isabella. Je crois que la décision que nous avons prise, toi et moi, est la bonne. Je vais trouver du travail ici.

— Chez un de mes rivaux ?

Elle plaisantait à demi.

— Tu n'en as pas, Isabella. Du reste, je ne pourrais pas supporter de travailler pour un autre couturier. Non. J'ai déjà reçu cinq propositions. L'une d'elles m'intéresse. Il s'agit d'une maison de prêt-à-porter masculin et je devrai travailler en France et à Londres.

— Mais cela va sûrement t'ennuyer ?

— Peut-être. Mais le vieux propriétaire est mort en juin et ils ne veulent pas vendre. (Il sourit malicieusement.) Ils veulent quelqu'un pour diriger la boîte et continuer à vivre comme des princes. Je pense qu'ils finiront par vendre, mais en tout cas pas avant dix ans au moins. Et puis, je serai très libre.

— Vas-y ! Achève ta pensée ! Dis que c'est une chose que tu n'as pas connue avec moi !

— Toi, c'était différent. Tu connais le métier mieux que n'importe qui en Europe.

— Et aux États-Unis, ajouta-t-elle fièrement.

— Et aux États-Unis. Si tu éduques Alessandro comme il convient, San Gregorio durera encore cent ans.

— Quelquefois, c'est une chose qui me tracasse. Et s'il ne veut pas reprendre le flambeau ?

351

— Il le voudra.

— Qu'en sais-tu ?

— Lui en as-tu déjà parlé ? Moi, oui. Il a ça dans le sang. Comme Amadeo et comme toi.

— Il me manque terriblement, et je sens qu'il commence à être fâché de ne pas me voir rentrer.

— Quand repars-tu ?

— Dans un mois. C'est aussi bien. Natasha a loué une maison à East Hampton pour la durée de l'été et ils pourront rester au bord de la mer jusqu'à ce que j'aie trouvé un appartement.

Ils travaillèrent ce soir-là jusqu'à 11 heures, empaquetant certaines choses eux-mêmes et laissant le soin aux déménageurs d'emballer les autres. Ils mirent des étiquettes rouges sur les objets qu'elle emportait, des bleues sur ce qui restait à Rome et des vertes sur ce qui allait au garde-meuble. Puis ils jetèrent un tas de choses qui ne servaient plus, ou dont elle ne voulait pas : de la vaisselle ébréchée, de vieux livres... Bernardo la reconduisit chez San Gregorio et alla la rechercher le lendemain. Ils quittaient chaque jour les bureaux à 2 heures et travaillaient à la villa jusque vers minuit. En trois semaines, tout fut réglé.

Le dernier soir, Isabella se tenait au milieu des

malles et des cartons. La maison était vide. Il était 2 heures du matin.

— Viens-tu ? demanda Bernardo.

— *Aspetta !* cria-t-elle. (Attendre quoi ? Elle chuchota doucement dans le noir :) Amadeo ?

Elle attendit, essayant de percer du regard l'obscurité, comme si l'homme qu'elle aimait et qui avait disparu depuis des mois allait brusquement surgir en lui disant que ce cauchemar était fini. Elle déferait les paquets car c'était un autre qui était mort. Elle tremblait. Elle demeura immobile pendant une minute qui lui sembla durer une heure, puis, le visage sillonné de larmes, elle sortit et ferma la porte, laissant sa main un moment sur le bouton. Elle savait bien qu'elle ne reviendrait jamais plus.

25

— Tu viendras ? Tu me le promets ?

Elle s'accrochait à Bernardo, à l'aéroport, et ils pleuraient tous deux. Elle se tamponnait les yeux avec son mouchoir.

— Je te le promets.

Il se rendait compte, à présent, à quel point elle était nerveuse et comme elle appréhendait de s'installer à New York. Peroni et Baltare étaient sans imagination, mais très efficaces. De toute façon, elle avait de l'imagination pour tout le monde.

— Embrasse Alessandro pour moi, dit-il.

— Entendu.

Elle pleurait de nouveau. Elle avait passé une semaine intolérable à dire adieu. À la villa, à la maison de couture, à Gabriela qu'elle verrait lors de son prochain séjour à Rome dans trois mois, et maintenant à Bernardo. Cela ressemblait à son départ six mois plus tôt, à ceci près que cette fois elle partait de Rome en plein jour et que les gardes du corps arboraient un air lassé. Elle n'avait plus reçu de coups de téléphone anonymes. Le cauchemar s'achevait. Évidemment, elle aurait les journalistes sur le dos puisqu'on savait qu'elle transférait son affaire, mais la police lui avait affirmé qu'elle n'avait plus rien à craindre. Il faudrait qu'elle soit raisonnable et qu'elle fasse attention à Alessandro, mais pas plus que n'importe qui de son milieu.

Elle l'embrassa, et il lui sourit à travers ses larmes.

— *Ciao,* Isabellezza ! Prends bien soin de toi.

— *Ciao,* Bernardo ! Je t'aime.

Ils s'étreignirent encore une fois et elle se dirigea vers l'avion. Elle avait les yeux pleins de larmes.

Elle dormit pendant trois heures, puis prit un léger repas. Elle sourit à l'idée de revoir Alessandro qu'elle n'avait pas vu depuis deux mois.

Lorsque l'avion eut atterri à New York, elle passa la douane, très décontractée cette fois, puis elle les aperçut.

— *Mamma, mamma !*

Elle le serra farouchement dans ses bras.

— Oh, mon chéri ! Comme je t'aime ! Comme tu es bronzé ! Bernardo m'a chargée de t'embrasser.

— Est-ce que tu as apporté mon manège ?

Ses yeux étaient brillants, exactement ceux de sa mère.

— Pas encore. Il faut d'abord que nous trouvions une maison avec un jardin. J'ai demandé qu'on l'envoie, mais je crains que tu ne sois presque trop grand.

— Les manèges, c'est pour les bébés, dit Jason qui regardait ces embrassades avec dégoût.

Isabella le chatouilla et il se mit à rire.

— Attends de voir ce que je vous ai apporté !

Elle se tourna vers Natasha tandis que les petits garçons poussaient des cris excités et lui sourit gravement.

Natasha hésita un instant, puis se jeta dans ses bras.

— Tu m'as beaucoup manqué. C'est terrible de perdre sa compagne de chambre !

Elles rirent ensemble de bon cœur et Natasha comprit, lorsque son amie lui prit le bras, qu'elle n'était plus en colère.

— J'ai failli m'évanouir de surprise lorsque j'ai su que tu avais décidé de t'installer ici. Qu'en dit-on à Rome ?

— La même chose que toi. Le seul qui trouve que c'est une bonne idée est Bernardo. Il sait que j'ai raison. Évidemment, au début, cela va être difficile. J'ai mille choses à faire.

— Je t'aiderai.

— Tu ne restes pas à East Hampton ? Les enfants sont magnifiques.

— Si, mais je peux les laisser avec Hattie et revenir.

Isabella avait à consolider son amitié avec Natasha. L'histoire de Corbett n'avait plus d'importance. Peut-être que Natasha avait cru bien faire. De toute manière, elle ne voulait plus le savoir. Cette fois-ci, il n'y avait pas de Rolls, mais la limousine que Natasha louait de temps à autre. Isabella sourit au chauffeur. C'était celui qui l'avait emmenée à cette maudite première. Il lui semblait qu'il y avait un siècle de cela.

Ils rentrèrent à l'appartement. Les petits garçons ouvrirent leurs paquets et poussèrent des cris de joie en découvrant leurs jouets. Avec un sourire timide, Isabella tendit un paquet à Natasha.

— Celui-ci est pour toi, dit-elle.

— Allons, Isabella, ne fais pas la sotte !

— Ouvre-le.

C'était un des joyaux de la collection d'hiver. Une robe de cachemire d'un bleu très doux avec un manteau assorti.

— Que c'est joli ! s'exclama Natasha en le tenant devant elle.

— C'est exactement de la couleur de tes yeux, répondit Isabella en tirant du papier de soie un chapeau et une écharpe du même bleu. Tu pourras le mettre pour déjeuner avec ton éditeur.

— Je ne vais sûrement pas gâcher ce magnifique ensemble.

— Alors, mets-le pour aller au *Lutèce* avec moi.

Natasha la considéra un instant et murmura :

— Tu vas sortir ?

— Oui. Il n'y a plus de danger.

Corbett avait vu juste. Son emprisonnement avait pris fin. Il avait duré des mois qui lui avaient paru une éternité.

Le lendemain matin, Natasha et les enfants retournèrent à East Hampton et Isabella se mit au travail. Pas avec Rome, cette fois, mais avec des agences de publicité. Elle se mit à arpenter la Cinquième Avenue en long et en large. En une semaine, elle avait trouvé un bureau à titre temporaire, engagé deux secrétaires bilingues. C'était loin d'être suffisant, mais c'était un début.

À la fin de la deuxième semaine, elle trouva ce qu'elle cherchait. Deux étages pour installer sa maison de couture, au sommet d'un des plus grands gratte-ciel, avec une vue sur toute la ville.

Elle mit plus longtemps à trouver un appartement, mais après une troisième semaine, elle trouva un dernier étage dans Park Avenue. D'un côté, elle avait vue sur Central Park, de l'autre, sur l'Hudson. L'appartement était spacieux et très joli. Il comprenait quatre chambres : une pour Alessandro, une pour elle, une chambre d'ami et une dernière qui lui servirait de cabinet de travail. Il y avait aussi une immense salle à manger, deux chambres de service, un double living-room avec une cheminée qui lui rappelait un peu sa maison de Rome.

L'agent immobilier lui avait demandé anxieusement :

— Cela vous plaît ?

— Je le prends.

Il y avait une armée de portiers et de grooms dans l'immeuble.

Le jour suivant, Natasha revint d'East Hampton et alla visiter le nouveau domaine de son amie. Celle-ci, pleine de fierté, se tenait sur la terrasse.

— Dieu, Isabella ! Quelle vue magnifique ! Quand t'installes-tu ?

— J'ai commandé les déménageurs hier. Je pense que tout sera fini samedi.

Natasha eut soudain l'air malheureux.

— Déjà ? Tu vas me manquer terriblement et Jason dit qu'il n'a pas envie de dormir seul.

— Il pourra venir dormir ici tous les week-ends, repartit Isabella en souriant.

— J'ai l'impression que je divorce pour la deuxième fois.

— Mais non, voyons !

Les deux jeunes femmes se regardèrent intensément et Isabella décida d'aborder le sujet crucial.

— Je te dois des excuses, Natasha.

Natasha détourna la tête et murmura :

— Mais non.

— Si. Je n'ai pas vraiment compris ce qui est arrivé et j'étais furieuse contre Corbett ; mais j'ai eu complètement tort de m'en prendre à toi. Je ne sais pas si tu as réellement essayé de l'aider ou pas, mais cela n'a pas d'importance. Je sais que si tu l'as fait, c'était dans une bonne intention, je le sais parfaitement, et je suis navrée de ce que je t'ai dit.

Mais Natasha la regardait fixement.

— Tu te trompes sur Corbett.

— Je n'en saurai jamais rien.

— Tu n'as qu'à lui donner au moins une chance de s'expliquer.

Isabella se contenta de secouer la tête.

— Rien n'est éternel. Ni les bonnes choses ni les mauvaises. C'est ce que Corbett m'a dit dès le début, et il avait raison.

— Il t'aime encore, déclara Natasha avec douceur.

— Tu l'as revu ?

— Oui. Il a parfaitement compris ce qui est arrivé et c'est ce qu'il redoutait depuis le début. La seule erreur qu'il ait commise, c'est de ne pas avoir parlé plus tôt.

— De toute façon, cela n'a plus d'importance, tout est fini.

Natasha comprit que son amie parlait sérieusement. Pour Isabella, les choses étaient définitivement terminées, mais pas pour Corbett. Pas pour le petit garçon.

Mais Natasha ne répondit rien.

Plus tard, Isabella décrivit à Alessandro la nouvelle demeure.

— Je pourrai avoir mon manège ?

— Mais oui. J'ai déjà appelé Rome.

— *Mamma, mamma,* Corbett va être drôlement content quand il le verra !

— Il ne le verra pas, mon chéri, répliqua Isabella après un silence.

— Si. Je lui ai promis et il est mon ami.

— Quand donc lui as-tu promis ?

— Cet été, à East Hampton. Il est venu nous voir.

Isabella tourna les talons et partit à la recherche de Natasha. Elle la trouva en train de relire un manuscrit, une tasse de café à la main. Isabella claqua la porte derrière elle. Natasha sursauta et la regarda, abasourdie.

— Que se passe-t-il ?

Isabella était pâle de rage.

— Pourquoi ne m'as-tu pas dit la vérité ? Qu'il était à East Hampton, rôdant autour d'Alessandro pour essayer de me récupérer ?

Natasha se leva et mit les poings sur ses hanches. Cette fois-ci, elle était bien décidée à ne pas se laisser intimider.

— Alessandro a besoin de lui, Isabella. Et Corbett n'essaie pas du tout de te « récupérer ». Cesse de te conduire comme une paranoïaque, s'il te plaît ! Qu'est-ce qui te prend ? Tu t'imagines que tout le monde veut te prendre ta maison de couture et se servir de ton fils et de toi ? Mais tu es folle !

— Je ne suis pas folle du tout. Je te rappelle que l'on m'a pris mon mari.

— Bien entendu, Isabella. Mais les gens qui ont fait ça étaient des fous, avides d'argent. C'est fini, maintenant. Fini ! Personne ne cherche plus à te faire du mal.

— Je m'en moque. Je ne veux pas que cet homme s'approche de mon fils.

— Tu as complètement tort. En tout cas, dis-le-lui. Pas à moi.

— Mais tu le savais bien. Je te l'ai dit avant de partir pour Rome.

— J'avais pensé que tu avais repris tes esprits, figure-toi.

— J'ai repris mes esprits, mais je ne change pas d'avis. À la seconde même où Bernardo a mentionné son nom, j'ai décidé qu'il ne verrait plus Alessandro.

Là-dessus, elle claqua de nouveau la porte et alla décrocher le téléphone dans son boudoir. Elle tremblait de rage.

Il vint en ligne aussitôt.

— Isabella ! Il y a quelque chose qui ne va pas ?

— Oui. Je veux vous voir immédiatement. Est-ce possible ?

— Je serai là dans une demi-heure.

— Très bien. Je vous attendrai en bas.

Elle ne voulait pas qu'Alessandro le vît. Elle resta les yeux fixés sur son réveil et, vingt minutes plus tard, descendit. La Rolls s'arrêta presque aussitôt devant la porte. Corbett était au volant. Il lui ouvrit la portière d'un geste impatienté.

Il avait envie de lui dire qu'elle était belle et qu'il l'aimait toujours, mais elle ne lui en laissa pas le temps.

— Inutile, Corbett. Je n'ai pas l'intention d'aller où que ce soit avec vous. Simplement, je ne voulais pas vous parler là-haut parce que je ne tiens pas à ce qu'Alessandro nous entende.

— Pourquoi ? demanda-t-il, l'air inquiet.

— Je veux que vous cessiez de le voir. Est-ce

clair ? Je veux que vous disparaissiez de sa vie. Complètement et définitivement. J'en ai assez de votre petit jeu. Vous vous êtes servi de moi, de mes amis, vous ne vous servirez pas de mon fils, je ne le permettrai pas. Si vous vous approchez de mon fils, j'appelle la police, je veillerai à ce que vous alliez en prison. Je vous accuserai de kidnapping, de détournement, de n'importe quoi, mais ne touchez pas à mon fils !

Elle s'était mise à hurler et le portier l'aurait entendue si Corbett n'avait eu la présence d'esprit de lever les vitres. Il n'en croyait pas ses oreilles. Puis la colère le submergea.

— Vous croyez vraiment ce que vous dites, Isabella ? Vous pensez que je vois votre fils pour vous reprendre ? Dieu, que vous êtes prétentieuse et stupide ! Cela fait dix fois que je vous répète que je n'ai plus fait la moindre tentative pour acheter votre affaire. Je suis tombé amoureux de vous et, croyez-moi, je suis navré pour vous. Vous êtes comme un animal traqué, vous vous enfermez en vous-même, vous êtes incapable de faire confiance à quiconque. Vous avez traversé une terrible épreuve, Isabella, c'est vrai. Votre fils également, figurez-vous. Il a perdu son père, et voulez-vous que je vous dise ? Je l'aime. C'est un merveilleux petit garçon. Il a besoin de moi. Il a besoin d'autre chose que de sa mère. Vous êtes une machine, voilà ce que vous êtes ! Vos affaires, vos affaires, vos maudites affaires ! Je ne veux plus en entendre parler. Maintenant, descendez de ma voiture !

Avant qu'elle n'ait pu répondre, il avait fait le tour de la voiture et lui avait ouvert la portière.

— J'espère en tout cas, dit-elle d'un ton froid, que je me suis bien fait comprendre.

— Parfaitement. Au revoir.

Il était reparti avant qu'elle n'ait franchi la porte.

26

LES AFFAIRES marchaient merveilleusement. Petit à petit, l'appartement devenait absolument ravissant. Le manège d'Alessandro était arrivé. On était à la fin de septembre. Natasha et Jason étaient venus pendre la crémaillère. Les petits garçons couraient partout et lorsque Jason essaya le manège, il déclara que « ce n'était pas mal du tout ».

— Oh, Isabella, c'est fantastique ! J'en voudrais un aussi.

Les deux jeunes femmes se regardèrent en souriant. Il faisait frais et Isabella s'étira nonchalamment. Elle était enchantée de son appartement.

Les murs de sa chambre étaient tendus de tissu. Il y avait de somptueux tapis dans toutes les pièces. Les salles de bains étaient de marbre, mais elle avait fait changer la robinetterie et les accessoires. Deux portes-fenêtres ouvraient sur la terrasse.

— Tu es un véritable génie ! s'exclama Natasha en regardant autour d'elle.

— Pas un génie, une modéliste.

— La collection avance ?

— C'est plutôt long.

— Mon livre, c'est la même chose.

— Je mets toujours longtemps à m'installer. J'ai du mal à m'habituer aux nouvelles choses.

— Quel effet cela te fait-il de pouvoir sortir ?

— C'est à la fois divin et un peu effrayant. Je m'attends à ce qu'il arrive quelque chose de terrible. À voir brusquement surgir les journalistes et leurs flashes braqués sur mon visage, à recevoir des coups de téléphone de détraqués.

— Mais il ne s'est rien produit de tel.

— Non. Simplement les journalistes de *Women's Wear* qui veulent absolument savoir ce que je mange et ce que je vais porter cet hiver. Mais je mettrai longtemps à oublier ce cauchemar, Natasha. Très longtemps. (Au moins, maintenant, elle avait cessé d'attendre Amadeo.) Au fait, es-tu libre pour dîner avec moi demain soir ?

— Oui. L'homme avec lequel j'ai passé l'été

vient de retourner à sa femme, figure-toi. Le salaud !

Isabella sourit légèrement et elles s'écrièrent ensemble :

— Rien n'est éternel.

La lumière tamisée entourait d'un halo des visages connus, ces visages qu'on a l'habitude de voir dans *Vogue* : mondains, stars de cinéma, mannequins, auteurs dramatiques... gens célèbres pour leur talent ou leur fortune. Elles étaient au *Lutèce*. Le *Lutèce* n'avait jamais été aussi beau.

Elles commandèrent du caviar pour commencer, puis un filet mignon pour l'une, un saumon poché pour l'autre. Le tout arrosé d'une demi-bouteille de vin rouge et d'une demi-bouteille de blanc frappé. Elles prirent des cœurs de palmier en guise de salade et des fraises des bois comme dessert.

Tout à coup, Natasha remarqua la toilette de son amie.

— Qu'y a-t-il ? demanda Isabella en voyant Natasha la fixer d'un air incrédule.

— Toute l'année, tu as eu l'air d'une corneille ou d'un épouvantail. Brusquement tu changes et je ne l'avais même pas remarqué !

Isabella se contenta de sourire. La période de deuil était terminée et elle portait, ce soir-là, une ravissante toilette mauve et blanc. Elle avait mis les améthystes entourées de diamants qu'elle avait prêtées l'année précédente à Natasha.

— Elle te plaît ?

— C'est le même modèle que cette merveille bleue que tu m'as offerte, non ? Imagine-toi que, l'autre jour, j'ai mis en marche l'air conditionné, rien que pour pouvoir la porter dans la maison !

— Ne t'inquiète pas, il ne va pas tarder à faire froid, répondit Isabella en frissonnant à l'idée du long hiver new-yorkais qui l'attendait.

— Tu es absolument splendide !

Pourtant, le regard d'onyx de son amie continuait à être triste.

— J'ai peine à croire qu'il y a déjà un an. Par moments, j'ai l'impression qu'il est parti depuis toujours. À d'autres, il me semble qu'il était encore là hier. Mais au moins, c'est plus facile ici qu'à Rome.

— Oui. Tu as pris une sage décision.

— L'avenir le dira.

Elles continuèrent à bavarder pendant une heure, puis rentrèrent chacune chez elle. Isabella se déshabilla posément, fit sa toilette pour la nuit et alla embrasser Alessandro. Puis elle se coucha et éteignit la lumière. À 6 heures et demie du matin, elle fut tirée brusquement de son sommeil par le téléphone.

— Allô !

— *Ciao*, Isabellezza !

— Bernardo ! Sais-tu l'heure qu'il est ? Je dormais. Tu t'ennuies déjà ?

— Tu es folle ? Je suis enchanté. (Sa voix devint grave.) Isabella, chérie, il fallait que je t'appelle. Je dois rentrer à Rome.

— Déjà ! Tu vois bien, dit-elle en riant, que le travail te manque.

— Non. Ce n'est pas cela. (Il dut se faire violence pour continuer.) On m'a appelé hier soir, mais j'ai attendu ce matin pour te prévenir.

— Qui ? De quoi s'agit-il ? Parle, bon sang ! Elle s'assit et bâilla.

— Ils les ont arrêtés, Isabella.

Son sang se glaça brusquement dans ses veines. Les kidnappeurs ! Elle se mit à pleurer. Elle qui croyait que c'était fini ! De toute façon, ça lui était égal. Rien ne lui rendrait Amadeo.

— Il faut que tu reviennes à Rome. Le procès aura lieu dans trois semaines.

— Je n'irai pas.

Elle était mortellement pâle.

— Il le faut, Isabella.

— Nardo, non ! *Non posso* ! *Non posso* !

— Je serai avec toi.

— Je ne veux pas les voir.

— Moi non plus, mais nous le devons à Amadeo.

Corbett lui avait menti. Le cauchemar ne s'arrêterait jamais.

— Isabella, il faut que tu viennes. Après, ce sera fini.

— Non.

Lorsque Bernardo eut raccroché, elle forma d'une main tremblante le numéro de Natasha.

— Isabella ! Qu'y a-t-il, Isabella ? Parle !

— Ils les ont trouvés. Les assassins d'Amadeo. Il faut que j'aille à Rome... pour le procès.

— J'arrive.

Isabella enfouit sa tête dans son oreiller et se mit à sangloter éperdument.

27

Ils traversèrent Rome à vive allure et se rendirent directement à San Gregorio. On était à la mi-octobre et le temps était délicieux. Autrefois, c'était la période de l'année qu'elle préférait. Mais aujourd'hui, elle était assise, silencieuse et tendue, dans la voiture, vêtue d'un tailleur gris et d'un chapeau de feutre de même couleur.

— Le procès commencera demain, Isabella. Tu as bien fait de venir.

— J'en ai assez de toujours faire ce qu'il faut. Je suis fatiguée. (Elle eut un demi-sourire crispé.) Qu'est-ce que cela peut faire, à présent ?

— C'est important, Isabella, crois-moi.

Elle lui prit la main.

Il y avait des photographes devant la porte, mais Bernardo les écarta avec autorité et ils montèrent à l'appartement sur la terrasse où ils se versèrent un verre de vin.

— Tu as fait un bon voyage ?

— Oui.

— Et Alessandro ?

— Il est furieux que je sois encore partie, mais à part ça, il va bien.

— Est-ce que tu lui as dit pourquoi tu revenais à Rome ?

— Oui, répondit-elle lentement. Je ne voulais pas, mais Natasha a insisté pour que je le fasse. Elle prétend que cela va le rassurer.

— Qu'a-t-il dit ?

— Il a eu l'air content, mais il n'a pas compris pourquoi il fallait que j'aille là-bas.

Elle but une gorgée de vin et regarda son vieil ami. Ce mois à Corfou l'avait rajeuni de dix ans. Il était tout bronzé.

— Et Corbett Ewing ? demanda-t-il à brûle-pourpoint.

— Quoi, Corbett Ewing ? Que veux-tu dire ? Que sais-tu de nos relations ?

— Rien de précis, mais je me suis posé la question de savoir pourquoi tu étais si en colère contre lui.

— Peu importe ! Je ne le vois plus.

— Est-ce qu'il est ton amant ?

Il avait posé la question avec beaucoup de douceur.

— Ça ne te regarde pas, il me semble. (Elle s'adoucit.) J'ai cru un moment que nous étions amoureux l'un de l'autre, mais j'ai eu tort. Cela n'aurait jamais marché.

— Pourquoi ?

Elle le regarda tristement.

— Parce que nous sommes trop différents l'un de l'autre. Rien ne sera jamais plus comme avec Amadeo. Oh, et puis je ne veux pas me casser la tête à chercher des raisons ! Je crois que je suis mariée pour la vie avec mon travail maintenant.

— Mais, voyons, raisonne-toi ! Tu as trente-trois ans. Tu ne peux pas renoncer à la vie parce qu'Amadeo est mort.

— Je ne renonce pas à la vie. J'ai mon travail et j'ai mon fils.

Elle le regardait d'un air de défi, mais il ne s'en tint pas là.

— Ce n'est pas suffisant. As-tu seulement laissé une chance à Ewing de se justifier ?

— Je t'ai dit que cela ne m'intéressait plus. Je l'ai vu à mon retour de Rome et je lui ai intimé de cesser de voir Alessandro. Je lui ai dit que s'il essayait seulement de nous voir, je lui mettrais la police aux trousses.

— Es-tu folle ?

— Natasha continue à le voir, elle.

— Elle lui a parlé du procès ?

Elle haussa les épaules.

— Je n'en sais rien. De toute façon, c'était dans tous les journaux avant même que je ne quitte New York. Quand donc pourrai-je enfin ne voir mon nom que dans la rubrique de mode ?

— Cela viendra, aie confiance.

Il l'embrassa affectueusement et termina son verre de vin.

28

— *Va bene ?*

Bernardo la regardait d'un air soucieux en l'aidant à descendre de voiture. Elle portait un tailleur noir, mais pas de bas noirs, cette fois. Ses seuls bijoux étaient ses fameuses perles et la chevalière offerte par Bernardo. Son sac et ses chaussures étaient en crocodile.

— Est-ce que tu vas bien, Isabella ?

— Mais oui.

Il avait craint qu'elle n'ait une faiblesse. Il lui tint fermement le bras tandis qu'ils se frayaient un passage à travers la foule des reporters, des photographes, des cameramen de la télévision.

Il avait obtenu qu'elle pût se retirer dans une petite pièce attenante à la salle d'audience avant d'être appelée à la barre des témoins. Ils y demeurèrent une heure qui leur sembla interminable, puis un policier vint la chercher. Elle entra. Ses jambes la portaient à peine et elle dut s'accrocher à la main de Bernardo. Il la sentit trembler de la tête aux pieds. Elle alla s'asseoir en ayant soin de ne pas regarder du côté du banc des accusés.

Il y eut une foule de témoignages longs et pénibles — les employés de San Gregorio, la secrétaire, le portier. La cour décida que, par égard pour la veuve du *signor* di San Gregorio, le procès ne reprendrait que le lendemain après-midi. On fit sortir les accusés.

Lorsqu'ils passèrent devant Isabella, elle retint son souffle. Elle devint livide. Ainsi, c'étaient ces hommes, parfaitement ordinaires, qui avaient pris la vie d'Amadeo et ruiné son existence à elle !

— Calme-toi, Isabella ! murmura Bernardo en lui serrant le bras. C'est bientôt fini.

Elle avait besoin de quelque chose qu'il n'était pas en mesure de lui donner, et il le savait.

Elle se laissa guider sans mot dire et sans rien voir. Une foule de journalistes les attendait sur les marches du palais de justice.

— *Signora...* les avez-vous vus ? Les connaissiez-vous ?

Quelqu'un fit tomber son chapeau. Elle se mit à pleurer et courut jusqu'à la voiture, protégée

par les deux gardes du corps. Lorsque Bernardo
eut refermé la portière sur elle, elle s'effondra en
sanglotant dans ses bras. Il l'aida à se coucher
dès qu'ils furent rentrés.

— Veux-tu que j'appelle un médecin ?

— Non, non ! Mais ne me laisse pas, je t'en
supplie !

Le téléphone sonna et elle se dressa brusquement, les yeux fous. Elle ne pourrait pas supporter cela une deuxième fois. Mais Bernardo avait
déjà répondu. Il parlait à voix basse et elle ne
pouvait saisir ses paroles. Puis il tourna la tête
vers elle en souriant et hocha la tête. Enfin, sans
plus d'explications, il lui tendit le récepteur et
quitta la pièce.

— Isabella ?

Elle ne reconnut pas la voix, tout d'abord, puis
ses yeux s'agrandirent sous l'effet de l'émotion.

— Corbett ?

— Oui, répondit la voix. Ne raccrochez pas,
je vous prie ! Pas tout de suite.

— Où êtes-vous ? interrogea-t-elle d'une voix
blanche.

Il lui semblait qu'il était tout près d'elle.

— Je suis en bas, Isabella, mais si vous ne
voulez pas me voir, dites-le et je partirai.

— Mais pourquoi ?

— Vous le savez bien. Je veux vous voler votre travail.

— Excusez-moi pour ce que j'ai dit dans la voiture.

Elle sourit faiblement.

— Ne vous excusez pas. Tout ce que je vous demande, c'est dix minutes de votre temps.

Un instant plus tard, elle lui ouvrit la porte. Elle lui tendit la main.

— Bonjour, Corbett.

Il entra et elle lui demanda s'il voulait boire quelque chose. Il dut se faire violence pour ne pas la prendre dans ses bras.

— Est-ce là que vous travaillez ? fit-il.

— Non. C'est un appartement que nous avons aménagé pour les invités de marque.

Elle sourit.

— Isabella, voulez-vous que j'aille à l'audience avec vous demain ?

— Mais pourquoi ?

— Je suis venu de New York pour partager cette épreuve avec vous, si vous voulez bien me le permettre, répondit-il avec simplicité.

Ses yeux s'emplirent de larmes tandis que leurs mains se joignaient et s'étreignaient avec force.

29

LE JOUR suivant, elle se rendit au procès en compagnie de Corbett et de Bernardo.

Alfredo Paccioli se trouvait à la barre des témoins. Il expliqua comment la *signora* di San Gregorio était venue lui proposer tous ses bijoux contre de l'argent liquide immédiatement. Il n'avait pas pu lui donner la somme qu'elle demandait mais seulement une partie. Elle l'avait prise, elle avait l'air terrorisée et il s'était douté de ce dont il s'agissait.

— Elle avait l'air... brisée. Elle était affolée...

Il s'interrompit, les larmes coulant sur son visage. Ses yeux croisèrent le regard d'Isabella. Elle était blanche comme un linge et les larmes ruisselaient sur ses joues.

Le juge ajourna la séance.

Les témoignages se succédèrent encore pendant trois jours torturants. Puis ce fut le tour d'Isabella. Le juge la regarda avec compassion.

Il lui demanda de raconter dans l'ordre tout ce qui s'était passé pendant cette horrible journée et la nuit qui avait suivi. D'une voix entrecoupée, elle raconta. Elle revivait ce cauchemar. Il lui fallut tout dire. Les larmes ruisselaient sur son visage sans qu'elle s'en rendît compte. Oui, son compte en banque avait été bloqué ainsi que celui du *signor* Franco dès que la police avait été prévenue. Oui, les journaux avaient appris par une indiscrétion sa visite chez le joaillier et les kidnappeurs l'avaient appelée aussitôt pour lui signifier qu'elle devait dire adieu à son mari.

— Ils m'ont annoncé qu'ils allaient le tuer.

Sa voix n'était plus qu'un murmure.

— Ce fut tout ?

— Non. (Elle fixait un point devant elle, comme hantée par une vision.) Ils ont ajouté que je pouvais dire au revoir à Amadeo. Il m'a parlé... il m'a dit... qu'il fallait que je sois brave... et qu'il m'aimait... Je lui ai dit que je l'aimais aussi... et puis... (Elle promena autour d'elle un regard aveugle et ne put continuer. Elle reprit :) Le lendemain, la police l'a trouvé... mort.

Elle dévisagea les assassins en passant auprès d'eux et secoua la tête d'un air incrédule, puis elle gagna sa place.

Le juge fit signe à Bernardo qu'il pouvait l'emmener. Elle se leva comme un automate et, regardant Bernardo, poussa un cri inhumain :

— Ils l'ont tué... ils l'ont tué, Bernardo ! Il est mort !

Corbett la saisit dans ses bras, tandis que Bernardo écartait les journalistes. Ils regagnèrent la voiture sans même savoir comment tandis que les appareils photos cliquetaient.

Elle s'effondra sur la poitrine de Corbett.

— C'est fini ! répétait Corbett en lui caressant les cheveux. C'est fini !

Bernardo était bouleversé. Il regrettait de lui avoir dit de venir. Elle ne pouvait pas le supporter, il aurait dû le savoir. Ils se rendirent directement à l'appartement de Corbett au *Hassler*.

— Nous allons repartir pour New York aujourd'hui même, Isabella. Vous sentez-vous assez forte ?

— Oui. Mais, ma valise ?

— Je vais la chercher et je vous rejoins dans une heure à l'aéroport, décréta fermement Bernardo.

— C'est fini, définitivement, Isabella. Ces hommes vont être condamnés à la prison à vie, si toutefois la foule les laisse sortir sains et saufs du palais de justice, et nous, nous allons rentrer chez nous.

— C'est Natasha qui vous a envoyé ?

— Non. C'est Bernardo qui m'a appelé.

— J'en étais sûre !

Bernardo les retrouva à l'aéroport. Isabella se jeta à son cou.

— *Grazie,* Nardo, *grazie !*

Il la serra très fort contre lui et déclara d'une voix étranglée :

— Je viendrai vous voir en mars.

Elle suivit Corbett dans l'avion. Elle glissa sa main dans la sienne et il dit, n'y tenant plus :

— Est-il trop tôt pour vous avouer que je vous aime ?

— Non, mon amour, il n'est pas trop tôt !

Ils s'embrassèrent avidement et burent, les yeux dans les yeux, la coupe de champagne que leur servit l'hôtesse de l'air.

— À nous, pour toujours, mon amour ! fit-elle.

Oui, pour toujours...

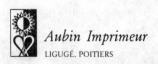

Aubin Imprimeur
LIGUGÉ, POITIERS

Achevé d'imprimer en juillet 1995
pour le compte de France Loisirs
123, bd de Grenelle, 75015 Paris
N° d'édition 26587 / N° d'impression L 49498
Dépôt légal août 1995 / Imprimé en France

ravisseur = kidnapper

se moucher = to blow one's nose